annabrevet

SUJETS & CORRIGÉS 2024

Français

3e

Christine Formond
Professeure certifiée de lettres modernes
Collège La Grange aux Belles, Paris

Louise Taquechel
Professeure certifiée de lettres modernes
Lycée Jean-Perrin, Marseille

ISSN 1168-3791 ISBN 978-2-278-10586-1

Achevé d'imprimer par IPS en France
Dépôt légal 10586-1/01 - Août 2023

Hatier

SOMMAIRE GÉNÉRAL

Avec ton Annabrevet, prépare-toi

à l'épreuve de français **en 3 étapes !**

DERNIÈRE SESSION

Les sujets classés par thème

Pour chaque thème, voici les ressources de ton Annabrevet.

Indique sur cette liste l'avancement de tes révisions.
☐ À retravailler encore ☒ Désormais ok !

Se raconter, se représenter

Dénoncer les travers de la société

Agir dans la cité : individu et pouvoir

Visions poétiques du monde

Progrès et rêves scientifiques

- Coordination éditoriale : Grégoire Thorel et Gaëlle Messé assistés de Rachel Le Nouail
- Graphisme : Dany Mourain et le studio Favre & Lhaïk
- Prépresse : Hatier et Nadine Aymard
- Infographie : Vincent Landrin
- Illustration : Juliette Baily
- Mise en page : STDI

INDEX

...par type d'exercice

LES QUESTIONS DE RÉÉCRITURE

LES DICTÉES

LES SUJETS DE RÉDACTION

S'échauffer, s'approprier les méthodes

INFOS et CONSEILS sur l'épreuve

Quatre sujets ÉTAPE par ÉTAPE

1 Comment s'organise l'épreuve de français ?

L'épreuve de français, d'une durée de 3 heures, se déroule en deux temps séparés par une pause de 15 minutes. Elle est notée sur 100 points.

A Le premier temps de l'épreuve (1 h 10)

Le premier temps est entièrement consacré à la première partie de l'épreuve. Celle-ci s'appuie sur un corpus constitué d'un **texte littéraire** et d'un **document iconographique**. Tu dois répondre à deux séries de questions : « Grammaire et compétences linguistiques » puis « Compréhension et compétences d'interprétation ».

INFO **Les réponses aux questions sont notées sur 50 points.**

1. Les questions de grammaire

- La première série de questions porte sur des faits de langue (**vocabulaire**, **figures de style**, **temps des verbes**, etc.) et permet de vérifier, par exemple, que tu sais justifier l'emploi d'un temps, reconnaître une proposition subordonnée, trouver des mots formés sur un préfixe, etc.
- L'une de ces questions, généralement notée sur 10 points, est un exercice de **réécriture** : selon le cas, on te demande de modifier un passage du texte en changeant le temps ou le sujet du premier verbe, en passant au discours indirect, etc.

2. Les questions de compréhension

- La seconde série de questions, plus nombreuses, vise à évaluer ta compréhension du texte : **thème**, comportement et réaction du ou des **personnages**, **point de vue**, etc.
- L'une au moins de ces questions t'invite à observer l'**image** et à opérer un rapprochement avec le texte.

B Le second temps de l'épreuve (1 h 50)

1. La dictée

Le second temps de l'épreuve se divise en deux parties. Il comprend d'abord une dictée, pendant 20 minutes, afin de contrôler ton **niveau en orthographe**.

INFO La dictée est notée sur 10 points ; la rédaction, sur 40 points.

2. Le travail d'écriture

Ensuite, tu disposes d'1 heure 30 pour effectuer un travail de rédaction. Tu as le choix entre deux sujets : l'un de réflexion, l'autre d'imagination. Dans les deux cas, il s'agit d'évaluer ta **capacité à rédiger**.

C En résumé

Épreuve de FRANÇAIS

DESCRIPTIF

3 heures

100 points

3 parties :
- travail sur un texte et une image
- dictée
- rédaction

MÉTHODE

1. Lisez plusieurs fois le sujet avant de répondre aux questions.
2. Préparez votre rédaction au brouillon (environ 40 min).
3. Gardez du temps pour relire l'ensemble de votre devoir (environ 10 min).

CONSEILS

- Pendant l'année, repérez les fautes d'orthographe que vous faites souvent pour les corriger lors de la relecture.
- Soignez votre écriture pour faciliter le travail du correcteur !

2 Comment réussir les questions ?

Les questions portent sur un texte d'une trentaine de lignes, d'un auteur de langue française, et sur un document iconographique.

A Comprendre les documents

1. Le texte

- **Lis** très attentivement le texte et **relis**-le aussi souvent que nécessaire. Identifie son **genre** : récit, théâtre, poésie… Mobilise tes connaissances sur l'auteur, si tu le connais, et sur l'époque de parution du livre (la date est toujours indiquée).
- Dans le cas d'un texte narratif, repère les **personnages**, le **lieu** et l'**époque** de l'action. S'agit-il d'un récit à la 1re personne ? à la 3e personne ?

2. L'image

- Regarde attentivement le document iconographique.
- Interroge-toi : quel élément permet de faire le **lien** avec le texte ?

B Traiter les questions de grammaire

- Lis l'ensemble des questions avant de répondre. Elles suivent une progression : il est donc recommandé de les traiter **dans l'ordre**.
- Les questions de grammaire portent sur des éléments précis : un mot, une phrase, un verbe, une figure de style… Elles appellent en général des **réponses assez brèves**, mais qui doivent être **justifiées**.

> ATTENTION ! **Toutes tes réponses doivent être rédigées.**

- Pour la réécriture, veille à bien faire toutes les transformations orthographiques impliquées par le changement initial. **Souligne les mots à modifier** : verbes, noms et adjectifs, pronoms, déterminants possessifs, etc. Attention à ne pas faire de faute aux mots qui ne changent pas.

C Traiter les questions de compréhension

- Regarde bien le **barème** de chaque question : plus le nombre de points est élevé, plus ta réponse doit être longue et argumentée.
- Les dernières questions te demandent de faire le **bilan** (visée de l'auteur, intérêt du texte) et de **confronter** le texte et l'image. Prends appui sur les documents pour détailler ta réponse et **justifier ton point de vue**.

> CONSEIL **Pour toutes tes réponses, rédige de manière simple et claire, et pense à citer le texte.**

3 Comment réussir la dictée ?

Le texte de la dictée, de 600 signes environ, a toujours un rapport avec le texte initial : même œuvre, même auteur ou même thème.

A Écouter

- Lors de la première lecture, concentre-toi sur le **sens** du texte et repère ses difficultés. Demande-toi si le récit est à la 1re ou à la 3e personne.

> INFO **La dictée est lue au total trois fois.**

- Identifie le type du texte et le **temps dominant** : généralement, imparfait et passé simple pour un récit, présent ou imparfait pour une description.

B Écrire

1. Les verbes

- Fais attention aux temps qui, à l'oral, peuvent se confondre :
– participe passé et infinitif des verbes du 1er groupe (*aimé/aimer*) ;
– imparfait et passé simple (*je marchais/je marchai*) ;
– futur et conditionnel présent (*je partirai/je partirais*).
- Pour les différencier, **change de personne** : *il partira / il partirait*.

2. Les chaînes d'accord

- Repère le sujet de chaque **verbe** pour savoir comment accorder celui-ci.
- Pour chaque **adjectif**, demande-toi à quel **nom** il se rapporte pour l'accorder correctement en genre et en nombre.
- N'oublie pas d'accorder les **participes passés** qui doivent l'être.

3. Les homophones

Sois attentif à bien distinguer les homophones : *ou/où*, *quand/qu'en*, *c'est/s'est*… Identifie leur **classe grammaticale** pour ne pas te tromper.

> CONSEIL **Essaie de retrouver l'orthographe des mots que tu ne connais pas à partir de mots formés sur le même radical.**

C Se relire

- Effectue plusieurs relectures, en te concentrant à chaque fois sur **un point précis** : l'accord sujet-verbe ; les homophones, etc.
- Vérifie que tes phrases commencent par une majuscule, forme correctement les accents et rends ton écriture la plus **lisible** possible.

4 Comment réussir la rédaction ?

Tu as le choix entre un sujet de réflexion et un sujet d'imagination. Tous deux portent sur la même thématique que les documents distribués dans la première partie de l'épreuve.

A Comprendre le sujet

Lis les deux sujets et choisis rapidement celui que tu veux traiter.

1. Le sujet de réflexion

- On te demande d'exprimer **ton avis** sur une question précise. Tu dois écrire un texte à dominante **argumentative** en justifiant ton point de vue.
- Le plus souvent, il s'agit d'écrire un petit texte. On peut aussi te demander de développer une argumentation dans une lettre ou sous forme de dialogue.

2. Le sujet d'imagination

- Il peut s'agir d'écrire la **suite d'un récit**, de raconter la même scène en changeant de point de vue ou d'imaginer une autre scène sur le même thème. On pourra également te demander de **raconter une expérience personnelle**, en précisant les sentiments que tu as éprouvés à cette occasion.

> CONSEIL **Pense à enrichir tes récits par des descriptions et des dialogues, même lorsque les consignes ne le précisent pas.**

- La consigne t'indique clairement le **type de texte** attendu : texte essentiellement narratif, lettre, récit avec passages dialogués…

B Travailler au brouillon

- Accorde **40 minutes** à cette phase.
- Pour un **sujet de réflexion**, contente-toi d'écrire au brouillon le plan et les idées principales de chaque paragraphe, sans faire de phrases complètes. En revanche, rédige intégralement ton **introduction**.
- Pour un **sujet d'imagination**, écris au brouillon uniquement le **plan** du texte et les **idées majeures**.
- Quand tu as terminé ton premier jet, **retravaille-le** : vérifie que les phrases s'enchaînent bien et qu'il n'y a pas de répétitions ; puis corrige les erreurs.

C Rédiger au propre

- Accorde **40 minutes** à cette dernière étape. Écris lisiblement. Ton texte doit faire 2 pages minimum, soit 300 mots environ.
- Il te restera **10 minutes** pour te relire et supprimer les erreurs d'inattention.

1 Le travail sur le texte et l'image *étape* par *étape*

Petit pays, de Gaël Faye

1 h 10
50 points

DOCUMENT A Texte littéraire

Le Burundi, pays d'Afrique, est en pleine guerre civile et l'insécurité y règne. Dans « l'impasse », petit coin dans lequel le narrateur et ses amis aiment traîner et s'amuser, la bande de copains décide de former un gang pour défendre le quartier. Ce climat de violence déplaît au narrateur.

J'ai décidé de me rendre moins souvent à la planque. J'ai même commencé à éviter les copains et leur délire guerrier. J'avais besoin de respirer, de me changer les idées. Pour la première fois de ma vie, je me sentais à l'étroit dans l'impasse, cet espace confiné où mes préoccupations tournaient en rond.

Un après-midi, j'ai croisé par hasard Mme Economopoulos devant sa haie de bougainvilliers. On a échangé quelques mots sur la saison des pluies et le beau temps, puis elle m'a invité à entrer dans sa maison pour m'offrir un verre de jus de barbadine. Dans son grand salon, mon regard a tout de suite été attiré par la bibliothèque lambrissée[1] qui couvrait entièrement un des murs de la pièce. Je n'avais jamais vu autant de livres en un seul lieu. Du sol au plafond.

– Vous avez lu tous ces livres ? j'ai demandé.

– Oui. Certains plusieurs fois, même. Ce sont les grands amours de ma vie. Ils me font rire, pleurer, douter, réfléchir. Ils me permettent de m'échapper. Ils m'ont changée, ont fait de moi une autre personne.

– Un livre peut nous changer ?

CONSEIL
Fais une première **lecture** attentive du texte, en te posant les **questions** suivantes :
- Quelles sont les circonstances du récit : où ? quand ?
- Qui raconte ? Quels sont les personnages ?
- Quel est le thème central du récit ?

Tu peux souligner chaque élément de réponse dans le texte, en choisissant une couleur par question comme fait ici.

LÉGENDE
- Lieux et circonstances de l'action
- Personnages de l'extrait et évolution de leur relation
- Thème central de l'extrait

VOCABULAIRE
1. **Lambrissée** : revêtue d'une décoration en bois.

– Bien sûr, un livre peut te changer ! Et même changer ta vie. Comme un coup de foudre. Et on ne peut pas savoir quand la rencontre aura lieu. Il faut se méfier des livres, ce sont des génies endormis.

Mes doigts couraient sur les rayonnages, caressaient les couvertures, leur texture si différente les unes des autres. J'énonçais en silence les titres que je lisais. Mme Economopoulos m'observait sans rien dire, mais alors que je m'attardais particulièrement sur un livre, intrigué par le titre, elle m'a encouragé.

– Prends-le, je suis sûre qu'il te plaira.

Ce soir-là, avant d'aller au lit, j'ai emprunté une lampe torche dans un des tiroirs du secrétaire de Papa. Sous les draps, j'ai commencé à lire le roman, l'histoire d'un vieux pêcheur, d'un petit garçon, d'un gros poisson, d'une bande de requins… Au fil de la lecture, mon lit se transformait en bateau, j'entendais le clapotis[2] des vagues taper contre le bord du matelas, je sentais l'air du large et le vent pousser la voile de mes draps.

Le lendemain, j'ai rapporté le livre à Mme Economopoulos.

– Tu l'as déjà terminé ? Bravo, Gabriel ! Je vais t'en prêter un autre.

La nuit d'après, j'entendais le bruit des fers qui se croisent, le galop des chevaux, le froissement des capes de chevaliers, le froufrou de la robe en dentelle d'une princesse.

Un autre jour, j'étais dans une pièce exiguë[3], caché avec une adolescente et sa famille, dans une ville en guerre et en ruine. Elle me laissait lire par-dessus son épaule les pensées qu'elle couchait dans son journal intime. Elle parlait de ses peurs, de ses rêves, de ses amours, de sa vie d'avant. J'avais l'impression que c'était de moi qu'il était question, que j'aurais pu écrire ces lignes.

Chaque fois que je lui rapportais un livre, Mme Economopoulos voulait savoir ce que j'en avais pensé. Je me demandais ce que cela

CONSEIL
Tu peux surligner les **marqueurs temporels** qui te permettront de saisir les différentes articulations du texte et de mieux en voir la progression.

VOCABULAIRE
2. **Clapotis** : bruit léger et répété que provoque l'eau qui se heurte à un obstacle (bateau, rocher, jetée…).
3. **Exigu** (féminin exiguë) : étroit, étriqué, restreint.

pouvait bien lui faire. Au début, je lui racontais brièvement l'histoire, quelques actions significatives, le nom des lieux et des protagonistes[4]. Je voyais qu'elle était contente et j'avais surtout envie qu'elle me prête à nouveau un livre pour filer dans ma chambre le dévorer.

Et puis, j'ai commencé à lui dire ce que je ressentais, les questions que je me posais, mon avis sur l'auteur ou les personnages. Ainsi, je continuais à savourer mon livre, je prolongeais l'histoire. J'ai pris l'habitude de lui rendre visite tous les après-midis. Grâce à mes lectures, j'avais aboli[5] les limites de l'impasse, je respirais à nouveau, le monde s'étendait plus loin, au-delà des clôtures qui nous recroquevillaient sur nous-mêmes et sur nos peurs. Je n'allais plus à la planque, je n'avais plus envie de voir les copains, de les écouter parler de la guerre, des villes mortes [...]. Avec Mme Economopoulos, nous nous asseyions dans son jardin sous un jacaranda mimosa[6]. Sur sa table en fer forgé, elle servait du thé et des biscuits chauds. Nous discutions pendant des heures des livres qu'elle mettait entre mes mains. Je découvrais que je pouvais parler d'une infinité de choses tapies au fond de moi et que j'ignorais. Dans ce havre de verdure, j'apprenais à identifier mes goûts, mes envies, ma manière de voir et de ressentir l'univers. Mme Economopoulos me donnait confiance en moi [...]. Après avoir bien discuté, lorsque l'après-midi s'évanouissait dans la lumière du soleil couchant, nous flânions dans son jardin comme de drôles d'amoureux. [...] Nous marchions lentement, presque au ralenti, [...] comme pour retenir le temps, pendant que l'impasse, peu à peu se couvrait de nuit.

Gaël Faye, *Petit pays*, 2016.

VOCABULAIRE

4. **Protagoniste** : personnage important d'un roman, d'une pièce de théâtre, d'un film.
5. **Aboli** : éliminé.
6. **Jacaranda mimosa** : arbre aux fleurs bleues.

CONSEIL

Avant de lire l'extrait, lis bien le nom de l'auteur, le titre de l'œuvre et sa date de parution qui t'apporteront des **informations utiles.** Ici, tu peux avoir vu l'adaptation cinématographique du livre ou connaître Gaël Faye en tant que rappeur. Si ce n'est pas le cas, rassure-toi : l'extrait se suffit à lui-même.

DOCUMENT B **Jodi Harvey-Brown, *Le Vieil Homme et la Mer***

© Jodi Harvey-Brown

Le Vieil Homme et la Mer, collection photographique sculpturale *Coming Out The Pages*, Jodi Harvey-Brown.

CONSEIL
Observe bien **l'image** : est-ce une photographie, une peinture, une sculpture… ? Aide-toi du titre et des indications données. Ici, il s'agit de la photographie d'une sculpture constituée d'un livre, *Le Vieil Homme et la Mer*, et d'origamis mettant en scène les éléments de l'histoire.

GRAMMAIRE ET COMPÉTENCES LINGUISTIQUES

▶ **1.** « Ce soir-là, avant d'aller au lit, j'ai emprunté une lampe torche dans un des tiroirs du secrétaire de Papa. Sous les draps, j'ai commencé à lire le roman, l'histoire d'un vieux pêcheur, d'un petit garçon, d'un gros poisson, d'une bande de requins… Au fil de la lecture, mon lit se transformait en bateau, j'entendais le clapotis des vagues taper contre le bord du matelas, je sentais l'air du large et le vent pousser la voile de mes draps. » (l. 38 à 46)
Réécrivez ce passage en remplaçant « je » par « nous » et faites toutes les modifications nécessaires. (*10 points*)

REMARQUE
Pour traiter les questions de cette première partie, tu dois en premier lieu faire appel à tes **connaissances grammaticales et de vocabulaire** vues en cours.

REMARQUE
Le nombre de **points** accordés peut t'aider à vérifier si tu n'as pas oublié une **transformation** lors de ta réécriture.

▶ **2.** « Dans son grand salon, mon regard a tout de suite été attiré par la bibliothèque lambrissée qui couvrait entièrement un des murs de la pièce. » (l. 13-16)

a) Relevez la proposition subordonnée. (*1 point*)

b) Donnez sa nature et sa fonction. (*2 points*)

▶ **3.** « Ils me font rire, pleurer, douter, réfléchir. » (l. 20-21)
Quelle est la classe grammaticale du mot souligné ? Que désigne-t-il ? (*1 point*)

▶ **4.** « Elle me laissait lire par-dessus son épaule les pensées qu'elle couchait dans son journal intime. Elle parlait de ses peurs, de ses rêves, de ses amours, de sa vie d'avant. » (l. 57 à 60)

a) Identifiez le temps et le mode utilisés dans ce passage. (*1 point*)

b) Donnez sa valeur. (*1 point*)

CONSEIL
L'énoncé te fournit le passage précis à étudier, mais n'hésite pas à **relire** dans le texte quelques lignes avant et après la citation, pour comprendre le contexte.

▶ **5.** « Du sol au plafond. » (l. 17)
Quelle est la particularité grammaticale de cette phrase ? (*2 points*)

▶ **6.** « brièvement » (l. 67). Donnez deux mots de la même famille. (*2 points*)

COMPRÉHENSION ET COMPÉTENCES D'INTERPRÉTATION

▶ **1.** Qu'est-ce que le narrateur appelle « la planque » (l. 2) ?
Pour quelles raisons a-t-il décidé de s'y rendre moins souvent ? (*4 points*)

▶ **2.** Pourquoi le narrateur remarque-t-il la bibliothèque de Mme Economopoulos dès son entrée dans le grand salon ? (*2 points*)

▶ **3.** « Comme un coup de foudre » (l. 26-27).
Identifiez la figure de style et interprétez-la d'après le contexte. (*2 points*)

▶ **4.** De la ligne 38 à la ligne 46, que s'est-il passé d'extraordinaire pour le narrateur « ce soir-là » ? (*2 points*)

REMARQUE
Pour répondre aux questions de cette partie, tu vas devoir t'appuyer sur une **bonne compréhension du texte** et sur une **réflexion personnelle** judicieuse.

CONSEIL
Sois attentif(ve) à tous les **détails**. Tu remarqueras ici que le terme *raisons* est au pluriel. Tu dois donc en donner au moins deux.

▶ **5.** Comment comprenez-vous le passage dans lequel le narrateur évoque une rencontre avec une « adolescente » (l. 55 à 62) ? (*4 points*)

▶ **6.** Expliquez la relation qui se crée entre l'enfant et Mme Economopoulos. Comment évolue-t-elle ? (*4 points*)

▶ **7.** D'après l'expérience relatée dans ce texte, quels sont les pouvoirs de la lecture ? (*6 points*)

▶ **8.** Montrez que certains éléments de l'image correspondent bien aux pouvoirs de la lecture évoqués dans le texte. (*6 points*)

REMARQUE
Les sujets de brevet se terminent toujours par une question qui demande de **confronter le texte à une image.** Organise-toi afin de te laisser du temps pour y répondre.

ÉTAPE 1 au brouillon — Lire le texte, observer l'image, les caractériser globalement

10 min

Avant de répondre aux questions, il est indispensable de prendre le temps de **lire attentivement le texte dans son intégralité**, pour bien en comprendre le sens. Ce travail t'évitera de faire de nombreux contresens.

Cette lecture attentive te permettra également d'établir au brouillon la « **carte d'identité** » du texte étudié.

Le texte

- **Le genre**
  Extrait d'un roman
- **Le thème**
  Événement fondateur de la découverte des livres et du plaisir de la lecture
- **Les personnages**
  Le narrateur, un adolescent, et Mme Economopoulos, une femme qui l'initie à la lecture
- **Le cadre de l'action**
  Essentiellement la maison et le jardin de Mme Economopoulos, un havre de paix au cœur d'un pays en proie à une guerre civile

Observe et caractérise rapidement l'image. Tu gagneras du temps pour répondre à la dernière question qui te demande de **confronter le texte à l'image.**

L'image

- **Le genre**
  Photographie d'une œuvre plastique constituée d'un livre et de pliages de papier, d'origamis
- **Le thème**
  Magie de la lecture qui fait surgir un décor et des personnages des pages d'un livre par le seul pouvoir des mots

S'ÉCHAUFFER

ÉTAPE 2 au propre

Répondre à la question de réécriture

5 min

Pour traiter la question de réécriture, prends le temps de bien rechercher tous les éléments à transformer : ici, les **pronoms sujets** et les **verbes**, mais aussi les **déterminants possessifs**.

▶ 1. *Ce soir-là, avant d'aller au lit, nous avons emprunté une lampe torche dans un des tiroirs du secrétaire de Papa. Sous les draps, nous avons commencé à lire le roman, l'histoire d'un vieux pêcheur, d'un petit garçon, d'un gros poisson, d'une bande de requins… Au fil de la lecture, notre lit se transformait en bateau, nous entendions le clapotis des vagues taper contre le bord du matelas, nous sentions l'air du large et le vent pousser la voile de nos draps.*

REMARQUE
Les **participes passés** « emprunté » et « commencé » restent inchangés : ils sont employés avec l'auxiliaire *avoir* et ne s'accordent donc pas avec le sujet « nous ».

ÉTAPE 3 au propre

Répondre aux questions de grammaire et langue

15 min

Tes réponses aux questions grammaticales doivent s'appuyer sur tes **connaissances**, mais aussi sur le **contexte**. C'est le cas, par exemple, pour les questions portant sur la valeur d'un temps ou le sens d'un mot.

▶ 2. a) *La proposition subordonnée est la suivante : « qui couvrait entièrement un des murs de la pièce ».*

b) C'est une proposition subordonnée relative. Elle est épithète du nom « bibliothèque ».

▶ 3. *Le mot souligné est un pronom personnel. Il désigne « les livres ».*

REMARQUE
La proposition subordonnée relative joue ici le même rôle qu'un adjectif et a la même fonction : **épithète**.

Pour répondre judicieusement aux **questions de conjugaison**, lis attentivement l'énoncé. Ne confonds pas le **temps** (présent, imparfait…) et le **mode** (indicatif, subjonctif…). La **valeur du temps** dépend de son emploi dans le texte.

▶ 4. a) Le temps employé est l'imparfait au mode indicatif.

b) L'imparfait est employé ici pour exprimer une action en cours d'accomplissement, que l'on se représente dans son déroulement, dans sa durée.

▶ 5. Il s'agit d'une phrase nominale ou non verbale : elle ne contient pas de verbe.

INFO+
Pour répondre correctement, prends en compte le contexte : ici, l'imparfait ne marque ni l'**habitude** ni la **répétition** puisque le paragraphe commence par « Un autre jour ».

Certaines questions portent sur le **vocabulaire.** Dans ce cas, il s'agit de donner la **définition** d'un mot, d'analyser sa **formation** (préfixe, radical, suffixe) de rechercher des **synonymes**, des **mots de la même famille** ou appartenant au même **champ lexical.** Si tu ignores le sens du mot à étudier, aide-toi du contexte.

▶ 6. Mots de la même famille : brièveté, bref (brève), bréviaire, abréviation...

INFO+
Les **mots de la même famille** sont construits à partir du **même radical.** Cependant celui-ci peut présenter des variantes comme ici : **brièveté** et **bref.**

ÉTAPE 4 au propre — Répondre aux questions de compréhension et d'interprétation

30 min

Les premières questions de compréhension sont simples, tu pourras en trouver les réponses **dans le texte.** Les dernières questions sont un peu plus difficiles, pour y répondre, tu devras **interpréter** l'extrait. N'hésite pas à **relire** les passages cités, voire l'extrait en entier, autant de fois que nécessaire. Tu peux **surligner les mots-clés** du texte qui te permettront de répondre avec précision.

▶ 1. « La planque » désigne le repaire où le narrateur retrouve ses camarades. Il a décidé de s'y rendre moins souvent car il s'y sent à l'étroit : ce lieu « où ses préoccupations tournent en rond » est devenu angoissant et étouffant pour lui.

S'ÉCHAUFFER

▶ **2.** Le narrateur remarque immédiatement la bibliothèque de Mme Economopoulos par son aspect imposant car « elle couvre entièrement l'un des murs de la pièce » : il n'a jamais vu autant de livres.

▶ **3.** Il s'agit d'une comparaison. Mme Economopoulos veut dire que la rencontre avec un livre peut provoquer une sensation qui ressemble à un « coup de foudre » amoureux, à la naissance brutale d'une passion, à un sentiment immédiat et irrépressible.

INFO+
- Une **figure de style** (ou une image) est un moyen stylistique utilisé pour rendre un texte littéraire plus expressif.
- Ne confonds pas **comparaison** et **métaphore.** Seule la comparaison est introduite par un **mot-outil**, ici « comme ».

▶ **4.** Ce soir-là, le narrateur découvre les pouvoirs des livres : l'immersion dans un univers différent et l'évasion de son quotidien pour vivre des expériences exaltantes. La lecture du Vieil Homme et la Mer d'Ernest Hemingway stimule l'imagination du narrateur : son lit se transforme en bateau, ses draps deviennent des voiles ; il partage les aventures d'un vieux pêcheur et d'un jeune garçon.

▶ **5.** Lorsque le narrateur évoque sa rencontre avec une adolescente, il fait allusion à la lecture du journal intime d'une jeune fille, Le Journal d'Anne Frank. Il ressent de l'empathie envers cette jeune fille et va jusqu'à s'identifier à elle car tous deux vivent dans un pays en guerre et partagent les mêmes peurs et les mêmes rêves.

CONSEIL
Si tu as reconnu les œuvres que lit le narrateur dans l'extrait, n'hésite pas à le montrer au correcteur en **citant** précisément le titre et son auteur.

Les dernières questions te conduisent à faire une **analyse** globale de l'extrait, et à exprimer parfois un jugement personnel. Ces questions sont importantes : dans le barème, elles sont associées à un **nombre de points élevé**. Veille donc à bien t'organiser pour avoir le temps de développer ta réponse en un **paragraphe argumenté**.

▶ **6.** Mme Economopoulos joue le rôle d'une initiatrice : elle fait découvrir au narrateur le plaisir de la lecture et l'amène à fréquenter quotidiennement les livres. Tout d'abord, le narrateur est méfiant et se confie peu, mais progressivement il prend plaisir à échanger avec elle et à exprimer ce qu'il ressent. Elle lui a donné confiance en lui. À la fin, ils sont devenus amis, il partage une relation intime « comme de drôles d'amoureux ».

REMARQUE
La question demande d'étudier l'**évolution** de la relation entre les deux personnages. Dans l'extrait, les connecteurs (*au début, et puis*) marquent cette évolution. Rends-la également **visible** dans ta réponse.

▶ 7. D'après l'expérience relatée, la lecture permet tout d'abord de s'évader, de vivre des aventures exaltantes et d'échapper momentanément à un quotidien décevant. Elle permet aussi de ressentir de l'empathie pour des personnages, de partager leurs peurs, leurs rêves et leurs émotions. Lire permet ainsi de se sentir moins seul et de mettre des mots sur ce que l'on ressent. Enfin, la lecture amène à découvrir des choses cachées en soi qui ne demandent qu'à être explorées et partagées.

ÉTAPE 5 au propre

Confronter le texte à l'image

10 min

Commence par **présenter** l'image. Confronte-la ensuite au texte pour rechercher les **ressemblances** et/ou les **différences.** La question peut porter sur l'ensemble de l'extrait, sur un paragraphe, voire une phrase. Traite avec soin cette question qui apporte de nombreux points.

▶ 8. L'œuvre artistique appartient à une collection photographique sculpturale intitulée Coming Out The Pages, signifiant littéralement « Sortant des pages » de l'artiste Jodi Harvey-Brown. Cette sculpture a pour titre Le Vieil Homme et la Mer.

Ce titre fait écho au paragraphe où le narrateur découvre la magie de la lecture en s'immergeant dans ce roman d'Ernest Hemingway.

Par son montage de papiers découpés et pliés, d'origamis – barque, pêcheur, poisson – surgissant des pages ouvertes d'un livre dont les mots ont été remplacés par les flots de la mer, l'artiste rend encore plus concrète l'idée exprimée par le narrateur lorsqu'il évoque son lit transformé en bateau et ses draps en voiles. C'est le même pouvoir de la lecture qui est en jeu : faire surgir des images de la page imprimée et plonger le lecteur dans un autre univers que le sien en quête d'aventures et de rencontres.

CONSEIL
Commence par préciser le **genre** du document iconographique, son **auteur,** son **titre,** éventuellement sa **date. Décris-le** ensuite en quelques mots.

Dictée d'un extrait de *Petit pays*

20 min
10 points

L'enregistrement audio du texte de la dictée est accessible sur le site des éditions Hatier. Vous pouvez y accéder à l'aide de ce QR-Code ou en suivant ce lien : hatier-flash.fr/a/annabrevet2022francais.

▶ Écoute une première fois le texte.

▶ Écris maintenant le texte qui t'est dicté.

Les mots écrits au tableau
burundaise, burundais, Gino, Armand et métis.

ÉTAPE 1 au brouillon — Écouter la dictée lue une première fois

2 min

- Concentre-toi sur le **sens du texte** et repère **ses difficultés.** Demande-toi si le récit est à la première ou à la troisième personne, identifie le **type de texte** et le **temps dominant.**
- Tu peux déjà noter au brouillon les **mots qui t'ont semblé difficiles**, ou les **liaisons particulières** prononcées par le professeur.

habitaient en face ; possédaient une boutique ; des comédies américaines

ÉTAPE 2 au propre

Écrire la dictée lors de la deuxième écoute

8 min

Écris à ton **rythme**. S'il te manque un mot, ne t'inquiète pas : le professeur relira lentement plusieurs fois pour que chacun ait le temps de tout écrire. Tu peux **noter au crayon les mots sur l'orthographe desquels tu as un doute** afin d'y revenir plus tard (mot en gris ci-dessous).

Voici un **exemple de copie d'élève** pour cette dictée. Cette première version contient des **erreurs**.

L'impasse était la zone qu'ont connaissais le mieux, c'était là que nous vivions tous les cinq. Les jumeaux habitaient en face de chez moi, à l'entrée de l'impasse, la première maison à gauche. Ils étaient métis, leur père était français et leur mère burundaise. Leurs parents possédaient une boutique de location de cassettes vidéo, essentiellement des comédies américaines et des films d'amour indien. […]

Armand habitait la grande maison en brique blanche au fond de l'impasse. Ses deux parents étaient burundais, il était donc le seul noir de la bande. […]

Et puis, il y avait Gino. L'aîné du groupe. Un an et neuf mois de plus. Il avait redoubler exprès pour être dans la même classe que nous. Enfin, c'est comme sa qu'il justifiait son échec. Il vivait avec son père, derrière le portail rouge au milieu de l'impasse, dans une vieille maison coloniale.

LÉGENDE
Mot en gris : mot à revoir et à corriger.

ÉTAPE 3 au propre

Se relire et corriger sa dictée

8 min

Sois attentif aux mots susceptibles de comporter des fautes : les **verbes**, les **adjectifs**, les **participes passés** peuvent te poser des problèmes d'accord. Les **homophones** sont également souvent source d'erreurs.

Pour vérifier ton texte, effectue des **relectures successives** en te concentrant sur une catégorie de mots à chaque fois et en te posant les questions suivantes.

Les verbes conjugués	• À quel temps le verbe est-il ? • Quel est son sujet ? • Quelle est sa terminaison ?
Les adjectifs	• À quel nom (ou pronom) se rapporte-t-il ? • Quels sont le genre et le nombre de ce nom ?
Les participes passés	• Est-il employé seul, avec *être*, ou avec *avoir* ? • Avec quel mot faut-il l'accorder ?
Les homophones	• Quelles sont les orthographes possibles ? • Par quoi le remplacer pour ne plus avoir de doute ?

ON OU ONT ?
Tu peux le remplacer par *il*, mais non par *avaient* ; il s'agit donc du pronom personnel de la 3e personne et non du verbe *avoir*.

CONNAISSAIS OU CONNAISSAIT ?
Le verbe est conjugué à l'imparfait ; il a pour sujet *on*, 3e personne du singulier. La terminaison est donc **-ait**.

L'impasse était la zone qu'ont connaissais le mieux, c'était là que nous vivions tous les cinq. Les jumeaux habitaient en face de chez moi, à l'entrée de l'impasse, la première maison à gauche. Ils étaient métis, leur père était français et leur mère burundaise. Leurs parents possédaient une boutique de location de cassettes vidéo, essentiellement des comédies américaines et des films d'amour indien. […]

Armand habitait la grande maison en brique blanche au fond de l'impasse. Ses deux parents étaient burundais, il était donc le seul noir de la bande. […]

Et puis, il y avait Gino. L'aîné du groupe. Un an et neuf mois de plus. Il avait redoubler exprès pour être dans la même classe que nous. Enfin, c'est comme sa qu'il justifiait son échec. Il vivait avec son père, derrière le portail rouge au milieu de l'impasse, dans une vieille maison coloniale.

INDIEN OU INDIENS ?
L'adjectif qualifie le nom *films* et non le nom *amour* ; il prend donc les marques du masculin pluriel.

REDOUBLÉ OU REDOUBLER ?
Il s'agit du participe passé employé avec *avoir*, dans une forme conjuguée au plus-que-parfait.

ÇA OU SA ?
Tu peux remplacer le mot par *cela* : il s'agit du pronom démonstratif contracté *ça*.

Certains mots peuvent poser des problèmes d'**orthographe lexicale.** Essaie de retrouver l'orthographe des mots que tu ne connais pas à partir de mots de la même famille, formés sur le même radical. Par exemple, ici, pars de l'adjectif *essentiel* pour écrire l'adverbe *essentiellement*.

ÉTAPE 4 au propre

Se relire une dernière fois lors de la troisième écoute

2 min

Lors de cette dernière écoute, vérifie que :

- tu n'as pas oublié de mots ;
- tu as employé des majuscules quand c'était nécessaire ;
- les mots sont correctement accentués.

L'impasse était la zone qu'on connaissait le mieux, c'était là que nous vivions tous les cinq. Les jumeaux habitaient en face de chez moi, à l'entrée de l'impasse, la première maison à gauche. Ils étaient métis, leur père était français et leur mère burundaise. Leurs parents possédaient une boutique de location de cassettes vidéo, essentiellement des comédies américaines et des films d'amour indiens. [...]

Armand habitait la grande maison en brique blanche au fond de l'impasse. Ses deux parents étaient burundais, il était donc le seul noir de la bande. [...]

Et puis, il y avait Gino. L'aîné du groupe. Un an et neuf mois de plus. Il avait redoublé exprès pour être dans la même classe que nous. Enfin, c'est comme ça qu'il justifiait son échec. Il vivait avec son père, derrière le portail rouge au milieu de l'impasse, dans une vieille maison coloniale.

Un récit de retrouvailles

1 h 30
40 points

Quelques semaines plus tard, Gabriel croise son ami Gino, de la bande de « l'impasse ». Racontez leurs retrouvailles. Gabriel, lui, parle notamment de sa nouvelle passion pour la lecture.

ÉTAPE 1 au brouillon — Bien lire la consigne

5 min

La consigne t'indique normalement le **type de texte attendu** : texte essentiellement narratif, description, dialogue, lettre… S'il s'agit d'une suite de récit, **respecte les données du texte support** (cadre spatio-temporel, caractère des personnages, thèmes).

Racontez → *Le type de texte attendu est un récit. La consigne ne le précise pas, mais il vaut mieux respecter l'énonciation du texte initial : Gabriel est le narrateur et l'histoire est racontée au passé.*

leurs retrouvailles → *Les deux amis ne se sont pas vus pendant plusieurs semaines, alors qu'ils sont voisins. S'ils sont contents de se retrouver, les raisons de cet éloignement devront toutefois être évoquées.*

parle → *Des passages dialogués sont attendus dans le récit, avec sans doute une confrontation des points de vue. Le discours indirect peut également être employé.*

ÉTAPE 2 au brouillon

Rechercher des idées

10 min

Pars des **informations présentes dans le texte support** et utilise-les. Elles peuvent te servir notamment pour imaginer les **comportements** des personnages en conformité avec leur **caractère**. Ne t'éloigne pas du thème imposé par le sujet.

Contexte
- récit qui se passe en Afrique, au Burundi
- climat tendu dû à la guerre civile qui déchire le pays

Gabriel
- narrateur
- délaisse ses amis depuis qu'il a découvert son attrait pour la lecture

Gino
- redoublant
- le plus âgé de la bande
- fait partie du « gang » créé pour défendre le quartier, marqué par un climat de violence

Relation entre les personnages
- amis, mais ils se sont éloignés depuis quelques semaines car leurs préoccupations diffèrent
- les deux garçons seront donc en décalage

Sentiments
- possible ressentiment chez Gino
- soulagement et/ou culpabilité chez Gabriel

Discussion
- sans doute un peu tendue à certains moments
- compréhension mutuelle à la fin ou différences exacerbées par la dispute

ÉTAPE 3 au brouillon

Définir rapidement un plan

15 min

Réfléchis à la **progression logique et chronologique** de ton devoir. La situation doit avoir évolué entre le début et la fin de l'histoire. Chaque étape correspond à un paragraphe différent.

Moment 1

Narration : circonstances de la rencontre entre les deux amis. Joie initiale. Une distance s'installe très vite. Gêne de Gabriel.

Moment 2

Discours rapporté : discussion tendue. Chacun défend ses positions. La distance s'accentue.

Moment 3

Retour à la narration et commentaires du narrateur. La rupture est consommée. Les deux garçons se quittent fâchés.

ÉTAPE 4 au brouillon

Lister le vocabulaire à utiliser

10 min

Établis une **liste d'expressions** afin d'éviter les répétitions pour désigner les personnages. Définis également les **champs lexicaux** susceptibles d'être utilisés.

Groupes nominaux pour désigner Gino

- mon ami de toujours
- le chef de notre bande
- celui qui n'avait pas la langue dans sa poche
- mon voisin de l'impasse

Champ lexical de la gêne

- mal à l'aise
- embarrassé
- éviter le regard
- se dandiner

Champ lexical de la lecture

- romans
- aventures
- histoires
- découvrir
- plaisir
- univers merveilleux
- échappatoire

ÉTAPE 5 au propre

Rédiger son devoir

40 min

Prends ton temps pour cette étape : soigne la présentation et l'écriture, respecte les règles élémentaires de grammaire, d'orthographe, de conjugaison et de ponctuation. N'oublie pas d'**organiser ton texte en paragraphes**.

[Les retrouvailles] Un matin, tandis que je flânais devant chez moi, perdu dans mes pensées tournées vers un jeune aspirant mousquetaire et une femme aussi séduisante que dangereuse, j'ai senti tout à coup une main sur mon épaule. Je me suis retourné. Un grand sourire sur un visage rond et malicieux : c'était Gino, mon ami de toujours ! À mon tour, je lui ai souri. J'ai noté très vite chez lui un léger changement dans sa tenue et une dureté nouvelle dans ses yeux.

CONSEIL
Pense à varier la **construction des phrases**, en employant des interrogatives, des exclamatives ou des phrases nominales comme ici.

[La discussion] La discussion s'est alors engagée. Nous étions contents de nous revoir.
« Ça fait longtemps qu'on ne t'avait pas vu, Gaby, commença Gino. Tu nous fuis ou quoi ? Qu'est-ce que tu fais de tes journées ?
– Tu ne le croiras jamais, ai-je dit, un peu gêné, en me dandinant. Je passe beaucoup de temps chez Mme Economopoulos. Elle… elle me prête des livres. »
Face à l'incompréhension de mon voisin de l'impasse et à sa mine surprise, j'ai senti que je devais être plus explicite.
« Elle possède tout un tas de romans, ai-je ajouté, de plus en plus embarrassé. Je lui emprunte tous ceux qui m'intéressent. Et j'adore ! C'est un vrai plaisir de découvrir l'univers merveilleux de certaines histoires, les personnages que j'ai l'impression de connaître, comme s'il y avait un peu de moi en eux, comme si je vivais moi aussi leurs aventures… C'est une véritable échappatoire à cette terrible guerre !
– Tu te moques de moi ? Les gars du quartier d'à côté font régulièrement des descentes dans l'impasse, ce sont des voyous qui en veulent à notre vie, et toi tu lis des romans ? Je parie que tu lis même des romans d'amour ! », jeta-t-il avec un regard mauvais.

ATTENTION !
Le dialogue doit permettre à l'**action de progresser** ; inutile donc de mentionner longuement des propos qui n'apportent rien (ex. : « Salut !
– Salut. – Ça va ?
– Oui, et toi ? »).

[Subitement, je me suis senti vraiment mal à l'aise. C'est vrai que j'appréciais aussi les romans d'amour… Mais comment un chef de bande comme Gino, avec un cran d'arrêt dans la poche, pouvait-il le comprendre ?]
« Ce que vous faites, dans l'impasse, avec Armand et les jumeaux, c'est n'importe quoi ! J'en ai assez de votre délire guerrier, ai-je tenté pour me défendre en évitant son regard.
– Tu en as assez ? Mais tu crois que ça m'amuse ? Pourtant il faut bien que certains se dévouent pour faire le sale travail et protéger les autres ! Lâche ! Ne reviens pas nous voir, sinon… »

[La rupture] Brusquement, Gino m'a tourné le dos et a continué son chemin. Il n'avait jamais eu la langue dans sa poche. Mais ses menaces ne m'ont pas trop effrayé. Après tout, on se connaissait depuis nos trois ans. Pourtant, je me suis senti triste, comme si nous appartenions désormais à deux univers opposés. Nos différences seraient-elles à l'avenir plus fortes que nos points communs ?

CONSEIL
La discussion peut être rapportée au **discours direct** ou au **discours indirect**. Tu peux également intercaler, comme ici, des **passages narratifs** où Gabriel commente le dialogue et sa pensée.

CONSEIL
Tu n'es pas obligé de choisir une **fin** heureuse à ton récit : les deux amis peuvent se brouiller et la dispute s'envenimer.

S'ÉCHAUFFER

ÉTAPE 6 au propre — Prendre le temps de se relire

10 min

- Améliore d'abord le **style** : élimine les répétitions et privilégie l'emploi d'un vocabulaire riche et varié.
- Prends ensuite le temps de relire ton texte en privilégiant la **correction de la langue** : vérifie la ponctuation, les accords, l'orthographe, la construction des phrases, la conjugaison, les homophones grammaticaux.

4 Le sujet de réflexion *étape* par *étape*

Une réflexion sur le rôle des livres

1 h 30
40 points

« Un livre peut nous changer ?
Bien sûr, un livre peut te changer ! Et même changer ta vie. Comme un coup de foudre. »

Selon vous, comment un livre peut-il changer une vie, comme l'affirme Madame Economopoulos à Gabriel ?

Vous exposerez votre point de vue en développant plusieurs arguments.

ÉTAPE 1 au brouillon — Bien lire la consigne

10 min

Lis bien le sujet et **surligne les mots-clés.** C'est une étape essentielle pour t'assurer de ne pas faire fausse route et de ne pas être hors sujet.

Un livre : Le sujet traite de la rencontre avec des livres particuliers et non de la lecture en général. Tu peux t'appuyer sur des exemples précis relevant de ta propre expérience, mais aussi de celle des écrivains que tu as pu étudier.

changer une vie : La rencontre avec ce livre doit être un moment fondateur, un événement déclencheur qui reste marquant et dont on se souvient des années après.

exposer son point de vue : Tu dois donner ton avis propre et le défendre. Tu as le droit d'avoir un avis contraire, mais dénigrer la lecture serait un choix peu judicieux.

développer plusieurs arguments : Il t'est demandé de développer au moins deux arguments.

ÉTAPE 2 au brouillon — Rechercher des idées

10 min

Relis le texte étudié de la première partie de l'épreuve : le sujet a nécessairement un lien avec cet extrait. Interroge-toi ensuite sur **ta propre expérience.**

- *Ma réponse à la question* : oui, un livre peut changer une vie.
- *Un des livres qui m'a marqué* : Les Misérables de Victor Hugo
- *Ce qu'il a changé dans ma vie* : il m'a fait vivre des émotions très fortes, partager la vie de personnages qui continuent à m'accompagner.

Tu peux aussi t'appuyer sur des **lectures** faites en classe et des **films.**

Les témoignages d'écrivains que je peux citer

- Romain Gary raconte dans La Promesse de l'aube que la lecture de L'Île au trésor de Robert Louis Stevenson l'a profondément changé.
- Nathalie Sarraute confie dans son autobiographie, Enfance, le plaisir pris à vivre des aventures en compagnie de Rocambole de Ponson du Terrail.

ÉTAPE 3 au brouillon — Définir rapidement un plan

5 min

Classe tes différents **arguments** dans un **ordre croissant d'importance,** chacun devant constituer un paragraphe. Associe éventuellement à ces arguments **un ou plusieurs exemples** qui te permettront de les illustrer.

Argument 1

Le pouvoir d'évasion du livre qui donne la possibilité de vivre des aventures exaltantes.
EXEMPLES : témoignages de Romain Gary et de Nathalie Sarraute.

Argument 2

La promesse de découvrir des personnages auxquels le lecteur peut s'identifier et avec lesquels il partage des moments de vie.
EXEMPLES : le personnage d'Anne Frank, une adolescente juive allemande, cachée aux Pays-Bas durant la Seconde Guerre mondiale, au travers de son journal intime, Le Journal d'Anne Frank ; le personnage de Zézé, un enfant brésilien, qui confie ses secrets à un petit pied d'oranges douces dans Mon bel oranger de José Mauro de Vasconcelos.

Argument 3

Le pouvoir des mots qui permettent l'expression des sentiments intimes ainsi que le plaisir d'écrire à son tour pour laisser libre cours à ses pensées ou à son imagination.

ÉTAPE 4 au brouillon — Lister le vocabulaire à utiliser

5 min

Pour chaque argument, fais une **liste des mots** pour les exprimer :

Argument 1
- aventures
- univers
- surprise
- émerveillement
- tenir en haleine
- excitant
- happer
- fasciner

Argument 2
- personnages
- compagnons
- émotion
- sentir
- empathie
- emprise
- hanter

Argument 3
- partager
- caché
- vocation
- découvrir
- besoin
- libérer

ÉTAPE 5 au propre — Rédiger son devoir

50 min

Lorsque tes idées et ton plan sont prêts, tu peux passer à la **rédaction**.

[Introduction] Un livre peut-il changer une vie à la manière d'un coup de foudre ? Oui, j'en suis convaincu(e) : il est des rencontres avec des livres dont nous nous souvenons toute notre vie, événements déclencheurs qui nous rendent à jamais différents.

[Argument 1] [Tout d'abord], [comme le découvre le narrateur dans l'extrait de Petit pays de Gaël Faye, un livre a le puissant pouvoir de nous transporter dans un autre univers, de nous faire vivre des aventures

REMARQUE
Rédige une **introduction** dans laquelle tu reprends la **question posée** par le sujet. Tu peux apporter un début de réponse qui sera ensuite développé dans ton devoir.

exaltantes qui nous tiennent en haleine et nous font oublier un quotidien parfois décevant, étouffant, voire angoissant.] [Dans La Promesse de l'aube, Romain Gary écrit que la lecture de L'Île au trésor de Stevenson a fait de lui un éternel chasseur de trésors.] [Quant à Nathalie Sarraute, dans son autobiographie Enfance, elle raconte combien elle aimait se plonger dans les aventures de Rocambole de Ponson du Terrail qui lui permettaient de vivre une existence excitante et « rocambolesque » auprès de laquelle sa vie quotidienne lui paraissait fade et sans saveur.] [C'est, pour chaque lecteur, à chaque fois la même surprise, le même émerveillement de découvrir comment un livre peut le happer, l'emporter, le fasciner.]

[Argument 2] [Par ailleurs], [un roman peut nous faire ressentir une profonde empathie pour des personnages – fictifs ou réels – qui deviennent alors nos amis intimes, qui nous accompagnent dans les moments difficiles et qui nous font nous sentir moins seuls dans nos périodes de solitude, à l'adolescence par exemple.] [Le narrateur de Petit pays évoque ainsi sa rencontre avec la jeune Anne Frank, avec laquelle il a tant de choses à partager.] [C'est toujours une surprise de découvrir l'emprise que ces personnages ont sur nous.] [L'histoire de Zézé, ce petit garçon brésilien, confronté à la misère et à la violence racontée dans Mon bel oranger de José Mauro de Vasconcelos m'a si profondément ému(e) que je n'ai pu retenir mes larmes.] [De même, je ne peux lire les pages des Misérables de Victor Hugo évoquant la mort du petit Gavroche au pied de la barricade sans sentir l'émotion me submerger.] [Nous ne sortons pas indemnes de certaines lectures. Nous demeurons comme hantés par ces compagnons découverts au hasard de nos lectures.]

[Argument 3] [Enfin], [un livre peut nous aider à mettre des mots sur ce que nous ressentons, à découvrir et exprimer ce qui est caché au plus profond de nous.] [Il peut également donner le désir d'écrire à son tour pour se libérer de ses angoisses, pour les partager avec

LÉGENDE
[argument]
[exemple]
[connecteur]

CONSEIL
Introduis chaque argument par un **connecteur** : *tout d'abord*, *ensuite*, *enfin*…

REMARQUE
Tu peux appuyer tes arguments sur des **exemples tirés de tes lectures personnelles.** Ils leur donneront plus de poids.

un lecteur ou encore pour laisser libre cours à son imagination, inventer des histoires et des personnages. Ce peut être le début d'une vocation d'écrivain ou de poète. Les plus grands auteurs ont tous commencé par être des lecteurs : c'est dans les livres qu'ils ont découvert le besoin irrépressible d'écrire.]

[Conclusion] Un livre peut donc nous changer comme une rencontre amoureuse. Il peut nous subjuguer, nous aider à traverser une période difficile, nous faire vivre des aventures palpitantes, ressentir des émotions très fortes, découvrir, au cœur des pages, des amis qui resteront à jamais nos compagnons de vie ; ou encore nous donner l'envie d'écrire à notre tour, d'éprouver le pouvoir magique des mots qui permet de créer des univers ou d'explorer des choses cachées au fond de soi.

CONSEIL
Dans la conclusion, fais une **synthèse des arguments** développés pour défendre ta thèse. Tu peux aussi, si le sujet s'y prête, terminer par une **ouverture.**

ÉTAPE 6 *au propre*

Prendre le temps de se relire

10 min

Réserve un temps en fin d'épreuve pour te **relire attentivement.** Des points sont en effet dédiés à la langue et à l'orthographe.

Tu dois être particulièrement attentif(ve) à :
– supprimer les **répétitions inutiles** qui alourdissent ton texte ;
– ajouter les signes de **ponctuation** éventuellement oubliés ;
– corriger les **fautes d'orthographe** qui t'auraient échappé.

S'entraîner sur chaque thème du programme

Mon cher amour...

3 heures
100 points

INTÉRÊT DU SUJET • Les documents ont pour thème les lettres d'amour. Mais c'est moins leur contenu que les réactions qu'elles suscitent qui sont au cœur du sujet.

DOCUMENT A Texte littéraire

Ariane et Solal sont tombés follement amoureux. Souvent éloignés l'un de l'autre, ils s'écrivent.

Trois fois dans la journée, bien avant l'arrivée du courrier, elle était sur la route à attendre. Lorsqu'il n'y avait pas de lettre de l'absent, elle faisait au facteur un sourire aimable, la mort dans l'âme. Lorsqu'il y avait une lettre, elle l'ouvrait tout de suite, la balayait du regard. Une lecture superficielle, du bout des yeux. Elle s'empêchait d'en prendre vraiment connaissance, ne voulait pas s'en pénétrer. Il s'agissait seulement de s'assurer qu'il n'y avait pas de catastrophe, qu'il n'était pas malade, que son retour à Genève n'était pas retardé. La lecture pour de vrai viendrait plus tard, à la maison. Rassurée, elle courait vers la villa et la vraie lecture, [...] courait et s'empêchait de crier son bonheur. Ma chérie, murmurait-elle à la lettre ou à elle-même.

Dans sa chambre, l'habituel cérémonial. Porte fermée à clé, volets fermés, rideaux tirés, boules de cire pour supprimer les bruits du dehors, tous les bruits de non-amour. La lampe de chevet allumée, elle s'étendait sur le lit, arrangeait l'oreiller. Non, ne pas lire encore, faire durer le plaisir. Voir un peu l'enveloppe d'abord. Belle enveloppe solide, sans l'affreux doublage intérieur. Très bien. Et il avait collé le timbre soigneusement, pas sens dessus dessous, tout droit, juste au bon endroit, avec amour, voilà. Oui, parfaitement, c'était une preuve d'amour. Elle regardait la lettre de loin, sans la lire. Ainsi, lorsqu'elle était une petite fille, elle considérait le biscuit Petit-Beurre avant de le manger. Non, ne pas lire, attendre encore. Elle est à ma disposition, mais il faut que je meure d'envie de la lire. Regardons un peu l'adresse. [...] Maintenant, regardons un peu le papier, mais du côté pas écrit. Papier très beau, japon[1] peut-être. Non, le papier ne sent rien. Il sent la netteté, la propreté absolue, un papier viril, voilà.

Soudain, elle n'en pouvait plus. C'était alors une lecture minutieuse et lente, une étude de la lettre, avec des arrêts pour méditer, pour se représenter, les yeux fermés, et sur les lèvres un sourire un peu idiot, un peu divin. Afin de mettre en valeur des mots plus tendres ou plus ardents, elle recouvrait parfois la feuille de ses deux mains, de manière que seule la phrase merveilleuse restât visible. Elle s'hypnotisait sur cette phrase. Pour mieux la sentir, elle la déclamait, ou encore, prenant une glace à la main, se la confiait à mi-voix, et s'il lui écrivait qu'il était triste sans elle, elle était contente, elle riait. Il est triste, il est triste, chic ! s'écriait-elle, et elle relisait la lettre, la relisait tant de fois qu'elle ne la comprenait plus et que les mots perdaient leur sens.

Albert Cohen, *Belle du Seigneur*, 1968.

1. Japon : papier blanc, fin, soyeux et satiné.

S'ENTRAÎNER

DOCUMENT B **Jean Raoux, *La Liseuse*, fin du XVIIe siècle**

TRAVAIL SUR LE TEXTE LITTÉRAIRE ET SUR L'IMAGE

50 POINTS • 1 h 10

Les réponses doivent être entièrement rédigées.

Grammaire et compétences linguistiques

▶ **1.** Ligne 21 : « Elle regardait la lettre [**de loin**], [**sans la lire**]. »

a) Quelle est la fonction grammaticale des groupes en caractères gras ? (*2 points*)

b) Indiquez deux manipulations qui vous ont permis d'identifier leur fonction. (*2 points*)

▶ **2.** Qui parle dans les phrases des lignes 23 à 27 ? Relevez deux marques du discours direct. Pourquoi cette manière d'insérer du discours direct peut-elle surprendre ? (*4 points*)

▶ **3.** « Elle s'hypnotisait sur cette phrase. Pour mieux la sentir, elle la déclamait, ou encore, prenant une glace à la main, se la confiait à mi-voix, et s'il lui écrivait qu'il était triste sans elle, elle était contente » (l. 33 à 36).
Réécrivez ce passage en remplaçant « Elle » par « Je ». Effectuez toutes les modifications nécessaires. (*10 points*)

Compréhension et compétences d'interprétation

▶ **4.** Quelles sont les étapes que suit Ariane dans la découverte de la lettre ? (*6 points*)

▶ **5.** Pourquoi, selon vous, l'auteur utilise-t-il à plusieurs reprises le discours direct ? Vous donnerez au moins deux raisons en les justifiant. (*3 points*)

▶ **6. a)** Quel souvenir d'enfance surgit dans le deuxième paragraphe ? (*1 point*)

b) Quel lien Ariane établit-elle entre ce souvenir et son attitude face à la lettre ? Justifiez votre réponse en vous appuyant sur le texte. (*4 points*)

▶ **7.** Comment comprenez-vous « Elle s'hypnotisait sur cette phrase » (l. 33-34) ? Vous répondrez en prenant appui sur les réactions d'Ariane à la lecture de la lettre dans le dernier paragraphe. (*6 points*)

▶ **8.** Expliquez quel rôle joue la lettre dans cette relation amoureuse. Pourquoi prend-elle une telle importance ? (*6 points*)

▶ **9.** Le tableau correspond-il à l'image que vous vous faites d'Ariane lisant la lettre ? Justifiez votre réponse en prenant appui sur le tableau et sur le texte. (*6 points*)

DICTÉE

10 POINTS • 20 min

Le nom de l'auteur, le titre de l'œuvre et la date sont écrits au tableau.

Albert Cohen
Belle du Seigneur, 1968.

Parfois, le matin, elle était absorbée par quelque tâche solitaire, occupée à cueillir des champignons ou des framboises, ou à coudre, ou à lire un livre de philosophie qui l'ennuyait (mais il fallait se cultiver pour lui), ou à lire avec honte et intérêt le courrier du cœur ou l'horoscope d'un hebdomadaire féminin. Alors elle s'entendait tout à coup murmurer deux mots, sans l'avoir voulu, sans avoir pensé à lui : mon amour. Vous voyez, mon chéri, disait-elle alors à l'absent, même quand je ne pense pas à vous, en moi ça pense à vous. Ensuite, elle rentrait essayer des robes pour décider de laquelle elle mettrait le soir, et alors elle se regardait dans la glace, se régalait d'être regardée par lui le soir.

RÉDACTION

40 POINTS • 1 h 30

Vous traiterez au choix l'un des sujets suivants.

Sujet d'imagination

Solal se prépare à écrire une lettre d'amour à Ariane. Racontez ce moment. Vous rendrez compte des différentes étapes de la rédaction de la lettre (préparatifs, réflexions, rédaction, expédition) ainsi que de ses pensées, de ses émotions, de ses hésitations au moment de l'écriture.

Sujet de réflexion

Pourquoi l'écriture est-elle un moyen privilégié pour dire l'amour ?
Vous répondrez à cette question dans un développement organisé, en vous appuyant notamment sur la lecture d'œuvres littéraires que vous avez pu faire.

LES CLÉS DU SUJET

Analyser les documents

LE TEXTE

Le thème
Ce roman fleuve raconte la passion amoureuse absolue unissant deux amants, Ariane et Solal, jusqu'à leur mort.

Les caractéristiques clés
L'écriture est originale : les phrases nominales abondent, les paroles ou pensées rapportées se confondent souvent avec la narration.

L'IMAGE

Le thème
La jeunesse, la coquetterie, le portrait masculin sur le couvercle de la petite boîte laissent penser que la liseuse se délecte d'une lettre d'amour.

Les caractéristiques clés
La lumière est particulière : si la liseuse se rapproche d'une fenêtre pour lire, le papier semble réfléchir cette lumière et illuminer la jeune fille.

Traiter le sujet d'imagination

Recherche d'idées

Piste 1 Tu ne dois pas écrire une lettre, mais raconter comment se déroule pour Solal la rédaction d'une lettre. Quand et comment s'y prend-il ? Quelle place occupe cette correspondance amoureuse dans sa vie ?

Piste 2 Exploite quelques idées du texte d'Albert Cohen : l'attention aux détails (la qualité de l'enveloppe, du papier), le plaisir physique que donne la lettre, le désir de prolonger la satisfaction qu'elle procure.

Conseils de rédaction

- Les réflexions du personnage sont indispensables. Fais-les intervenir à chaque étape du récit : préparation, rédaction puis expédition.
- Utilise le champ lexical de l'amour, sans oublier les termes qui peuvent exprimer l'inquiétude : peur, souffrance, supplice, déchirement…

Traiter le sujet de réflexion

Recherche d'idées

Piste 1	Pars de tes propres observations. Que ressent-on en écrivant ou en lisant un message d'amour ? En quoi est-ce différent d'une déclaration faite oralement ?
Piste 2	Trouve des exemples littéraires : des personnages d'amoureux célèbres (Cyrano de Bergerac, Roméo et Juliette, etc.) et des textes que tu as pu lire et qui ont l'amour pour sujet (*Tristan et Iseult*, des poèmes connus, le roman *L'Écume des jours* de Boris Vian…).

Conseils de rédaction

• Organise ta réponse en plusieurs parties : l'avantage de l'écrit sur l'oral, la nécessité d'une correspondance amoureuse, la source d'inspiration qu'est l'amour pour les écrivains.

• Essaie de terminer ta conclusion par un élargissement, une nouvelle idée, qui pourrait permettre à la réflexion de se poursuivre.

5 CORRIGÉ GUIDÉ

TRAVAIL SUR LE TEXTE LITTÉRAIRE ET SUR L'IMAGE

Grammaire et compétences linguistiques

▶ **1.** Ligne 21 : « Elle regardait la lettre [**de loin**], [**sans la lire**]. »

a) « De loin » et « sans la lire » sont des compléments circonstanciels de manière.

b) Deux manipulations nous permettent de les reconnaître : la suppression (« Elle regardait la lettre ») et le déplacement (« Sans la lire, de loin, elle regardait la lettre ») ; dans les deux cas, la phrase reste correcte.

▶ **2.** Ce sont les pensées d'Ariane que nous lisons ici, rapportées au discours direct : le présent de l'indicatif (*elle est*, *il faut*) et les marques de première personne (*ma*, *je*, *regardons*) le prouvent. Toutefois, les guillemets normalement présents sont absents. Le discours direct est intégré à la narration, les frontières entre paroles du narrateur et paroles du personnage s'estompent.

▶ **3.** Je m'hypnotisais sur cette phrase. Pour mieux la sentir, je la déclamais, ou encore, prenant une glace à la main, me la confiais à mi-voix, et s'il m'écrivait qu'il était triste sans moi, j'étais contente.

Compréhension et compétences d'interprétation

▶ **4.** Les lettres sont pour le personnage une source intense de plaisir qu'elle cherche à faire durer le plus longtemps possible. À l'attente initiale de la lettre succède une « lecture superficielle » et immédiate ; puis vient l'observation du papier, du timbre, de l'enveloppe, avant la « lecture minutieuse et lente ». Les relectures prolongent encore le bonheur que la lettre procure.

▶ **5.** Le discours direct est employé à plusieurs reprises dans ce texte : lignes 11-12, 23-27, 31-32. En partageant ainsi avec le lecteur les mots et les pensées du personnage, l'auteur parvient à rendre son récit réel et vraisemblable (« Il est triste, il est triste, chic ! »). Par ailleurs, on pénètre dans l'intériorité du personnage et on partage plus aisément l'émoi d'Ariane (« Il faut que je meure d'envie de la lire »).

INFO+
Rapporter les pensées d'un personnage est caractéristique des récits menés au point de vue interne, contrairement au point de vue externe (ou « focalisation » interne/externe).

▶ **6. a)** Un souvenir d'enfance resurgit : les biscuits Petit-Beurre qu'Ariane mangeait.

b) Ariane se comporte face à la lettre comme elle le faisait, petite fille, face au biscuit avant de le manger. Elle savoure d'abord sa possession (« elle est à ma disposition ») ; elle retarde ensuite son engloutissement/sa lecture (« il faut que je meure d'envie de la lire ») pour faire croître son désir, jusqu'à ne plus pouvoir résister (« Soudain, elle n'en pouvait plus »). Elle fait en sorte que ses émotions soient les plus intenses possibles.

▶ **7.** La lettre est la seule manière de maintenir une proximité avec l'être aimé dont Ariane est séparée. Les mots particulièrement « tendres » et « ardents » sont très précieux. Ils exercent une vraie fascination sur Ariane : elle ne peut en détacher les yeux. Pour mieux sentir encore cette phrase, elle cache le reste de la lettre et la prononce à voix haute : le pouvoir presque magique des mots en devient plus sensible.

INFO+
La construction pronominale « s'hypnotisait » (plutôt que la forme passive « était hypnotisée ») montre qu'Ariane entretient volontairement cette hypnose.

▶ **8.** La lettre permet de combler l'absence de l'être aimé. C'est une manière indirecte de se sentir proche de l'autre : la communication est différée dans le temps, mais permet de réduire l'espace qui sépare les deux amants. Les mots remplacent les contacts et la présence concrète ; expressifs, ils nourrissent et entretiennent les sentiments.

▶ **9.** Les deux documents sont d'époques différentes. Toutefois les correspondances sont nombreuses : les deux œuvres représentent une femme en train de lire une lettre d'amour. Le décor féminin du tableau (le rideau, la petite boîte précieuse) rappelle la chambre aux rideaux tirés évoquée dans le texte. La lumière artificielle semble presque provenir de la lettre elle-même, illustrant l'idée des mots qui fascinent, hypnotisent et illuminent. La posture d'abandon et le sourire de la lectrice correspondent également à la description d'Ariane.

DICTÉE

POINT MÉTHODE

1 Huit formes se terminent par le son [e]. Souviens-toi que pour **différencier participe passé en -é et infinitif en -*er***, il te faut remplacer la forme par un verbe du troisième groupe.

2 Une fois identifié, un participe passé obéit à **différentes règles d'accord** : avec l'auxiliaire *être* il s'accorde avec le sujet, avec l'auxiliaire *avoir* il ne peut s'accorder avec le COD que si celui-ci est placé avant le verbe.

3 Mémorise l'orthographe de certains **mots difficiles** : tâche, cueillir, horoscope.

Parfois, le matin, elle était **absorbée** par quelque **tâche** solitaire, **occupée** à **cueillir** des champignons ou des framboises, ou à coudre, ou à lire un livre de philosophie qui l'ennuyait (mais il fallait **se cultiver** pour lui), ou à lire avec honte et intérêt le courrier du cœur ou l'**horoscope** d'un hebdomadaire féminin. Alors elle s'entendait tout à coup **murmurer** deux mots, sans l'avoir voulu, sans avoir **pensé** à lui : mon amour. Vous voyez, mon chéri, disait-elle alors à l'absent, même quand je ne pense pas à vous, en moi ça pense à vous. Ensuite, elle rentrait **essayer** des robes pour **décider** de laquelle elle mettrait le soir, et alors elle se regardait dans la glace, se régalait d'être **regardée** par lui le soir.

RÉDACTION

Voici un exemple de rédaction sur chacun des deux sujets.
Attention, les indications entre crochets ne doivent pas figurer sur la copie.

Sujet d'imagination

[Préparatifs] Il écrivait le soir, avant de se coucher. Dans la pénombre qui s'installait doucement, dans la tiédeur des soirs d'été, il s'asseyait à sa petite table devant la fenêtre. C'était le bon décor, intime, familier, doux et c'était le bon moment pour écrire, l'esprit débarrassé des soucis du jour. Il prenait alors tout son temps, savourant chaque étape de la rédaction de cette lettre, comme elle en savourerait sans doute la lecture. Il fallait choisir avec soin le papier, le stylo, l'encre, qu'elle sente dans chaque détail l'amour qui explose. Mieux valait tarder à écrire que d'envoyer une lettre écrite à la va-vite, avec une bavure, une écriture maladroite, qui pourrait lui laisser penser qu'il était pressé, occupé par d'autres choses que son amour pour elle.

[Rédaction] Il commençait alors tranquillement, s'arrêtant parfois, hésitant. Reconnaîtrait-elle dans ces propos anodins l'amour qui n'osait pas éclater dès le début ? Oui, elle le reconnaîtrait, dans l'élégance de l'écriture et dans ce petit mot caressant qui n'était pas prévu, ici, pour ces propos. Et puis d'un coup l'émotion le gagnait et il lui fallait tout exprimer immédiatement, son amour, le manque, le supplice délicieux de la savoir loin de lui mais de la savoir à lui. Et la peur aussi : et si ces mots ne la touchaient pas ? et si l'absence était trop longue ? et si elle se lassait de l'attendre ? Alors il reprenait sa lettre, insistait sur la force de leur amour et lui démontrait qu'ils ne pourraient jamais plus aimer quelqu'un d'autre.

> **CONSEIL**
> Les réflexions de Solal peuvent être décrites par le narrateur ou rapportées, comme dans le texte de Cohen, au discours direct ou au discours indirect libre.

[Expédition] La lettre finie, il la mettait dans l'enveloppe, écrivait amoureusement l'adresse, puis la posait sur sa table de chevet. Elle restait ainsi, à portée de main, toute la nuit, et il pourrait encore au matin l'effleurer précautionneusement dans la torpeur du demi-sommeil où il s'attardait à loisir. Il la posterait avant d'arriver à son bureau, et comme chaque jour, il l'accompagnerait en pensée, se délectant à l'avance du moment où ces mots, ce papier, ces pensées se trouveraient enfin entre les mains aimées. Quel grand amour que le nôtre ! avait-il envie de crier.

Sujet de réflexion

[Introduction] Dire l'amour se fait souvent par écrit. Par le passé, la seule manière d'exprimer ses sentiments à l'être aimé dont on était séparé était la lettre. Mais pourquoi l'écriture semble-t-elle encore aujourd'hui un moyen privilégié pour dire l'amour ?

[Un aveu difficile] Déclarer ses sentiments à l'être aimé apparaît à la fois comme une nécessité et comme une entreprise difficile. À la crainte d'être repoussé se joint la peur de ne pas trouver les bons mots devant une personne susceptible de nous faire perdre nos moyens. L'écrit paraît alors plus sûr que l'oral. Le héros d'Edmond Rostand, Cyrano de Bergerac, ne s'y trompe pas quand il écrit ses lettres d'amour à Roxane. Considérant son physique comme un obstacle insurmontable, il trouve un plaisir bien réel à pouvoir exprimer sincèrement ses sentiments par écrit, même si ses lettres sont attribuées à un autre.

[Se rapprocher de l'absent] Par ailleurs, maintenir le lien avec l'être aimé passe souvent par l'écrit. La lettre permet de réunir deux personnes éloignées. L'écrit est alors une manière de témoigner à l'autre son amour, même quand on ne peut pas lui parler. Il est une preuve concrète de l'attachement. Les lettres d'amour d'écrivains célèbres, comme celles de Gustave Flaubert ou de George Sand, sont encore appréciées aujourd'hui puisqu'elles témoignent de ce sentiment universel.

[Le plaisir des mots d'amour] L'amour enfin a ceci de particulier qu'il prend plaisir à s'exprimer dans toute sa complexité, et pas seulement dans une déclaration à l'être aimé. Depuis l'Antiquité, l'émoi amoureux apparaît comme une source d'inspiration éternelle pour les artistes. Les romans d'amour courtois du Moyen Âge, les *Sonnets pour Hélène* de Pierre de Ronsard, ou plus près de nous, les chansons à succès d'Adèle nous révèlent les rapports privilégiés entre l'écriture et l'amour, qui se nourrissent l'un de l'autre.

[Conclusion] L'écriture semble donc un moyen privilégié de dire l'amour. On dit que les paroles s'envolent, tandis que les écrits restent. Choisir l'écriture, c'est peut-être aussi refuser d'envisager le caractère souvent éphémère de ce sentiment…

INFO +
Il s'agit de la traduction d'un proverbe latin : *Verba volant, scripta manent*.

6 Amérique du Sud • Novembre 2021

Femmes de la mer

3 heures
100 points

INTÉRÊT DU SUJET • Les deux documents évoquent les pêcheuses d'ormeaux des îles du Japon, où les « femmes de la mer » vivent en parfaite osmose avec cet élément naturel.

DOCUMENT A Texte littéraire

La narratrice vit seule avec sa mère qui est pêcheuse d'ormeaux, coquillages très recherchés, sur une île de la mer du Japon.

J'ai pris l'habitude d'aller seule au bord de la mer. Après l'école, au lieu de rentrer faire mes devoirs, je marche jusqu'au rivage. Je vais à la grande plage, parce qu'elle est déserte en hiver. J'adore l'hiver. J'ai l'impression que tout se repose, la mer, les rochers, même les oiseaux. En hiver, maman ne part pas très tôt à cause de l'obscurité qui traîne encore au fond de l'eau. Le jour ne se lève pas en même temps à la surface et au fond de la mer. Je vais rejoindre maman dans les rochers. La mer est grise, les vagues sont lissées par le vent, elles tremblent à peine, on dirait la peau d'un cheval. La plupart des femmes de la mer ne sortent pas ces jours-là. Maman n'hésite pas, elle sait qu'elle aura une récolte double. Elle peut gagner soixante ou soixante-dix dollars ces jours-là. Elle me demande de l'aider à porter les coquillages jusqu'aux restaurants, surtout quand il y a beaucoup d'ormeaux, parce qu'ils pèsent lourd. Elle ne plonge pas très loin, près du port, à l'abri de la digue, ou dans les rochers au bout de la plage. Je m'abrite dans la cabane des femmes de la mer, et je regarde ma mère qui entre dans l'eau, ses jambes bien droites en l'air avant de plonger, ses belles chaussures bleues qui brillent, puis l'eau se referme sur elle, et je compte, comme quand j'étais petite, très lentement, dix, onze, douze, treize, quatorze, et elle reparaît, la tête renversée, elle crie : *houhou – rrraourrra*, et moi je lui réponds. J'ai vu un film à la télé sur les baleines, je lui ai dit : « Vous autres, les femmes de la mer, vous criez comme des baleines ! » Ça l'a fait rire, elle me parle encore de son dauphin, celui qui vient de temps en temps la voir, au crépuscule. Elle n'est pas la seule. La vieille Kando, une copine de ma mère, qui paraît-il est la fille bâtarde[1] d'un soldat japonais, m'a raconté qu'elle a aussi rendez-vous avec un dauphin, et qu'elle sait lui parler. Elle m'a raconté que quelquefois, tôt le matin, ou bien juste avant la nuit, le dauphin s'approche d'elle, et elle lui parle en poussant des petits cris sous l'eau, la bouche fermée, ou bien elle frappe dans ses mains, et le dauphin vient tout près d'elle, si près qu'elle peut caresser sa peau qui est très lisse et très douce, c'est ce qu'elle raconte. Alors moi aussi, vers le soir, quand la mer est très calme, je vais à l'eau, je nage avec mon masque et j'espère rencontrer le dauphin, mais jusqu'à présent il n'est pas venu.

J.M.G. Le Clézio, *Tempête*, 2014.

1. Bâtard : enfant né hors mariage, de parents dont l'union n'est pas reconnue par la loi.

DOCUMENT B Katsushika Hokusai (1760-1849), *Pêcheuse d'ormeaux*

Sur cette image qui est une estampe japonaise, un groupe de femmes se tient sur un rocher tandis que d'autres nagent à la recherche de coquillages. Des hommes, sur une barque, naviguent à proximité de la scène.

Musée Guimet, Paris.

TRAVAIL SUR LE TEXTE LITTÉRAIRE ET SUR L'IMAGE

50 POINTS • 1 h 10

Les réponses doivent être entièrement rédigées.

Compréhension et compétences d'interprétation

▶ **1.** Pourquoi la narratrice apprécie-t-elle l'hiver ? Justifiez votre réponse. (*2 points*)

▶ **2.** La mer et le paysage sont décrits dans le texte :

a) « on dirait la peau d'un cheval » (ligne 9) : comment comprenez-vous cette expression ? Quel procédé stylistique (figure de style) est utilisé ? (*2 points*)

b) De la ligne 3 à la ligne 7, quelle atmosphère (lumière, couleur, impressions…) se dégage de cette description ? (*3 points*)

c) De la ligne 4 à la ligne 9, en quoi la mer paraît-elle vivante ? (*2 points*)

▶ **3.** L'expression « les femmes de la mer » est utilisée aux lignes 10, 16 et 23 : de quelle relation avec la mer témoigne cette expression au fil du texte ? (*3 points*)

▶ **4.** Dans le passage de la ligne 25 à la ligne 35, à partir de « La vieille Kando », quel lien particulier s'est créé entre la femme et le dauphin ? Développez votre réponse. (*6 points*)

▶ **5.** Expliquez pourquoi la narratrice espère « rencontrer le dauphin » (lignes 34-35). Votre réponse fera appel à des éléments précis prélevés dans l'ensemble du texte. (*6 points*)

▶ **6. a)** Dans l'estampe japonaise, quelles différences constatez-vous entre la représentation des femmes sur le rocher et celles dans la mer ? (*4 points*)

b) Selon vous, le texte et l'image offrent-ils le même point de vue sur la pêche ? (*4 points*)

Grammaire et compétences linguistiques

▶ **7.** « Je vais à la grande plage, parce qu'elle est déserte en hiver. » (lignes 4-5)

a) Relevez la proposition subordonnée dans cette phrase. (*1 point*)

b) Réécrivez cette phrase en remplaçant « parce qu' » par un autre connecteur dont vous préciserez la classe grammaticale. (*2 points*)

c) Quel lien logique est exprimé ? (*1 point*)

▶ **8.** « je regarde ma mère qui entre dans l'eau, ses jambes bien droites en l'air avant de plonger, ses belles chaussures bleues qui brillent, puis l'eau se referme sur elle, et je compte, comme quand j'étais petite,

très lentement, dix, onze, douze, treize, quatorze, et elle reparaît, la tête renversée, elle crie : *houhou – rrraourrra*, et moi je lui réponds. » (lignes 16 à 21)
Réécrivez le passage en remplaçant « ma mère » par « mes parents ». Faites toutes les modifications nécessaires. (*10 points*)

▶ **9.** « les vagues sont lissées par le vent » (ligne 8)
Transposez ce passage à la voix active. (*1 point*)

▶ **10.** « Elle m'a raconté que quelquefois, tôt le matin, ou bien juste avant la nuit, le dauphin s'approche d'elle » (lignes 28-29)
a) Comment sont rapportées ces paroles ? (*1 point*)
b) Justifiez votre réponse. (*2 points*)

DICTÉE — 10 POINTS • 20 min

Le nom de l'auteur et le titre de l'œuvre sont écrits au tableau.

J.M.G. Le Clézio
Tempête, 2014
© Éditions Gallimard

Ce que j'aime, c'est ce que m'enseigne la mer, ce que m'enseignent les vieilles femmes, quand elles sortent de l'eau et qu'elles allument un feu de planches à l'abri de la cabane, et qu'elles étalent sur la pierre noire au soleil couchant les trésors du fond de la mer, les ormeaux nacrés, les coquilles pointues et noires, les étoiles de mer, les pieuvres. Je pense qu'il existe un monde sous la mer, un monde très beau, différent de tout ce qu'on voit sur la terre. Un monde qui n'est pas dur et sec, qui n'écorche pas la peau ou les yeux, un monde où tout glisse lentement, doucement.

RÉDACTION — 40 POINTS • 1 h 30

Vous traiterez au choix le sujet d'imagination ou le sujet de réflexion.

Sujet d'imagination

« Alors moi aussi, vers le soir, quand la mer est très calme, je vais à l'eau » (lignes 33-35).
Vous imaginerez le récit de la baignade de la narratrice en insistant sur ses sensations ainsi que sur les émotions que lui procure ce moment privilégié.

Sujet de réflexion

Dans l'extrait, la narratrice et les femmes de son entourage ont une relation privilégiée avec la mer. Selon vous, que peut apporter le contact avec la nature ?

Vous développerez votre point de vue en prenant appui sur des exemples précis, issus de votre réflexion, de vos lectures et de votre culture personnelle.

LES CLÉS DU SUJET

Analyser les documents

LE TEXTE

Le genre
Entre roman et nouvelle, *Tempête* est une « novella », et donne son titre au recueil dont elle fait partie. J.M.G. Le Clézio a reçu le prix Nobel de littérature en 2008.

Le thème
Dans l'extrait, nous découvrons la jeune narratrice, June, qui vit sur une île de la mer du Japon avec sa mère, pêcheuse d'ormeaux.

L'IMAGE

Le genre
Estampe (image imprimée au moyen d'une plaque gravée et imprégnée d'encre spéciale) du célèbre peintre japonais Hokusai.

Les caractéristiques clés
Cette estampe représente la pêche japonaise ancestrale des ormeaux. Cette pratique était réservée aux femmes, réputées plus résistantes au froid.

Traiter le sujet d'imagination

Recherche d'idées

Piste 1

- Commence par relire l'extrait pour t'inspirer du lieu et de l'atmosphère. N'oublie pas de tenir compte du moment de la journée (« vers le soir ») et de l'évoquer en insistant sur les couleurs de la mer, du ciel et l'obscurité qui gagne peu à peu le paysage…
- Imagine ce que ressent la narratrice au contact de l'eau (douceur, tiédeur, froideur, bien-être…).

Piste 2

Va-t-elle enfin rencontrer le dauphin ? Montre combien elle l'attend, l'espère, combien elle est attentive aux signes de sa possible présence. Quels gestes fait-elle pour essayer de l'attirer ? Quels bruits ?

Conseils de rédaction

Comme il s'agit d'une suite de texte, raconte cette scène à la **première personne du singulier** et au **présent de l'indicatif**, comme dans l'extrait. Dans le texte, il s'agit d'un présent d'habitude mais tu peux aussi raconter une baignade particulière.

Traiter le sujet de réflexion

Recherche d'idées

Piste 1 Commence par définir les éléments naturels dont tu veux parler : paysages familiers ou sauvages (campagne, montagne, mer...), flore, faune...

Piste 2 Interroge-toi sur ton rapport avec la nature : que t'apporte-t-elle (sensations, impressions, réflexions...) ?

Conseils de rédaction

• Commence par faire un plan avec une introduction, un développement en deux parties au moins et une conclusion.

• Pense à illustrer tes arguments avec des **exemples** tirés de tes lectures (Jean Giono, J.M.G. Le Clézio...), de films ou de reportages que tu as vus ou encore de ton expérience personnelle.

6 CORRIGÉ GUIDÉ

TRAVAIL SUR LE TEXTE LITTÉRAIRE ET SUR L'IMAGE

Compréhension et compétences d'interprétation

▶ **1.** La narratrice apprécie beaucoup l'hiver car c'est une période où tout semble se reposer : la mer, les rochers, les oiseaux et même sa mère qui quitte la maison plus tard qu'en été. De plus, elle aime avoir la plage pour elle toute seule le soir après l'école.

▶ **2. a)** « on dirait la peau d'un cheval » : c'est ainsi que la narratrice décrit la mer hivernale. Elle semble lisse, lustrée, juste parcourue de petits tremblements comme ceux qui apparaissent parfois sous la peau luisante et souple d'un cheval.

C'est une comparaison. Elle est introduite par l'outil de comparaison « on dirait ».

> **INFO+**
> Une comparaison se différencie de la métaphore en ce qu'elle est introduite par un outil de comparaison : *comme, semblable à, tel, qui ressemble à...*

b) L'atmosphère qui se dégage de la description est sombre : l'obscurité subsiste au fond de l'eau, la mer est « grise ». Elle semble presque immobile, seulement agitée de légers mouvements.

c) La mer paraît vivante. Elle est personnifiée : elle « se repose ».

Elle est ensuite comparée à un cheval : sa surface évoque pour la narratrice la peau souple de l'animal.

> **INFO+**
> Une personnification est une figure de style qui consiste à attribuer des propriétés humaines à des choses ou des abstractions.

▶ **3.** L'expression « les femmes de la mer » évoque tout d'abord des femmes qui vivent de ce que la mer leur procure : des coquillages qu'elles vont vendre aux restaurants. Ce sont des travailleuses de la mer.

Ce sont aussi des femmes qui, en raison de leur relation intime avec cet élément, sont devenues en quelque sorte des créatures de la mer, comme des sirènes. « Vous autres, les femmes de la mer, vous criez comme des baleines ! » dit la narratrice à sa mère.

▶ **4.** La relation de la vieille Kando avec son dauphin est une relation intime, amicale, tendre.

Tout d'abord, elle sait lui parler, elle connaît son langage : « elle lui parle en poussant des petits cris sous l'eau, la bouche fermée ».

Ensuite, elle l'a apprivoisé et communique avec lui par des gestes affectueux, des caresses : « elle frappe dans ses mains et le dauphin vient tout près d'elle, si près qu'elle peut caresser sa peau ».

▶ **5.** La narratrice espère « rencontrer le dauphin » car elle est irrésistiblement attirée par l'univers de la mer. Elle aime s'y retrouver seule pour communier avec cet élément. Elle admire sa mère et les autres « femmes de la mer » qui lui semblent des créatures différentes, captivantes : « je regarde ma mère qui entre dans l'eau, ses jambes bien droites en l'air avant de plonger, ses belles chaussures bleues qui brillent ».

Elle aspire à devenir l'une d'elles : une créature mi-humaine mi-marine. Elle aimerait à son tour parler et nager avec le dauphin, le caresser et devenir une de ses intimes, mais elle sait qu'elle devra prendre le temps de l'apprivoiser.

▶ **6. a)** Dans l'estampe japonaise de Hokusai, les femmes sur le rocher paraissent épuisées, anéanties : elles ont la tête basse, le dos courbé comme si elles étaient hors de leur élément naturel.

Les femmes qui nagent semblent au contraire pleines d'énergie. Leurs mouvements de jambes et de bras évoquent des créatures marines.

b) Le texte et l'image ne présentent pas le même point de vue sur la pêche.

Dans le texte, la mère exerce une activité solitaire et ne paraît avoir de comptes à rendre à personne, alors que sur l'image, les femmes semblent accompagnées par les hommes en bateau. On peut imaginer qu'ils récoltent les coquillages pêchés. De plus, sur l'estampe, la tâche des femmes semble harassante, ce qui n'est pas l'impression donnée par le texte.

Grammaire et compétences linguistiques

▶ **7. a)** La proposition subordonnée est : « parce qu'elle est déserte en hiver ».

b) Car elle est déserte en hiver. *Car* est une conjonction de coordination.

c) Le lien logique exprimé est la cause.

▶ **8.** Je regarde mes parents qui entrent dans l'eau. Leurs jambes bien droites en l'air avant de plonger, leurs belles chaussures bleues qui brillent, puis l'eau se referme sur eux, et je compte, comme quand j'étais petite, très lentement, dix, onze, douze, treize, quatorze, et ils reparaissent, la tête renversée, ils crient : *houhou – rrraourrra*, et moi je leur réponds.

INFO +
Lorsque *leur* est déterminant possessif, il s'accorde avec le nom qu'il détermine. Lorsque *leur* est pronom personnel, il ne prend pas de *s*.

▶ **9.** Voix active : Le vent lisse les vagues.

▶ **10. a)** Les paroles sont rapportées au discours indirect.

b) Elles sont exprimées sous la forme d'une proposition subordonnée conjonctive introduite par *que*. Il n'y a pas de guillemets ni de tiret.

Le pronom « moi », qui aurait été utilisé au discours direct, est devenu « elle ».

DICTÉE

POINT MÉTHODE

1 Attention à l'accord des verbes, particulièrement quand le sujet est inversé (placé après le verbe) : « c'est ce que m'enseigne la mer [sujet], ce que m'enseignent les vieilles femmes [sujet] ».

2 Attention à tous les accords en genre et en nombre concernant les groupes nominaux : la moindre erreur coûte 1 point !

3 Attention à ne pas confondre *ou*, conjonction de coordination (qui peut être remplacé par *ou bien*) et *où*, pronom relatif.

Ce que j'aime, c'est ce que m'enseigne la mer, ce que m'enseignent les vieilles femmes, quand elles sortent de l'eau et qu'elles allument un feu de planches à l'abri de la cabane, et qu'elles étalent sur la pierre noire au soleil couchant les trésors du fond de la mer, les ormeaux nacrés, les coquilles pointues et noires, les étoiles de mer, les pieuvres. Je pense qu'il existe un monde sous la mer, un monde très beau, différent de tout ce qu'on voit sur la terre. Un monde qui n'est pas dur et sec, qui n'écorche pas la peau ou les yeux, un monde où tout glisse lentement, doucement.

RÉDACTION

Voici un exemple de rédaction sur chacun des deux sujets.
Attention, les indications entre crochets ne doivent pas figurer sur la copie.

Sujet d'imagination

[Premiers rituels] Je commence par me déshabiller, abandonnant sur la petite plage déjà gagnée par le crépuscule mes habits d'écolière, ne gardant que mes sous-vêtements. J'ajuste mon masque. J'ai hâte de me délasser de ces heures passées à écouter sagement le professeur : j'ai besoin que mon corps retrouve sa liberté, le plaisir de gestes simples au contact de la mer.

[La baignade] Je ne plonge pas des rochers, je préfère entrer progressivement dans l'eau, sentir les douces vaguelettes enserrer mes chevilles comme de petits serpents. Sous la plante de mes pieds, de délicats coquillages concassés crissent doucement.

L'eau caresse maintenant mes genoux, mes cuisses, mes hanches ; je plonge alors avec délices dans l'eau déjà sombre qui reflète le ciel crépusculaire. Je propulse mon corps vers le large par quelques mouvements amples et souples. Je suis dans mon élément. J'aspire à être une femme de la mer.

L'eau m'enlace, douce, fraîche, enveloppante, et je cherche à distinguer dans les profondeurs mystérieuses les secrets qu'elle renferme. Mes longs cheveux noirs flottent comme des algues Je m'enfonce vers les fonds marins pour mieux rejaillir vers le ciel assombri et les rochers familiers.

[L'attente du dauphin] Je fais alors la planche et écoute : tout est calme, silencieux. Je guette le moindre signe de la présence du dauphin : est-il là, proche, attentif lui aussi ? Je reste ainsi de longues minutes, immobile. La nuit s'apprête à tomber, c'est le moment où il apparaît à la vieille Kando…

> **CONSEIL**
> N'hésite pas à reprendre des éléments du texte.

J'essaie de lui parler en poussant des petits cris sous l'eau, la bouche fermée, mais je ne crois pas encore maîtriser la langue des dauphins ; cela viendra. Je frappe aussi doucement dans mes mains.

Parfois, j'ai l'impression que quelque chose de lisse, doux, caressant, vient me frôler. Je me fige et j'observe. Mais le dauphin demeure invisible. Est-ce un premier contact ? Il prend sans doute son temps pour apprendre à mieux me connaître. J'aurai la patience de l'attendre. Peut-être demain…

[Fin de la baignade] Je regagne alors les rochers, m'y hisse et m'allonge sur leur surface encore tiède. Je me sèche en regardant le ciel et en écoutant la mer, puis je remets mes vêtements d'écolière et reprends le chemin de la maison. Je reviendrai !

Sujet de réflexion

[Introduction] Entrer en contact avec la nature, c'est profiter de ses bienfaits mais aussi apprendre à la respecter et à la protéger.

[La nature comme source de bienfaits] La nature est, tout d'abord, source de bien-être. Elle nous procure du plaisir en activant nos cinq sens. Plaisir de voir, tant elle offre à notre regard de variétés de couleurs et de formes. Plaisir de toucher, de marcher dans l'herbe fraîche les pieds nus, de sentir la douceur des pétales d'une fleur sous nos doigts. Plaisir d'entendre le murmure de la rivière, le chant des cigales ou le silence tout simplement. Plaisir de sentir la multitude de parfums qui flottent dans l'air. Plaisir de goûter les fruits qu'elle nous offre. Entrer en contact avec la nature, c'est revenir à l'essentiel. C'est se sentir libre, comme l'exprime si bien l'héroïne de *Tempête* de Le Clézio.

[La nature comme puissance qui nous dépasse] Si la nature est une compagne familière et amicale, elle peut également être imprévisible. Entrer en contact avec la nature nous permet aussi de comprendre que nous n'en sommes pas les maîtres. Affronter la haute montagne ou prendre la mer n'est pas sans risque. Les éléments naturels gardent leur part de dangerosité. Les volcans, les abysses conservent leurs mystères. Nous nous sentons parfois bien petits face aux cataclysmes – typhons, tornades, tsunamis – multipliés par le réchauffement climatique. L'homme doit faire preuve d'humilité.

[La nature comme richesse à protéger] Observer la nature, c'est enfin prendre conscience de sa fragilité et de la nécessité de la protéger : partout, des paysages naturels disparaissent – glaciers, banquises, barrières de corail –, ce qui met en péril de fragiles écosystèmes. L'homme ne doit pas être ce barbare qui détruit son environnement et celui de la faune avec laquelle il le partage. C'est la leçon que nous transmet Jean Giono dans *L'homme qui plantait des arbres*. Si la nature dépérit, c'est un peu de notre âme qui disparaît.

[Conclusion] La nature est une amie fidèle qui s'offre à nous pour notre bien-être, mais dont nous ne devons pas nous sentir les maîtres. Gardons-nous d'oublier qu'elle peut être imprévisible : c'est ce qui la rend si fascinante. Surtout, prenons conscience de sa fragilité, de son caractère irremplaçable : elle est unique, comme un de nos biens les plus précieux.

> **CONSEIL**
> Dans la conclusion, tu dois avant tout proposer une synthèse des arguments développés.

S'ENTRAÎNER

7 Polynésie française • Juin 2021

L'autre membre de la famille

3 heures
100 points

INTÉRÊT DU SUJET • Les documents soulignent l'importance que peut prendre la pratique musicale dans une vie, *a fortiori* quand il s'agit d'un instrument de taille – le piano.

DOCUMENT A Texte littéraire

Le passage proposé est la première page du roman.

Dans la maison de mon enfance vivait un intrus. À l'extérieur, tout le monde croyait que la famille Schmitt comptait quatre membres – deux parents, deux rejetons –, alors que cinq personnes habitaient notre domicile. L'intrus occupait le salon en permanence ; il y dormait, il y veillait, râleur, immobile, importun.

Accaparés par leurs tâches, les adultes l'ignoraient, sauf parfois ma mère qui, agacée, intervenait afin qu'il restât propre. Ma sœur seule entretenait une relation avec le fâcheux en le réveillant chaque jour vers midi, ce à quoi il réagissait bruyamment. Moi, je le haïssais ; ses grondements, son air lugubre, sa carrure austère, son aspect renfermé me rebutaient ; le soir, au fond de mon lit, je priais souvent pour son départ.

Depuis quand résidait-il parmi nous ? Je l'avais toujours vu là, incrusté. Brun, trapu, obèse, couvert de taches, l'ivoire des dents jauni, il passait du mutisme sournois au vacarme tapageur. Lorsque mon aînée lui consacrait du temps, je courais me réfugier dans ma chambre où je chantonnais, mains sur les oreilles, soucieux de me soustraire à leur dialogue.

Sitôt que j'entrais au salon, le contournant avec suspicion, je lui lançais un regard intimidateur pour qu'il demeurât à sa place et comprît que l'amitié ne nous unirait jamais ; lui feignait de ne pas me remarquer. Nous nous évitions avec un tel acharnement que notre défi empesait l'atmosphère. Le long des soirées, il écoutait nos conversations sans commenter, ce qui n'horripilait que moi, tant mes parents avaient l'habitude de sa présence obtuse.

L'intrus s'appelait Schiedmayer et c'était un piano droit. Notre famille se refilait ce parasite depuis trois générations.

Sous prétexte d'apprendre la musique, ma sœur le tourmentait quotidiennement. Ou l'inverse… Aucune mélodie ne sortait de ce buffet en noyer, mais des coups de marteau, des couacs, des grincements, des gammes édentées, des lambeaux d'air, des rythmes boiteux, des accords dissonants[1] ; entre les *Dernier soupir* et autres *Marche turque*, je craignais en particulier une torture que ma sœur intitulait la *Lettre à Élise*[2], conçue par un bourreau baptisé Beethoven[3], qui me vrillait les oreilles comme la fraise du dentiste.

Un dimanche, tandis que nous fêtions mes neuf ans, tante Aimée, blonde, féminine, soyeuse, poudrée, fleurant l'iris et le muguet, désigna l'ogre endormi.

– Ton piano, Éric ?

– Surtout pas ! rétorquai-je.

– Qui en joue ? Florence ?

– Il paraît, grognai-je en grimaçant.

– Florence ! Viens nous interpréter un morceau.

– Je n'en sais aucun, gémit ma sœur dont, pour une fois, j'appréciai la lucidité.

Aimée se frotta le menton, lequel s'ornait d'une jolie fossette, et considéra l'indésirable.

– Voyons voir…

Je ris, l'expression « voyons voir » m'ayant toujours amusé, d'autant plus que ma mère l'employait sous la forme « voyons voir, disait l'aveugle ».

Indifférente à mon hilarité, Aimée souleva le couvercle de bois avec délicatesse comme si elle ouvrait la cage d'un fauve, parcourut les touches des yeux, les effleura de ses doigts fins qu'elle retira soudain quand un feulement traversa la pièce : le félin se cabrait, rétif, menaçant.

Alors, patiemment, tante Aimée réitéra ses précautions d'approche. De la main gauche, elle flatta le clavier. L'animal émit un son ouaté[4] ; cas unique, il ne trépignait pas, il montrait presque de l'amabilité. Aimée égrena un arpège[5] ; réceptif, le rustaud ronronna ; il cédait, elle l'apprivoisait.

Satisfaite, Aimée suspendit son geste, toisa le tigre qu'elle avait métamorphosé en chaton, s'assit sur le tabouret et, sûre d'elle autant que de la bête, commença à jouer.

S'ENTRAÎNER

Au milieu du salon ensoleillé, un nouveau monde avait surgi, un ailleurs lumineux flottant en nappes, paisible, secret, ondoyant, qui nous figeait et nous rendait attentifs. À quoi ? Je l'ignorais. Un événement extraordinaire venait de se dérouler, l'efflorescence d'un univers parallèle, l'épiphanie d'une manière d'exister différente, dense et éthérée, riche et volatile, frêle et forte, laquelle, tout en se donnant, conservait la profondeur d'un mystère.

Dans le silence chargé de notre éblouissement, tante Aimée contempla le clavier, lui sourit en guise de remerciement, puis releva son visage vers nous, ses paupières retenant mal ses larmes.

Ma sœur, déconfite, fixait d'un œil torve[7] le Schiedmayer qui ne lui avait jamais fait l'honneur de sonner ainsi. Mes parents se regardaient, estomaqués que ce bahut sombre et ventripotent, côtoyé durant un siècle, dispensât de tels charmes. Quant à moi, je frictionnais mes avant-bras dont les poils s'étaient redressés et demandai à tante Aimée :

– Qu'est-ce que c'était ?

– Chopin, évidemment.

Le soir même, j'exigeai de prendre des cours, et une semaine plus tard, j'entamai l'apprentissage du piano.

Éric-Emmanuel Schmitt, *Madame Pylinska et le secret de Chopin*, 2018.

---

1. Dissonants : qui sonnent faux.
2. *Dernier soupir*, *Marche turque*, *Lettre à Élise* sont des titres de pièces musicales célèbres.
3. Beethoven et Chopin (qui apparaît à la ligne 62), célèbres compositeurs de musique du XIXe siècle.
4. Ouaté : atténué.
5. Égrener un arpège : jouer un accord de musique, en détachant les notes les unes des autres.
6. Épiphanie : apparition, nouveauté.
7. Un œil torve : un regard de travers.

DOCUMENT B **Gustave Caillebotte, *Jeune homme au piano* (1876)**

Le jeune homme représenté est le compositeur et pianiste français Martial Caillebotte, frère du peintre Gustave Caillebotte.

ph © Photo Josse/Bridgeman Images

Huile sur toile (81 cm x 116 cm), musée d'art Bridgestone, Tokyo.

S'ENTRAÎNER

TRAVAIL SUR LE TEXTE LITTÉRAIRE ET SUR L'IMAGE

50 POINTS • 1 h 10

Les réponses doivent être entièrement rédigées.

Compréhension et compétences d'interprétation

▶ **1.** Quelle période de sa vie le narrateur évoque-t-il ? Justifiez votre réponse. (*2 points*)

▶ **2. a)** « la famille Schmitt comptait quatre membres » (l. 2-3). Identifiez-les. (*2 points*)

b) Le narrateur écrit pourtant : « cinq personnes habitaient notre domicile » (l. 3-4). Comment expliquez-vous la différence entre les deux nombres ? Justifiez votre réponse. (*2 points*)

▶ **3.** « l'ivoire des dents jauni » (l. 14-15). Que sont ces « dents » en réalité ? (*2 points*)

▶ **4.** Dans les quatre premiers paragraphes, identifiez un moyen employé par l'auteur pour créer l'effet de surprise de la ligne 26. (*2 points*)

▶ **5.** De la ligne 28 à la ligne 35, le narrateur exprime une souffrance quotidienne.
a) Quelle en est la cause ? (*2 points*)
b) Relevez une figure de style qui exprime bien cette souffrance. (*2 points*)

▶ **6.** « Satisfaite, Aimée suspendit son geste, toisa le tigre qu'elle avait métamorphosé en chaton, s'assit sur le tabouret et, sûre d'elle autant que de la bête, commença à jouer. » (l. 62 à 64). D'après ce qui précède, de quelle métamorphose s'agit-il réellement ? Quelles sont les qualités de la tante Aimée qui permettent d'accomplir cette métamorphose ? (*4 points*)

▶ **7.** En vous appuyant sur l'ensemble du texte pour structurer votre réponse, expliquez pourquoi le narrateur parle d'« événement extraordinaire » aux lignes 67-68. (*6 points*)

▶ **8.** Comparez la vision de la pratique musicale offerte par le tableau de Gustave Caillebotte et celle du texte d'Éric-Emmanuel Schmitt. (*6 points*)

Grammaire et compétences linguistiques

▶ **9.** « Dans la maison de mon enfance vivait <u>un intrus</u>. » (l. 1)
a) Indiquez la fonction grammaticale du groupe souligné. (*1 point*)
b) Réécrivez cette phrase en employant une structure plus courante. (*1 point*)

▶ **10.** « il y dormait, il y veillait » (l. 5)
a) Que remplace le mot « il » ? (*1 point*)
b) Indiquez sa classe grammaticale. (*1 point*)

▶ **11.** « Depuis quand résidait-il parmi nous ? » (l. 13)
a) Indiquez le mode et le temps du verbe « résidait ». (*2 points*)
b) Quelle est la valeur de ce temps ? (*1 point*)

▶ **12.** « Aimée […] considéra l'<u>indésirable</u> » (l. 46-47)
a) Expliquez la formation du mot souligné. (*2 points*)
b) Que signifie-t-il ? (*1 point*)

▶ **13.** « Depuis quand résidait-il parmi nous ? Je l'avais toujours vu là, incrusté. Brun, trapu, obèse, couvert de taches, l'ivoire des dents jauni […] » (l. 13-15)
Réécrivez le passage suivant en remplaçant « il » par « ils » et faites toutes les modifications nécessaires. (*10 points*)

DICTÉE — 10 POINTS • 20 min

Le nom de l'auteur, le titre et la date de l'œuvre, ainsi que les termes « Chopin », « la Barcarolle », « mésange » sont écrits au tableau.

Éric-Emmanuel Schmitt
Madame Pylinska et le secret de Chopin, 2018.

Ce matin, je m'accoude à la fenêtre et contemple la nature, laquelle ignore le deuil et ne connaît que la vie. [...] Je descends au salon et ouvre le piano à queue. Aussitôt, mes trois chiens accourent ; après une caresse de la truffe sur mes paumes, ils s'allongent sous l'instrument, répétant la conduite de l'enfant de Chopin auprès de sa mère. Ils frémissent, ils languissent.

J'entame la *Barcarolle*... Le calme s'impose. La musique me donne accès à l'étonnement. Le temps ne passe plus, il palpite. Je ne subis plus la durée, je la savoure. Tout devient merveille. Je m'extasie d'être et me coule dans le ravissement. [...]

Troublé, je manque une note, deux, rate mon accord, lève les mains et me retourne.

Rapide, la mésange file dans le ciel, tourbillonne, [...] hésite, repart, se fige de nouveau.

RÉDACTION — 40 POINTS • 1 h 30

Vous traiterez au choix l'un des sujets suivants.

Sujet d'imagination

Le piano prend la parole et raconte un épisode vécu dans la maison du narrateur.

Sujet de réflexion

« Le soir, j'exigeai de prendre des cours, et une semaine plus tard, j'entamai l'apprentissage du piano ».
Selon vous, est-il bon de prendre des décisions aussi soudainement ?

LES CLÉS DU SUJET

Analyser les documents

LE TEXTE

Le thème
Dans cet extrait, le jeune Éric, bouleversé d'entendre sa tante jouer du Chopin, décide de prendre des cours de piano.

Les caractéristiques clés
L'originalité de cet *incipit* (début de roman) repose sur la personnification de l'instrument, présenté comme un membre de la famille encombrant.

L'IMAGE

Le thème
Placé tout près de son frère, le peintre le représente en train de jouer du piano dans l'appartement familial.

Les caractéristiques clés
Dans cette scène intime, l'imposant piano occupe tout l'espace. L'effet de plongée (vue d'en haut) en renforce encore la taille.

Traiter le sujet d'imagination

Recherche d'idées

Piste 1 Tu dois faire parler un piano personnifié. Réfléchis à ce qu'il pourrait éprouver dans cette famille qui le délaisse : ennui, hostilité, souffrance, impatience...

Piste 2 Inspire-toi des données du texte pour imaginer l'épisode à raconter : une des leçons éprouvantes de la sœur aînée ; la première leçon du petit Éric ; le déménagement dans une autre famille, de mélomanes cette fois...

Conseils de rédaction

- Le discours du piano peut être raconté au présent ou au passé.
- Pense à utiliser un indicateur temporel pour marquer le début de l'épisode : un matin, ce jour-là, le lendemain...

Traiter le sujet de réflexion

Recherche d'idées

Piste 1 Deux réponses sont possibles pour ce sujet : oui ou non. Tu peux choisir de répondre de manière nuancée en utilisant un plan dialectique : tu répondras dans un premier paragraphe par l'affirmative, puis dans un second par la négative (ou inversement).

Piste 2 Pour appuyer tes arguments, utilise des exemples, pris dans la littérature (comme le texte support), dans des films, ou même dans ta vie (comme les décisions concernant l'orientation).

■ **Conseils de rédaction**

• Efforce-toi, dans l'introduction, de reformuler la question posée par le sujet pour montrer que tu l'as bien comprise.

• Entre les deux paragraphes qui défendent des réponses opposées, pense à ménager une transition.

7 CORRIGÉ GUIDÉ

TRAVAIL SUR LE TEXTE LITTÉRAIRE ET SUR L'IMAGE

Compréhension et compétences d'interprétation

▶ **1.** Le narrateur évoque son enfance, comme le prouvent les indications suivantes : « dans la maison de mon enfance » et « tandis que nous fêtions mes neuf ans ».

▶ **2. a)** La famille compte quatre membres : le narrateur, sa sœur aînée Florence et leurs deux parents (« deux parents, deux rejetons »).

b) Si la famille compte quatre membres au sens strict, le piano est compté comme un cinquième « habitant » par le narrateur. Ce dernier éprouve du rejet pour ce « fâcheux », cet « intrus » qui prend tant de place. Plus loin, « je le haïssais » montre l'hostilité de leurs rapports.

▶ **3.** Les « dents » désignent les touches du piano faites en ivoire qui ont pris une teinte jaune avec les années. Le piano est ainsi personnifié : même détesté par le narrateur, il appartient littéralement à la famille.

> **RAPPEL**
> La personnification consiste à donner des caractéristiques humaines à ce qui ne l'est pas.

▶ **4.** La personnification employée dans les quatre premiers paragraphes ne permet pas immédiatement de comprendre qu'il s'agit d'un instrument. La révélation de la ligne 26 n'en est alors que plus surprenante, car tous les termes employés auparavant pour le désigner donnaient l'impression de s'appliquer à un être humain : « râleur, importun, obèse ».

Le piano est également sujet de verbes d'action : « il y dormait, il réagissait bruyamment, il écoutait nos conversations ».

▶ **5. a)** La souffrance du narrateur est sonore : tous les sons que sa sœur fait sortir du piano sont douloureux pour ses oreilles.

b) Plusieurs figures de style soulignent cette souffrance, comme la comparaison de la ligne 35 : « qui me vrillait les oreilles comme la fraise du dentiste ».

INFO +
On aurait pu également citer la métaphore filée du supplice avec les termes « craignais, torture, bourreau », ou l'énumération l. 30-32.

▶ **6.** On comprend que la tante Aimée réussit à produire des sonorités mélodieuses en jouant du piano : le monstre imposant et dissonant s'est métamorphosé en instrument de musique. La tante semble ainsi posséder plusieurs qualités : la délicatesse, la patience et l'assurance pour apprivoiser la bête. Sa maîtrise technique est accompagnée d'une sensibilité certaine puisque son jeu ouvre « un nouveau monde » pour le narrateur.

▶ **7.** Le narrateur évoque un « événement extraordinaire ». Écouter le morceau joué par sa tante lui permet de découvrir une autre réalité : « un univers parallèle, une manière d'exister différente » où les contraires se côtoient ; de vieil ennemi, détesté et redouté, le piano est devenu synonyme d'émotion. Le meuble encombrant et sombre révèle ses charmes à toute la famille, qui ne soupçonnait pas que cela fût possible.

▶ **8.** Les deux documents évoquent une scène intime de l'univers domestique. Le piano imposant occupe une place importante dans l'espace et dans l'histoire des deux familles. Le tableau de Caillebotte montre l'instrument utilisé, reflétant la lumière, en action. Le pianiste, frère du peintre, concentré, doit jouer souvent comme en témoignent les nombreuses partitions disposées sur l'instrument. Les deux documents s'efforcent donc de dépeindre la beauté d'un morceau de piano joué dans la sphère familiale.

Grammaire et compétences linguistiques

▶ **9. a)** Le groupe souligné est le sujet du verbe « vivait », placé ici après le verbe. On parle de sujet inversé.

b) Un intrus vivait dans la maison de mon enfance.

▶ **10. a)** « Il » remplace « l'intrus », sujet employé en début de phrase.

b) « Il » est un pronom personnel (masculin, troisième personne du singulier).

▶ **11. a)** Le verbe « résidait » est employé à l'imparfait de l'indicatif.

b) Le temps indique ici une action non limitée dans le temps, qui peut durer.

▶ **12. a)** Le mot est formé à l'aide du préfixe privatif *in-*, suivi du radical *désir*, et enfin du suffixe *-able*.

b) Le mot est employé pour désigner quelqu'un qui n'est pas désiré, dont la présence n'est pas souhaitée.

▶ **13.** Depuis quand résidaient-ils parmi nous ? Je les avais toujours vus là, incrustés. Bruns, trapus, obèses, couverts de taches, l'ivoire des dents jauni [...].

ATTENTION
Le participe passé « vus » est employé avec l'auxiliaire *avoir*. Il s'accorde avec le COD « les » placé avant le verbe.

DICTÉE

POINT MÉTHODE

1 Ne confonds pas « ce », employé devant un nom commun, qui est un déterminant démonstratif, et « se », pronom réfléchi faisant partie d'une forme verbale.

2 Retiens l'orthographe de ces mots : *accourir, s'accouder, deuil, languir, s'extasier.*

3 Sois attentif à la terminaison du présent de certains verbes du 3e groupe : les verbes comme *descendre* ont pour terminaison *-ds* à la première personne du singulier.

Ce matin, je m'accoude à la fenêtre et contemple la nature, laquelle ignore le deuil et ne connaît que la vie. [...] Je descends au salon et ouvre le piano à queue. Aussitôt, mes trois chiens accourent ; après une caresse de la truffe sur mes paumes, ils s'allongent sous l'instrument, répétant la conduite de l'enfant de Chopin auprès de sa mère. Ils frémissent, ils languissent.

J'entame la *Barcarolle...* Le calme s'impose. La musique me donne accès à l'étonnement. Le temps ne passe plus, il palpite. Je ne subis plus la durée, je la savoure. Tout devient merveille. Je m'extasie d'être et me coule dans le ravissement. [...]

Troublé, je manque une note, deux, rate mon accord, lève les mains et me retourne.

Rapide, la mésange file dans le ciel, tourbillonne, [...] hésite, repart, se fige de nouveau.

S'ENTRAÎNER

RÉDACTION

Voici un exemple de rédaction sur chacun des deux sujets.
Attention, les indications entre crochets ne doivent pas figurer sur la copie.

Sujet d'imagination

[Contexte] Ma vie est triste, car je m'ennuie. Trop souvent, les membres de ma famille m'oublient. On me nettoie parfois, d'un petit geste rapide et impatient, comme un gosse malpropre qui prend trop de place. Chaque semaine, la maladroite Florence s'exerce à me torturer et mes plaintes n'y font rien. Il faut qu'un étranger à notre petit cercle familial arrive pour que je puisse parfois sortir de ce profond ennui qui est mon quotidien et exprimer ma sensibilité. Comment s'appelait cette jolie tante qui aimait tant Chopin et me réveilla avec ses mains gracieuses ? Aimée, je crois, un nom prédestiné.

[Épisode particulier] Ce matin toutefois, il s'est passé quelque chose. Le petit Éric s'est approché de moi et m'a caressé du bout des doigts. Auparavant lorsqu'il entrait dans le salon, il me jetait un regard hostile. Il me détestait. Je lui faisais peur : j'en impose, je luis, et il ne connaît rien de moi. Il évitait jusqu'à présent soigneusement de me frôler tant ma taille l'effrayait, et j'avoue que je prenais plaisir à susciter son effroi. Cela me distrayait de mon ennui profond. Mais ce matin tout a changé. Il a promené ses doigts sur mon dos, puis a grimpé sur le tabouret et a touché mes touches de ses petites mains. Timide, il n'a pas osé tout de suite produire un son. Il semblait hésiter : les noires ou les blanches ? Et puis… et puis il a posé ses deux mains, et a plaqué un accord. Un accord timide, mais un accord tout de même. Puis il s'est enhardi, a décalé ses doigts, a cherché un autre accord… qu'il n'a pas trouvé tout de suite. J'ai protesté par des grincements désagréables, mais il ne s'est pas découragé, et touche après touche, a fini par trouver l'accord parfait.

[Réflexions tirées de l'épisode] Se pourrait-il que la musique de la tante Aimée ait produit des miracles ? Que ce petit animal hostile puisse se transformer en être sensible ? Et sa sœur, cette bécasse de Florence, aura-t-elle aussi été touchée par la grâce et renoncera-t-elle à me martyriser tous les matins ?

> **CONSEIL**
> À la personnification du piano peut correspondre l'animalisation des humains.

Sujet de réflexion

[Introduction] Certaines décisions sont mûrement réfléchies, d'autres prises sans questionnement préalable. Doit-on faire des choix spontanés ou est-il préférable de prendre le temps de raisonner avant de se décider ?

[Des décisions soudaines] L'*incipit* du roman *Madame Pylinska et le secret de Chopin* se présente comme un récit d'enfance mené à la première personne, où le narrateur porte le même prénom que l'auteur, « Éric ». Il raconte la décision soudaine prise après avoir écouté sa tante jouer du Chopin au piano : prendre à son tour des cours sans attendre. La grande émotion qu'il a ressentie impose ce choix comme une révélation, et peut expliquer la rapidité de cette résolution. En effet, plus le sentiment éprouvé est fort, plus la décision peut être instantanée car évidente. Cette décision est certes précipitée, mais elle n'est pas farfelue et correspond à une envie sincère et profonde.

[Transition] Toutefois, il n'est pas toujours bon de faire certains choix sans réflexion personnelle aboutie. L'enjeu de certaines décisions est en effet trop important pour être pris à la légère.

[Des décisions réfléchies] On demande ainsi aux élèves de prendre assez tôt des décisions concernant leur orientation : ces choix, au collège puis au lycée, auront un impact sur leurs études supérieures et donc en théorie aussi sur leur futur métier. Est-il raisonnable alors de s'engager dans une voie pendant plusieurs années sans y avoir longuement réfléchi ? Certains, influencés par des séries télévisées, aimeraient être avocats et commencent de longues études de droit sans savoir exactement de quoi il retourne. Peut-être se rendront-ils compte un peu tard que le métier est très éloigné de l'univers décrit dans les films qui avaient pu motiver leurs choix. Une solide réflexion aurait sans doute été une meilleure solution.

[Conclusion] Les décisions soudaines ne sont pas forcément mauvaises, mais elles ne sont pas forcément bonnes non plus ! Tout dépend de la profondeur des envies et du poids de ces choix sur notre vie.

INFO+
La conclusion ne se contente pas de rappeler les grandes étapes de la réflexion. Elle permet de surmonter la contradiction apparente entre les deux parties.

Jeux de l'enfance

3 heures
100 points

INTÉRÊT DU SUJET • Les documents traitent des jeux heureux de l'enfance. Si les époques évoquées peuvent paraître lointaines, les scènes montrées possèdent toutefois un caractère intemporel.

DOCUMENT A Texte littéraire

Dans son roman Le Premier Homme, *Albert Camus raconte son enfance en Algérie dans les années 1920. Il s'est représenté dans le personnage de Jacques et évoque ici les jeux qu'il partage avec ses camarades.*

Tous les jours, à la saison, un marchand de frites activait son fourneau. La plupart du temps, le petit groupe n'avait même pas l'argent d'un cornet. Si par hasard l'un d'entre eux avait la pièce nécessaire, il achetait son cornet, avançait gravement vers la plage, suivi du cortège respectueux des camarades et, devant la mer, à l'ombre d'une vieille barque démantibulée, plantant ses pieds dans le sable, il se laissait tomber sur les fesses, portant d'une main son cornet bien vertical et le couvrant de l'autre pour ne perdre aucun des gros flocons croustillants. L'usage était alors qu'il offrît une frite à chacun des camarades, qui savourait religieusement l'unique friandise chaude et parfumée d'huile forte qu'il leur laissait. Puis ils regardaient le favorisé qui, gravement, savourait une à une le restant des frites. Au fond du paquet, restaient toujours des débris de frites. On suppliait le repu[1] de bien vouloir les partager. Et la plupart du temps, sauf s'il s'agissait de Jean, il dépliait le papier gras, étalait les miettes de frites et autorisait chacun à se servir, tour à tour, d'une miette. […] Le festin terminé, plaisir et frustration aussitôt oubliés, c'était la course vers l'extrémité ouest de la plage, sous le dur soleil, jusqu'à une maçonnerie à demi détruite qui avait dû servir de fondation à un cabanon disparu et derrière laquelle on pouvait se déshabiller. En quelques secondes, ils étaient nus, l'instant d'après dans l'eau, nageant vigoureusement et maladroitement, s'exclamant, bavant et recrachant, se défiant à des plongeons ou à qui resterait le plus longtemps sous l'eau. La mer était douce, tiède, le soleil léger maintenant sur les têtes mouillées, et la gloire de la lumière emplissait ces jeunes corps d'une joie qui les faisait crier sans arrêt. Ils régnaient sur la vie et sur la mer, et ce que le monde peut donner de plus fastueux[2], ils le recevaient et en usaient sans mesure, comme des seigneurs assurés de leurs richesses irremplaçables.

Ils en oubliaient même l'heure, courant de la plage à la mer, séchant sur le sable l'eau salée qui les faisait visqueux, puis lavant dans la mer le sable qui les habillait de gris. Ils couraient, et les martinets[3] avec des cris rapides commençaient de voler plus bas au-dessus des fabriques et de la plage. Le ciel, vidé de la touffeur[4] du jour, devenait plus pur puis verdissait, la lumière se détendait et, de l'autre côté du golfe, la courbe des maisons et de la ville, noyée jusque-là dans une sorte de brume, devenait plus distincte. Il faisait encore jour, mais des lampes s'allumaient déjà en prévision du rapide crépuscule d'Afrique. Pierre, généralement, était le premier à donner le signal : « Il est tard », et aussitôt, c'était la débandade, l'adieu rapide. Jacques avec Joseph et Jean couraient vers leurs maisons sans se soucier des autres. Ils galopaient hors de souffle. La mère de Joseph avait la main leste[5]. Quant à la grand-mère de Jacques…

Albert Camus, *Le Premier Homme*, 1994,
© Éditions Gallimard, www.gallimard.fr.

---

1. Le repu : celui qui n'a plus faim. 2. Fastueux : très luxueux. 3. Martinets : oiseaux au vol rapide, qui ressemblent aux hirondelles. 4. Touffeur : chaleur étouffante. 5. Avoir la main leste : donner facilement des gifles, des coups, en guise de réprimande.

DOCUMENT B **Doisneau, *La Voiture fondue*, 1944**

ph © Robert DOISNEAU/RAPHO.

TRAVAIL SUR LE TEXTE LITTÉRAIRE ET SUR L'IMAGE 50 POINTS • 1 h 10

Les réponses doivent être entièrement rédigées.

Grammaire et compétences linguistiques

▶ **1.** Lignes 9 à 11 : « L'usage était alors qu'il offrît une frite à chacun des camarades, qui savourait religieusement l'unique friandise chaude et parfumée d'huile forte qu'il leur laissait. »

a) Quel est le groupe complément d'objet de « savourait » ? (*1 point*)

b) Pour vérifier la délimitation de ce groupe complément d'objet, réécrivez la phrase en le remplaçant par un pronom. (*1 point*)

c) Relevez deux expansions du nom « friandise » de nature (ou classe) grammaticale différente. Précisez la nature (ou classe) grammaticale de chacune d'elles. (*4 points*)

▶ **2.** Lignes 16-18 : « Le festin terminé, plaisir et frustration aussitôt oubliés, c'était la course vers l'extrémité ouest de la plage ».
Remplacez les deux groupes soulignés par deux propositions subordonnées conjonctives compléments circonstanciels de temps. (*2 points*)

▶ **3.** « Si par hasard l'un d'entre eux avait la pièce nécessaire, il achetait un cornet, avançait gravement vers la plage, suivi du cortège respectueux des camarades et, […], plantant ses pieds dans le sable, il se laissait tomber sur les fesses, portant d'une main son cornet bien vertical et le couvrant de l'autre. » (l. 3-8)
Réécrivez ce passage en remplaçant « l'un d'entre eux » par « deux d'entre eux ». Faites toutes les modifications nécessaires. (*10 points*)

Compréhension et compétences d'interprétation

▶ **4.** Lignes 1 à 16 :

a) La scène évoquée se répète plusieurs fois. Qu'est-ce qui l'indique précisément ? Deux éléments de réponse sont attendus. (*2 points*)

b) Pourquoi ce moment est-il particulièrement important pour les enfants ? Vous justifierez votre réponse en vous appuyant sur le texte. Deux éléments de réponse sont attendus. (*4 points*)

▶ **5.** Lignes 16 à 29 :

a) Comment l'écrivain montre-t-il que les enfants sont heureux au moment de la baignade ? Vous justifierez votre réponse en vous appuyant sur le texte. Deux éléments de réponse sont attendus. (*4 points*)

b) Pourquoi peut-on dire qu'ils sont transformés par la baignade ?
Vous justifierez votre réponse en vous appuyant sur le texte.
Deux éléments de réponse sont attendus. (*4 points*)

▶ **6.** Lignes 30 à 43 : quels changements apparaissent à la fin du texte ? Développez trois éléments de réponse en vous appuyant sur des passages précis. (*6 points*)

▶ **7.** En vous aidant de vos réponses aux questions précédentes, donnez un titre significatif à chacun des trois moments de la journée évoqués dans le texte (lignes 1 à 16, lignes 16 à 29 et lignes 30 à 43). (*6 points*)

▶ **8.** Quels liens pouvez-vous établir entre la photographie de Robert Doisneau et le texte d'Albert Camus ? Développez votre réponse en vous appuyant sur des éléments précis. (*6 points*)

DICTÉE — 10 POINTS • 20 min

Le nom de l'auteur, le titre de l'œuvre, ainsi que « les glycines » sont écrits au tableau.

D'après Albert Camus
Le Premier Homme, 1994
© Éditions Gallimard

Dès qu'ils étaient au complet, ils partaient, promenant la raquette le long des grilles rouillées des jardins devant les maisons, avec un grand bruit qui réveillait le quartier et faisait bondir les chats endormis sous les glycines poussiéreuses. Ils couraient, traversant la rue, essayant de s'attraper, couverts déjà d'une bonne sueur, mais toujours dans la même direction, vers le champ, non loin de leur école, à quatre ou cinq rues de là. Mais il y avait une station obligatoire, à ce qu'on appelait le jet d'eau, sur une place assez grande, une énorme fontaine ronde à deux étages, où l'eau ne coulait pas, mais dont le bassin, depuis longtemps bouché, était rempli jusqu'à ras bord, de loin en loin, par les énormes pluies du pays.

RÉDACTION — 40 POINTS • 1 h 30

Vous traiterez au choix l'un des deux sujets suivants.

Sujet d'imagination

Devenu adulte, un des enfants de la photographie de Robert Doisneau raconte, comme Albert Camus, les jeux de son enfance. Il évoque la scène représentée sur la photographie. Vous imaginerez son récit en montrant comment le jeu permet aux enfants, dans un moment de joie partagée, de transformer la réalité qui les entoure. Vous choisirez d'écrire votre récit à la première ou à la troisième personne.

Sujet de réflexion

La littérature, le cinéma et les autres arts permettent de découvrir la vie de personnages fictifs ou réels. Que peut vous apporter cette découverte ? Vous développerez votre point de vue en prenant appui sur des exemples précis, issus de votre culture personnelle et des œuvres étudiées lors de votre scolarité.

LES CLÉS DU SUJET

Analyser les documents

LE TEXTE

Le genre
Texte narratif d'inspiration autobiographique d'Albert Camus.

Le thème
Les souvenirs heureux d'une bande de garçons sont évoqués à travers trois moments différents de la journée.

L'IMAGE

Le genre
Photographie en noir et blanc de Robert Doisneau, célèbre pour avoir immortalisé Paris et ses habitants anonymes.

Le thème
Des enfants jouent dans une carcasse de voiture. La photo a été prise à Paris, où les bombardements ont été importants pendant la guerre.

Traiter le sujet d'imagination

Recherche d'idées

Piste 1 Imagine les sentiments éprouvés par un adulte faisant le récit des jeux de son enfance : l'attendrissement, l'amusement, la nostalgie, et peut-être aussi un peu de tristesse.

Piste 2 Pense à l'époque à laquelle la photographie a été prise. En 1944, les enfants ont connu la guerre et les bombardements ; en cette période douloureuse, le jeu doit revêtir une importance particulière.

Conseils de rédaction

• Si tu choisis d'écrire un texte à la troisième personne, fais intervenir le récit de l'adulte dans le cadre d'un dialogue avec un autre personnage l'interrogeant sur son enfance.
• Ne te contente pas de décrire la photographie. Donne des noms aux enfants, indique leurs traits de caractère et leur relation avec le personnage principal.

Traiter le sujet de réflexion

Recherche d'idées

Piste 1 Pars de ta propre expérience pour définir les rapports que tu entretiens avec les personnages des œuvres d'art : admiration, identification, amitié, intérêt, rejet…

Piste 2 D'autres formes d'art que la littérature et le cinéma présentent des personnages ; en peinture, pense par exemple aux artistes qui ont fait leur autoportrait : Vincent Van Gogh, Francis Bacon, Frida Kahlo…

Conseils de rédaction

- Présente la question en introduction. Efforce-toi de formuler au moins trois idées différentes, chacune développée dans un paragraphe.
- Tire tes exemples de domaines variés tels que les romans, les films, les peintures, les photographies.
- Évite les références tirées de domaines ne relevant pas de l'art : télé-réalité, biographies de célébrités, etc.
- La conclusion rappellera très brièvement ce qui a été dit, avant d'élargir la réflexion, par exemple en évoquant l'importance de l'art dans notre société.

8 CORRIGÉ GUIDÉ

TRAVAIL SUR LE TEXTE LITTÉRAIRE ET SUR L'IMAGE

Grammaire et compétences linguistiques

▶ **1. a)** Le groupe complément d'objet direct de « savourait » est « l'unique friandise chaude et parfumée d'huile forte qu'il leur laissait ».

b) « L'usage était alors qu'il offrît une frite à chacun des camarades, qui la savourait religieusement. »

c) Deux expansions du nom « friandise » de natures grammaticales différentes : « unique », adjectif qualificatif épithète ; « qu'il leur laissait », proposition subordonnée relative.

▶ **2.** « Après que le festin était terminé, dès que plaisir et frustration étaient oubliés, c'était la course vers l'extrémité ouest de la plage. »

▶ **3.** *Les modifications sont en couleur.*

« Si par hasard deux d'entre eux avaient la pièce nécessaire, ils achetaient un cornet, avançaient gravement vers la plage, suivis du cortège respectueux des camarades et, [...], plantant leurs pieds dans le sable, ils se laissaient tomber sur les fesses, portant d'une main leur cornet bien vertical et le couvrant de l'autre. »

Compréhension et compétences d'interprétation

▶ **4. a)** La scène évoquée se répète plusieurs fois. Les compléments circonstanciels de temps « tous les jours » et « la plupart du temps » l'indiquent clairement. De plus, le texte est écrit à l'imparfait qui a ici la valeur d'imparfait d'habitude, de répétition.

b) Ce moment est particulièrement important pour les enfants, car il est rare : la plupart du temps, ils n'ont pas les moyens de s'offrir ce plaisir. Le partage du cornet est vécu comme une sorte de cérémonie : « leur camarade avançait gravement vers la plage, suivi du cortège respectueux des camarades. » Ces derniers savouraient « religieusement » la frite offerte.

▶ **5. a)** Les enfants sont particulièrement heureux au moment de la baignade. Leur précipitation est grande : « en quelques secondes », « l'instant d'après » ; leur joie est immense : « la joie [...] les faisait crier sans arrêt ».

b) Les enfants sont transformés par la baignade. Ils oublient le temps : les faveurs et les rancœurs du partage des frites (« plaisir et frustration aussitôt oubliés »), l'heure du retour également (« ils en oubliaient même l'heure »). Le plaisir les rend puissants : ces enfants sans argent deviennent des « seigneurs » qui règnent « sur la vie et sur la mer » et sont assurés de « leurs richesses irremplaçables ».

▶ **6.** Des changements apparaissent à la fin du texte. Ils concernent la lumière : le ciel change de couleur (« verdissait »), les contours sont plus nets (« la courbe des maisons [...] devenait plus distinct »), le jour tombe (« rapide crépuscule d'Afrique »). Ils portent aussi sur les personnages : le groupe d'enfants soudé se sépare : « c'était la débandade », « sans se soucier des autres ». Les bruits enfin ne sont plus les mêmes : les cris des enfants (« une joie qui les faisait crier sans arrêt ») sont remplacés par les cris des oiseaux (« les martinets avec des cris rapides »).

▶ **7.** Les titres pour chacun des trois moments évoqués dans le texte pourraient être :

– « La cérémonie du cornet » ;

– « Les seigneurs de la mer » ;

– « La fin des plaisirs ».

CONSEIL
Évite les titres trop vagues, comme « la baignade », « le partage » ; choisis plutôt des groupes nominaux avec des expansions.

▶ **8.** Les deux documents représentent le plaisir des jeux de l'enfance. Ils montrent que l'amusement des enfants n'a aucun rapport avec l'argent : la baignade est gratuite, la carcasse de voiture est abandonnée.

Les jeunes partagent un même jeu, le groupe semble soudé : grands et petits se mélangent sur la photographie et, dans le texte, les enfants sont indifférenciés lors de la baignade.

Les plaisirs évoqués paraissent intemporels : les enfants d'aujourd'hui éprouvent les mêmes joies, à travers les mêmes jeux.

DICTÉE

POINT MÉTHODE

1 Le texte comporte de nombreux adjectifs. Identifie les noms ou pronoms auxquels ils se rapportent pour les accorder (*Ils couraient [...], couverts*).

2 Mémorise l'orthographe de ces expressions courantes : *au complet, de loin en loin, à ras bord*.

3 Attention aux formes en *-ant* : lorsqu'il s'agit de l'adjectif verbal, on l'accorde (*des activités plaisantes*) ; lorsqu'il s'agit du participe présent, il reste invariable (*des activités plaisant aux enfants*). Pour reconnaître l'adjectif, vois si le féminin est possible.

Dès qu'ils étaient au complet, ils partaient, promenant la raquette le long des grilles rouillées des jardins devant les maisons, avec un grand bruit qui réveillait le quartier et faisait bondir les chats endormis sous les glycines poussiéreuses. Ils couraient, traversant la rue, essayant de s'attraper, couverts déjà d'une bonne sueur, mais toujours dans la même direction, vers le champ, non loin de leur école, à quatre ou cinq rues de là. Mais il y avait une station obligatoire, à ce qu'on appelait le jet d'eau, sur une place assez grande, une énorme fontaine ronde à deux étages, où l'eau ne coulait pas, mais dont le bassin, depuis longtemps bouché, était rempli jusqu'à ras bord, de loin en loin par les énormes pluies du pays.

S'ENTRAÎNER

RÉDACTION

Voici un exemple de rédaction sur chacun des deux sujets.
Attention, les indications entre crochets ne doivent pas figurer sur ta copie.

Sujet d'imagination

[Introduction] En fouillant dans un tiroir l'autre jour, je suis tombé par hasard sur une photographie en noir et blanc. Elle avait été prise à la fin de la guerre et immortalisait un moment particulier. Nous habitions à Paris lorsque le conflit avait éclaté. Dans la capitale occupée, mes parents tremblaient dès que nous échappions à leur surveillance, ce qui n'arrivait pas souvent. Puis la ville avait été libérée, et nous aussi. Paris en ruine était alors devenue un immense terrain de jeu.

[Le récit du jeu dans la carcasse du taxi] Ce jour-là, nous avions découvert la carcasse d'un taxi, fondue, sans portes ni vitres. Toujours entreprenant, mon grand frère Maxime se jucha sur l'avant du capot. Notre voisin Paul, qui avait perdu son père la première année de la guerre, s'installa à la place du chauffeur ; il ordonna à ses deux petites sœurs qui le suivaient partout de jouer les clientes. Obéissant à leur idole, elles s'efforçaient de prendre l'accent distingué des bourgeoises d'avant-guerre pour ordonner avec l'autorité voulue : « Rue Vaugirard, Monsieur. » Et moi, j'avais la meilleure place. Maxime, pour une fois protecteur, m'avait placé à ses côtés, au-dessus, et je dominais notre troupe. Le regard perdu au loin, j'avais dégoté un câble que j'agitais, comme un conducteur de diligence, dans une tentative folle d'ordonner aux chevaux sous le capot d'aller plus vite. Max, lui, allait plus loin encore : il était le capitaine de notre bateau, fixant l'océan de ruines qui nous entourait et décidant du cap à suivre.

> **CONSEIL**
> Puisqu'il s'agit d'un souvenir, certains détails peuvent être flous. L'histoire, même lacunaire, semble alors plus authentique.

[Conclusion] Je n'ai aucun souvenir de l'adulte qui a pris la photographie. Pour moi, nous étions seuls et soudés. Ce moment où chacun trouva dans le jeu un rôle à sa mesure, symbolise vraiment dans mon esprit la fin de la guerre. Ce n'est pas sans émotion que je me rends compte, aujourd'hui, de ce qui se jouait ce jour-là : nous avions le droit, à nouveau, d'être heureux.

Sujet de réflexion

[Introduction] Que ce soit en lisant un roman, en regardant un film ou même en observant une photographie, nous découvrons la vie des personnages qui peuplent les œuvres d'art. Que nous procurent ces découvertes ?

[Élargir ses connaissances] Certaines œuvres nous présentent des individus vivant à une époque et dans un contexte très éloignés des nôtres. Nous découvrons des détails de leur existence : la lecture de la bande dessinée de Tardi, *C'était la guerre des tranchées*, nous permet d'appréhender le quotidien d'un soldat de la Grande Guerre, dans toute son horreur.

[Comprendre l'âme humaine] Les œuvres d'art aident également à appréhender l'esprit humain, en mettant des mots sur des sentiments que nous éprouvons confusément et que nous peinons à comprendre et à exprimer. Les ouvrages autobiographiques nous montrent ainsi des personnes à nu, dans toute la vérité de leur nature, comme l'expliquait Rousseau au début de ses *Confessions*. L'aspect déplaisant et torturé de la nature humaine apparaît dans les autoportraits de Francis Bacon.

CONSEIL
Donne au moins un exemple dans chaque paragraphe.

[Rêver] Mais rencontrer un personnage, c'est aussi s'enthousiasmer pour un caractère, ressentir une amitié sincère pour cet individu qui nous ressemble, ou même s'identifier à cet être de papier. Qui n'a jamais rêvé d'être D'Artagnan, le héros des *Trois mousquetaires,* multipliant les duels, entouré de ses meilleurs amis ? Cette vie rêvée, intense, la littérature nous y donne accès.

[Trouver des modèles] Enfin, l'art choisit souvent des personnages dont la vie peut avoir valeur d'exemple. Le cinéma met fréquemment en scène des personnages altruistes, courageux et dévoués au bien-être général. Découvrir leur vie, c'est prendre conscience des valeurs qui les guident, et s'en inspirer pour notre quotidien. Le film de Justin Chadwick, *Mandela : un long chemin vers la liberté*, peut ainsi être une source d'inspiration pour beaucoup.

[Conclusion] Les raisons de s'intéresser à la vie de personnages fictifs ou réels au travers de l'art sont donc variées, preuve que l'art occupe toujours une place importante dans notre société.

Angoisses d'avenir

3 heures
100 points

INTÉRÊT DU SUJET • L'auteur nous fait part de son angoisse d'adolescent en réponse à l'une des questions préférées des adultes et en particulier de son père : quel métier va-t-il choisir ?

DOCUMENT A Texte littéraire

Dans son récit autobiographique Je dirai malgré tout que cette vie fut belle, *Jean d'Ormesson nous fait part des interrogations de sa jeunesse.*

J'imagine que c'est surtout à cause de moi et pour moi que mes parents envisagèrent de revenir à Paris malgré l'occupation allemande. J'avais seize ans. Je n'avais pas la moindre idée de ce que je voulais faire après le baccalauréat. À vrai dire, ce dont j'avais surtout envie, c'était de ne rien faire du tout.

Très attaché à ses convictions, mais libéral et tolérant, mon père nous avait souvent répété à mon frère et à moi qu'il nous laissait libres de choisir notre avenir – à condition, bien entendu, de servir l'État. Je le comparais volontiers au vieux Ford[1] qui proposait à ses acheteurs des voitures automobiles de la couleur qu'ils souhaitaient – à condition qu'elles fussent noires. Ah ! bien sûr. Nous étions libres : nous pouvions devenir diplomate, conseiller d'État, inspecteur des Finances, membre de la Cour des comptes, gouverneur de la Banque de France ou préfet, mais en aucun cas banquier, marchand de biens, artiste peintre, footballeur, chanteur ou producteur de cinéma. Mon père nourrissait une particulière méfiance à l'égard des hommes d'affaires et des comédiens. J'avais un faible pour les acteurs. Il redoutait comme la peste de me voir monter sur les planches ou gagner de l'argent.

Je n'avais aucune envie de devenir banquier ni artiste. J'avais remarqué assez tôt que quand un doux vieillard demandait à une petite fille ce qu'elle voulait faire plus tard, elle répondait volontiers infirmière ou vétérinaire. Les garçons se voulaient plutôt pompier ou pilote de ligne. J'avais un peu honte de constater que je n'avais aucune espèce de préférence. Je le savais en secret mais il m'était impossible d'exprimer ce que je ressentais. La vraie réponse à la terrible question : « Que voudrais-tu faire plus tard ? » était : « Rien. »

Je me souviens, l'été, à Saint-Fargeau, avant et après la guerre, de redoutables promenades à pied autour de la pièce d'eau où mon père me demandait avec une tendre insistance ce que je comptais faire de ma vie. La question roulait en torrent dans ma tête. Et aucune réponse ne me venait à l'esprit.

Un demi-siècle plus tard, je découvrais avec bonheur un texte de François Mauriac. L'auteur du *Bloc-Notes*, de *Thérèse Desqueyroux*, du *Nœud de vipères* et du *Désert de l'amour* assurait qu'à défaut d'une vocation affirmée dès l'enfance un des signes les plus sûrs de la volonté de consacrer sa vie à la littérature était le refus de toute autre activité et de toute autre ambition.

J'aimais ne rien faire. J'aimais rêver – de préférence à rien. J'aimais attendre. Attendre quoi ? Précisément, rien. J'aimais étudier. Je ne tenais pas tellement à vivre. Peut-être, après une enfance très heureuse, redoutais-je l'épreuve de la vie. Je craignais comme la peste de m'engager dans l'une ou l'autre des voies que m'offrait l'existence.

Peut-être aussi avais-je compris obscurément que les études, pour dire les choses en un mot, représentaient la meilleure façon de ne pas travailler. Ou du moins de ne pas choisir un de ces compartiments du travail qui constituaient autant de pièges dont il vous est impossible de sortir dès que vous avez glissé dans l'engrenage l'ombre d'un doigt de pied.

J'aimais beaucoup lire. Ou faire semblant de lire.

Jean d'Ormesson, *Je dirai malgré tout que cette vie fut belle*, 2016,

1. Henry Ford, industriel fondateur de la marque automobile Ford.

DOCUMENT B **Jean-Baptiste Greuze, *Le Petit Paresseux*, 1755**

Musée Fabre, Montpellier.

TRAVAIL SUR LE TEXTE LITTÉRAIRE ET SUR L'IMAGE

50 POINTS • 1 h 10

Les réponses doivent être entièrement rédigées.

Grammaire et compétences linguistiques

▶ **1.** « Très attaché à ses convictions, mais libéral et tolérant » (l. 6). Quelle est la classe grammaticale du mot souligné ? Quel rapport logique introduit-il ? *(2 points)*

▶ **2.** Réécrivez le passage suivant en remplaçant « je » par « nous », qui désigne le narrateur et son frère. *(10 points)*

« Je me souviens, l'été, à Saint-Fargeau, avant et après la guerre, de redoutables promenades à pied autour de la pièce d'eau où mon père me demandait avec une tendre insistance ce que je comptais faire de ma vie. La question roulait en torrent dans ma tête. Et aucune réponse ne me venait à l'esprit. » (l. 28 à 32)

▶ **3.** Dans le troisième paragraphe (l. 20 à 27), relevez au moins quatre modalisateurs. Quel effet produisent-ils ? *(3 points)*

▶ **4. a)** À qui renvoie le pronom « je » dans le premier paragraphe ? *(1 point)*
b) « J'imagine » (l. 1), « J'avais » (l. 3) : quels sont les temps employés ? Comment comprenez-vous leur usage ? *(4 points)*

Compréhension et compétences d'interprétation

▶ **5.** Dans le deuxième paragraphe (l. 6 à 19), le narrateur énumère les carrières que son père souhaite pour lui. Quel est leur point commun ? *(3 points)*

▶ **6.** Que souhaite faire le narrateur ? Expliquez votre réponse en vous appuyant sur le texte. *(4 points)*

▶ **7.** « Ah ! bien sûr. Nous étions libres » (l. 11) : le narrateur pense-t-il ce qu'il écrit ?
Justifiez votre réponse en relevant au moins deux éléments entre les lignes 6 et 19. *(5 points)*

▶ **8.** « La question roulait en torrent dans ma tête » (l. 31).
Identifiez et expliquez l'image que l'auteur emploie dans cette phrase. *(5 points)*

▶ **9.** Quelle représentation de la vie d'adulte le narrateur se fait-il ? Vous vous appuierez plus particulièrement sur votre lecture des derniers paragraphes pour répondre. *(7 points)*

▶ **10.** Le texte et le tableau offrent-ils selon vous une image positive de la paresse ? *(6 points)*

DICTÉE — 10 POINTS • 20 min

Le titre de l'œuvre et le nom de l'auteur sont écrits au tableau.

Jean d'Ormesson
Je dirai malgré tout que cette vie fut belle
© Éditions Gallimard, 2016

Mais ce qui sépare surtout le journaliste de l'écrivain, c'est le mystère du temps. Le temps passe et il dure. Le journaliste est tout entier du côté du temps qui passe. L'écrivain est tout entier du côté du temps qui dure. Il est interdit au journaliste de réclamer si peu de temps que ce soit pour donner à l'article qui doit paraître le soir même plus de force et de tenue. Il est recommandé à l'écrivain de prendre tout son temps – de longues soirées d'hiver, des semaines entières de printemps, parfois des mois et des mois – pour effacer de ses textes la moindre faiblesse et la moindre imperfection.

RÉDACTION 40 POINTS • 1 h 30

Vous traiterez au choix l'un des deux sujets suivants.

Sujet d'imagination

L'été suivant, lors d'un repas de famille, le père du narrateur interroge à nouveau ses fils sur leurs projets d'avenir. Les deux frères affichent des choix radicalement différents.
Imaginez le dialogue animé qui s'ensuit et les réactions des différents personnages présents autour de la table.

Sujet de réflexion

Dans le texte, le narrateur associe le travail à un piège « dont il vous est impossible de sortir » (l. 47-48).
Selon vous, s'engager dans un métier constitue-t-il un piège ou un moyen de s'épanouir ?
Vous répondrez à cette question en prenant appui sur vos connaissances, vos lectures et votre culture personnelle.

LES CLÉS DU SUJET

Analyser les documents

LE TEXTE

Le genre
Texte autobiographique dans lequel l'auteur revient sur ses jeunes années et dont le titre est emprunté à un poème d'Aragon.

Le thème
Dans l'extrait choisi, l'auteur revendique son désir ne pas se projeter dans un avenir écrit d'avance.

L'IMAGE

Le genre
Tableau de Jean-Baptiste Greuze représentant une scène de genre (1755).

Le thème
Portrait d'un jeune garçon endormi sur un livre : un petit paresseux, comme le titre le laisse entendre, ou un enfant rêveur ?

Traiter le sujet d'imagination

Recherche d'idées

Piste 1 Commence par définir le lieu, le moment et les personnages présents autour de la table.

Piste 2
- Choisis ensuite les projets d'avenir des deux frères : il s'agit en premier lieu de choix professionnels, mais cela peut être aussi le choix d'un cadre de vie, etc.
- Tu peux t'autoriser une certaine fantaisie dans le choix des projets d'avenir.

Conseils de rédaction

Ton texte devra comporter :

• un dialogue, principalement entre le père, le narrateur et son frère, mais aussi avec d'autres membres de la famille ;

• des passages narratifs et descriptifs mettant en évidence les réactions des personnages (inquiétude, admiration, colère, indignation…).

Traiter le sujet de réflexion

Recherche d'idées

Piste 1
- Fais appel à ta culture générale pour trouver des exemples qui appuient tes idées.
- Ainsi, pour illustrer les aspects négatifs du travail, tu peux citer : *Germinal* d'Émile Zola, qui évoque avec réalisme le travail dans les mines au XIXe siècle ; le film *Les Temps modernes* de Charlie Chaplin, qui présente une satire du travail à la chaîne.

Piste 2 Recherche aussi des arguments positifs : le travail libère l'homme ; il lui permet de gagner sa vie ; il peut être source d'épanouissement…

Conseils de rédaction

Tu peux organiser ton devoir de la manière suivante.

• Introduction : présentation de la question.

• Première partie : aspects néfastes du travail (exploitation de l'homme, esclavage, tâches absurdes et répétitives, conditions inhumaines…).

• Seconde partie : aspects positifs du travail (autonomie financière, épanouissement, participation active à la société…).

• Conclusion : synthèse des deux parties.

9 CORRIGÉ GUIDÉ

TRAVAIL SUR LE TEXTE LITTÉRAIRE ET SUR L'IMAGE

Grammaire et compétences linguistiques

▶ **1.** « Mais » est une conjonction de coordination qui introduit un rapport d'opposition.

> INFO +
> Les conjonctions de coordination sont : *mais, ou, et, donc, or, ni, car.*

▶ **2.** *Les modifications sont en couleur.*

« Nous nous souvenons, l'été, à Saint-Fargeau, avant et après la guerre, de redoutables promenades à pied autour de la pièce d'eau où notre père nous demandait avec une tendre insistance ce que nous comptions faire de notre vie. La question roulait en torrent dans notre tête. Et aucune réponse ne nous venait à l'esprit. »

▶ **3.** Les modalisateurs sont nombreux : « Je n'avais aucune envie », « J'avais remarqué », « J'avais un peu honte de constater que je n'avais aucune espèce de préférence. », « il m'était impossible d'exprimer ce que je ressentais », « de redoutables promenades ». Ces modalisateurs permettent d'exprimer la subjectivité du narrateur : ses certitude, ses doutes, ses peurs, etc.

▶ **4. a)** Le pronom « je » renvoie au narrateur qui n'est autre que l'auteur, puisqu'il s'agit d'un récit autobiographique.

b) Le verbe *imaginer* est conjugué au présent de l'indicatif. C'est un présent d'énonciation, le présent de l'écriture. Le verbe *avoir* est conjugué à l'imparfait de l'indicatif : c'est le temps du souvenir.

Compréhension et compétences d'interprétation

▶ **5.** Le point commun à toutes ces carrières, c'est qu'il s'agit de carrières de la fonction publique qui consistent à servir l'État.

▶ **6.** Le narrateur souhaite ne rien faire : « À vrai dire, ce dont j'avais surtout envie, c'était de ne rien faire du tout. »

Pour lui, ne rien faire, cela signifie rêver, attendre, lire, étudier, mais ne surtout pas choisir un métier, une carrière.

▶ **7.** Le narrateur ne pense pas ce qu'il écrit : cette remarque est ironique. La liberté de choix que le père laisse à ses fils est très limitée, comme l'indiquent les emplois répétés de « mais » et « à condition de ».

▶ **8.** L'auteur emploie une métaphore. La question de son père sur son avenir envahit sa conscience, obsédante, comme un torrent au flux impétueux qui emporte tout. Il ne peut plus penser à autre chose.

INFO +
Une métaphore est une comparaison qui n'est pas introduite par un outil de comparaison (*comme, tel, ainsi que*…).

▶ **9.** Le narrateur se fait une idée négative et pessimiste de l'âge adulte :
« Peut-être, après une enfance très heureuse, redoutais-je l'épreuve de la vie. » Il pense que si l'enfance est un âge heureux, insouciant et libre, l'âge adulte est fait de contraintes, de choix définitifs, de pièges redoutables qui propulsent vers un destin tout tracé dans lequel l'homme est pris comme dans un « engrenage ».

▶ **10.** Je trouve que le texte offre plutôt une image positive de la paresse ou plutôt de l'art de ne rien faire. En fait, peut-on vraiment parler de paresse ?
Le narrateur ne se montre pas paresseux : il ne rechigne pas devant la lecture ni devant les études. Ce récit serait plutôt, selon moi, un éloge de l'art de rêver, d'imaginer, de penser. Quant au jeune garçon du tableau, si le titre laisse à penser qu'il s'agit d'un petit paresseux qui s'endort sur le livre qu'il devrait lire, ne pourrait-on pas imaginer aussi qu'il est en train de rêver aux aventures merveilleuses qu'il vient de lire ?

S'ENTRAÎNER

DICTÉE

POINT MÉTHODE

1 La lettre *n* devient *m* devant *m*, *b*, *p* : *temps, printemps, imperfection*.

2 Attention à ne pas confondre les homophones suivants :
– *ce* et *se* : *ce* peut être remplacé par *cela* ; *se* par *me, te*…
– *c'est, s'est* ou encore *ses* : *c'est* peut être remplacé par *cela est* ; *ses* par *mes, tes*…

Mais ce qui sépare surtout le journaliste de l'écrivain, c'est le mystère du temps. Le temps passe et il dure. Le journaliste est tout entier du côté du temps qui passe. L'écrivain est tout entier du côté du temps qui dure. Il est interdit au journaliste de réclamer si peu de temps que ce soit pour donner à l'article qui doit paraître le soir même plus de force et de tenue. Il est recommandé à l'écrivain de prendre tout son temps – de longues soirées d'hiver, des semaines entières de printemps, parfois des mois et des mois – pour effacer de ses textes la moindre faiblesse et la moindre imperfection.

RÉDACTION

Voici un exemple de rédaction sur chacun des deux sujets.
Attention les indications entre crochets ne doivent pas figurer sur ta copie.

Sujet d'imagination

[Circonstances et introduction de la question] L'été suivant, la famille était réunie dans le jardin pour fêter l'anniversaire de grand-mère : mes parents, mon frère, mes grands-parents et une vieille tante complètement sourde. C'était une chaude journée estivale, l'atmosphère était sereine. Le repas touchait à sa fin ; j'espérais avoir échappé à la terrible question rituelle, quand mon père demanda soudain : « Alors, les garçons, quels sont vos projets d'avenir ? »

[Réponse du frère] Mon frère se lança dans une longue tirade sur ses ambitions professionnelles : il hésitait entre politique et diplomatie, mais souhaitait de tout cœur servir l'État. Des murmures approbateurs soulignèrent son discours :

> **CONSEIL**
> Tu peux alterner discours direct, indirect, indirect libre et discours narrativisé.

« Qu'il parle bien, ce petit, s'extasia ma grand-mère.

– Je suis fier de toi, mon enfant, tu es le digne fils de ton père, lança mon grand-père de sa voix tonitruante. Levons nos verres à ton bel avenir ! »

Ma mère souriait modestement. Elle était fière de son rejeton. De mon côté, je m'enfonçai profondément dans mon siège en osier, avec l'envie de disparaître… « Et toi, mon chéri ? », gazouilla ma grand-mère.

[Réponse du narrateur] Je bredouillai une réponse assez embarrassée : je n'avais pas encore fait de choix, j'étais jeune… Allez leur dire que vous ne voulez rien faire !

« Qu'est-ce qu'il a dit ? », s'inquiéta la tante Rose qui n'avait rien saisi de la conversation.

> **CONSEIL**
> Pense à varier les verbes de parole : *demander, s'extasier, lancer d'une voix tonitruante, gazouiller, bredouiller…*

Un désir de bravade s'empara de moi :

« J'aimerais bien devenir comédien à la Comédie-Française, tentai-je…

Mon père laissa tomber le cigare qu'il venait d'allumer :

– Comment peux-tu… ? Il n'y aura jamais de saltimbanque dans notre famille, hurla-t-il. Il ne manquerait plus que cela !

– Ou écrivain. J'aimerais bien écrire et, qui sait, entrer à l'Académie française.

– Tu écriras ma biographie quand je serai devenu un grand homme, s'enthousiasma mon frère.

[Conclusion] Toute l'assemblée se mit à rire. Je m'en étais bien sorti, mais ce n'était que partie remise.

Sujet de réflexion

[Introduction] Si l'on considère l'étymologie du mot qui aurait pour origine le nom d'un instrument de torture, le travail serait quelque chose de négatif, longtemps dévalorisé. Mais cette conception n'a-t-elle pas changé ?

[Le travail qui déshumanise] Aux siècles précédents, le travail est souvent dépeint comme ce qui déshumanise l'homme. Sous l'Antiquité, il était dévolu aux esclaves, considérés comme des machines. Une fois l'esclavage aboli, l'homme a continué à être exploité au profit de quelques-uns. Ainsi, lorsque Zola écrit *Germinal*, c'est pour montrer les conditions de travail inhumaines des mineurs. Même les enfants, dès leur plus jeune âge, étaient confrontés à cet enfer, ce dont s'insurge Victor Hugo dans *Melancholia.*

Si les conditions des ouvriers s'améliorent au XXe siècle, certains écrivains et cinéastes comme Céline (*Voyage au bout de la nuit*) et Charlie Chaplin (*Les Temps modernes*) dépeignent le travail à la chaîne comme une nouvelle forme d'esclavage. Lorsque Jean d'Ormesson parle d'« engrenage », comment ne pas penser à Charlot avalé par la machine ?

[Le travail source d'épanouissement] Cependant, toutes ces expériences négatives ne doivent pas nous amener à considérer le travail comme nécessairement nocif. Les conditions de travail et la conception du travail ont beaucoup changé : un métier peut apporter une grande liberté et être source d'épanouissement.

Pour cela, il faut bien sûr qu'il soit librement choisi et qu'il ait du sens. Certains préféreront des tâches manuelles (maçons, mécaniciens, boulangers...) ; d'autres choisiront d'être médecins, journalistes, ou avocats. Certains souhaiteront travailler au cœur de la nature, d'autres préféreront un environnement urbain. L'essentiel est de prendre plaisir à ce qu'on fait et d'avoir le sentiment d'apporter sa pierre à la société.

[Conclusion] Longtemps considéré de manière négative, le travail a été considérablement revalorisé. Certains peuvent craindre d'être enfermés dans un secteur professionnel, mais aucun choix n'est définitif : il est toujours possible de reprendre des études, de partir à l'étranger à la recherche d'expériences nouvelles, ou encore de créer sa propre société.

10 Antilles, Guyane • Septembre 2019

Une vengeance bien particulière

3 heures
100 points

INTÉRÊT DU SUJET • Dans les deux documents présentés, des personnages ordinaires sont confrontés à l'irruption du surnaturel, provoquant stupéfaction, terreur et folie pour ceux qui en sont les malheureuses victimes.

DOCUMENT A Texte littéraire

Dutilleul est un petit employé qui possède le don de passer à travers les murs. Personne n'est au courant de ce pouvoir. Il est mis à l'écart par son supérieur, M. Lécuyer, dans une petite pièce à côté de son bureau.

Un jour, le sous-chef fit irruption dans le réduit[1] en brandissant une lettre et il se mit à beugler :

– Recommencez-moi ce torchon ! Recommencez-moi cet innommable torchon qui déshonore mon service !

Dutilleul voulut protester, mais M. Lécuyer, la voix tonnante, le traita de cancrelat routinier[2], et, avant de partir, froissant la lettre qu'il avait en main, la lui jeta au visage. Dutilleul était modeste, mais fier. Demeuré seul dans son réduit, il fit un peu de température et, soudain, se sentit en proie à l'inspiration. Quittant son siège, il entra dans le mur qui séparait son bureau de celui du sous-chef, mais il y entra avec prudence, de telle sorte que sa tête seule émergeât de l'autre côté. M. Lécuyer, assis à sa table de travail, d'une plume encore nerveuse déplaçait une virgule dans le texte d'un employé, soumis à son approbation[3], lorsqu'il entendit tousser dans son bureau. Levant les yeux, il découvrit avec un effarement indicible la tête de Dutilleul, collée au mur à la façon d'un trophée de chasse. Et cette tête était vivante. À travers le lorgnon à chaînette[4], elle dardait sur lui un regard de haine. Bien mieux, la tête se mit à parler.

– Monsieur, dit-elle, vous êtes un voyou, un butor et un galopin[2].

Béant d'horreur, M. Lécuyer ne pouvait détacher les yeux de cette apparition. Enfin, s'arrachant à son fauteuil, il bondit dans le couloir et courut jusqu'au réduit. Dutilleul, le porte-plume à la main, était installé à sa place habituelle, dans une attitude paisible et laborieuse. Le sous-chef le regarda longuement et, après avoir balbutié quelques paroles, regagna son bureau. À peine venait-il de s'asseoir que la tête réapparaissait sur la muraille.

– Monsieur, vous êtes un voyou, un butor et un galopin.

Au cours de cette seule journée, la tête redoutée apparut vingt-trois fois sur le mur et, les jours suivants, à la même cadence. Dutilleul, qui avait acquis une certaine aisance à ce jeu, ne se contentait plus d'invectiver[5] contre le sous-chef. Il proférait des menaces obscures, s'écriant par exemple d'une voix sépulcrale[6], ponctuée de rires vraiment démoniaques :

– Garou ! garou ! Un poil de loup ! (rire). Il rôde un frisson à décorner tous les hiboux (rire).

Ce qu'entendant, le pauvre sous-chef devenait un peu plus pâle, un peu plus suffocant, et ses cheveux se dressaient bien droits sur sa tête et il lui coulait dans le dos d'horribles sueurs d'agonie. Le premier jour, il maigrit d'une livre[7]. Dans la semaine qui suivit, outre qu'il se mit à fondre presque à vue d'œil, il prit l'habitude de manger le potage avec sa fourchette et de saluer militairement les gardiens de la paix. Au début de la deuxième semaine, une ambulance vint le prendre à son domicile et l'emmena dans une maison de santé.

Marcel Aymé, *Le Passe-Muraille*, 1941,

1. Réduit : petite pièce de la taille d'un placard.
2. Cancrelat routinier ; voyou, butor, galopin : insultes.
3. Approbation : accord.
4. Lorgnon à chaînette : lunettes à un seul verre tenues par une petite chaîne.
5. Invectiver : dire des paroles violentes et injurieuses contre quelqu'un.
6. Sépulcrale : voix glaçante qui semble surgie d'un tombeau.
7. Livre : unité de masse, équivalant à 500 grammes.

S'ENTRAÎNER

DOCUMENT B **Chris Van Allsburg, « Sous la moquette », dans *Les Mystères d'Harris Burdick*, 1985**

Note : dessin en noir et blanc.

TRAVAIL SUR LE TEXTE LITTÉRAIRE ET SUR L'IMAGE 50 POINTS • 1 h 10

Les réponses doivent être entièrement rédigées.

Grammaire et compétences linguistiques

▶ **1.** « – Recommencez-moi ce torchon ! Recommencez-moi cet innommable torchon qui déshonore mon service ! » (lignes 3 à 4)

a) Identifiez le mode du verbe « Recommencez ». (*1 point*)

b) Quel est le type de phrase employé ? (*1 point*)

c) Quelle émotion est ainsi exprimée ? (*1 point*)

▶ **2.** « indicible » (ligne 15).

a) Analysez la formation de ce mot en nommant les éléments qui le composent. (*1,5 point*)

b) Expliquez son sens. (*0,5 point*)

▶ **3. a)** Quelle forme de discours est majoritairement utilisée pour rapporter les paroles des personnages ? (*1 point*)
b) Sur quels indices, dans le texte, vous êtes-vous appuyé ? (*2 points*)
c) Quel est l'effet produit par ce choix ? (*2 points*)

▶ **4.** « le pauvre sous-chef » (ligne 36)
a) Donnez la classe grammaticale de « pauvre » ainsi que sa fonction. (*2 points*)
b) Quelle est la différence de sens entre un « pauvre sous-chef » et un sous-chef pauvre ? (*2 points*)

▶ **5.** Réécrivez le passage ci-dessous au présent de l'indicatif en remplaçant « il » par « elles ».
Faites toutes les modifications nécessaires. (*10 points*)
« Demeuré seul dans son réduit, il fit un peu de température et, soudain, se sentit en proie à l'inspiration. Quittant son siège, il entra dans le mur qui séparait son bureau de celui du sous-chef. » (lignes 8 à 10)

Compréhension et compétences d'interprétation

▶ **6.** Lignes 15 à 22 : identifiez deux réactions successives de M. Lécuyer lorsqu'il aperçoit pour la première fois la tête de Dutilleul qui sort du mur. Justifiez votre réponse en citant le texte. (*4 points*)

▶ **7.** Lignes 24 à 35.
a) Repérez deux actes que Dutilleul effectue à l'encontre de son patron. (*3 points*)
b) Qu'en déduisez-vous sur la stratégie adoptée par Dutilleul envers M. Lécuyer ? (*2 points*)
c) Comment évolue-t-elle au fil des jours ? (*2 points*)

▶ **8.** Pour quelle raison Dutilleul agit-il ainsi envers son supérieur ? (*2 points*)

▶ **9.** Lignes 36 à 43 : analysez l'évolution de l'état de santé physique et mental de M. Lécuyer au fil des jours. (*4 points*)

▶ **10.** Que veut dénoncer Marcel Aymé dans cet extrait ? (*3 points*)

▶ **11. a)** Quelle atmosphère se dégage du dessin intitulé « Sous la moquette » ? Justifiez votre réponse en donnant au moins deux éléments de description. (*2 points*)
b) Quels rapprochements pouvez-vous faire entre le texte et l'image ? (*4 points*)

DICTÉE

10 POINTS • 20 min

Le nom de l'auteur, le titre de l'œuvre, ainsi que « Dutilleul », « larcin » et « Garou-Garou » sont écrits au tableau.

Marcel Aymé
Le Passe-Muraille, 1941.

Le premier cambriolage auquel se livra Dutilleul eut lieu dans un grand établissement de crédit de la rive droite. Ayant traversé une douzaine de murs et de cloisons, il pénétra dans divers coffres-forts, emplit ses poches de billets de banque et, avant de se retirer, signa son larcin à la craie rouge, du pseudonyme de Garou-Garou, avec un fort joli paraphe qui fut reproduit le lendemain par tous les journaux. Au bout d'une semaine, ce nom de Garou-Garou connut une extraordinaire célébrité. La sympathie du public allait sans réserve à ce prestigieux cambrioleur qui narguait si joliment la police.

RÉDACTION

40 POINTS • 1 h 30

Vous traiterez au choix un des deux sujets de rédaction suivants. Votre travail fera au moins deux pages (soit une cinquantaine de lignes).

Sujet d'imagination

Un mois plus tard, M. Lécuyer, guéri, revient au travail. Il retrouve donc Dutilleul. Faites le récit des événements qui ont lieu lors de ce retour.
Vous veillerez à respecter les caractéristiques de la narration et du cadre spatio-temporel du texte et à prendre en compte le caractère de chaque personnage.

Sujet de réflexion

Dans l'extrait étudié, Marcel Aymé dénonce les mauvaises conditions de travail.
Pensez-vous que les œuvres d'art (littérature, cinéma, musique, peinture…) sont efficaces pour dénoncer les travers de la société ?
Vous répondrez à cette question en vous appuyant sur votre expérience, vos lectures, votre culture artistique et vos connaissances personnelles.

LES CLÉS DU SUJET

Analyser les documents

LE TEXTE

Le genre
La nouvelle présente les aventures d'un homme ordinaire découvrant qu'il possède le pouvoir de passer à travers les murs.

Le thème
Dutilleul se sert de ce don pour se venger de son supérieur ; puis pour cambrioler des banques.

L'IMAGE

Les caractéristiques clés
Le caractère fantastique de l'illustration et l'usage du noir et blanc conduisent à une interprétation inquiétante.

Le genre
L'image est tirée d'un recueil de dessins insolites qui offrent de nombreuses interprétations.

Traiter le sujet d'imagination

Recherche d'idées

Piste 1 Dutilleul a compris le potentiel de ce don ; il est probable qu'il en fera à nouveau usage.

Piste 2 Réfléchis aux caractères des personnages : est-il vraisemblable que M. Lécuyer continue à rudoyer Dutilleul ? Ce dernier, s'estime-t-il suffisamment vengé ? Comment leurs relations vont-elles évoluer ?

Conseils de rédaction

• Trouve des synonymes pour désigner les personnages : « le sous-chef », « le tyran », « le directeur », pour M. Lécuyer. Ajoute ensuite des expansions qui précisent ces noms : « malheureux », « cruel », « misérable », « qui n'avait plus rien d'arrogant ». Fais de même pour Dutilleul.

• Respecte les caractéristiques de la narration, en utilisant les temps du récit et en reprenant certains éléments du texte : caractéristiques des personnages, paroles obscures prononcées par Dutilleul…

Traiter le sujet de réflexion

Recherche d'idées

Piste 1 Trouve des exemples d'œuvres d'art engagées : pour le cinéma, *Le Dictateur* de Charlie Chaplin ; pour la littérature, le roman *Germinal* d'Émile Zola ; pour la peinture, les œuvres d'Otto Dix ; pour la musique les chansons censurées.

Piste 2 Ta réponse peut être nuancée ; même si tu as un avis tranché sur la question, prends le temps d'imaginer les arguments du camp adverse.

Conseils de rédaction

• Pour ton introduction, pars de la dénonciation contenue dans le texte de Marcel Aymé. Reprends ensuite la question du sujet.

• Veille à varier les domaines où tu puises des exemples. Essaye de donner des références précises à chaque fois (titre et auteur).

10 CORRIGÉ GUIDÉ

TRAVAIL SUR LE TEXTE LITTÉRAIRE ET SUR L'IMAGE

Grammaire et compétences linguistiques

▶ **1. a)** Le verbe est conjugué à l'impératif.

b) Il s'agit d'une phrase injonctive, utilisée pour donner un ordre.

c) La colère et l'exaspération sont exprimées ici : le sous-chef méprise ouvertement Dutilleul.

> INFO+
> On parle de phrase **injonctive** plutôt que de phrase impérative : on peut en effet donner un ordre sans utiliser l'impératif (ex. : Tu recommenceras ce torchon).

▶ **2. a)** L'adjectif est composé d'un préfixe *in-*, du radical du verbe dire, du suffixe *-ible*.

b) Le suffixe *-ible* indique l'idée de capacité. Le préfixe privatif *in-* indique un sens contraire ; « indicible » qualifie donc ce qui ne peut pas être dit.

▶ **3. a)** Les paroles sont rapportées au discours direct.

b) Les tirets précédés des deux points, les propositions incises précisant qui parle (« dit-elle ») et l'emploi du présent dans les paroles (« vous êtes ») nous l'indiquent.

c) Le discours direct produit un effet de réel : le lecteur a l'impression d'assister à la scène. Les paroles rapportées ainsi sont plus frappantes, et les émotions plus aisément compréhensibles.

▶ **4. a)** « Pauvre » est un adjectif qualificatif, qui a pour fonction d'être épithète liée du nom « sous-chef ».

b) L'adjectif change de sens selon sa place. Il signifie « malheureux » dans l'expression « pauvre sous-chef » ; mais, placé après le nom, il désigne quelqu'un ayant des moyens financiers limités.

▶ **5.** *Les modifications sont en couleur.*

Demeurées seules dans leur réduit, elles font un peu de température et, soudain, se sentent en proie à l'inspiration. Quittant leur siège, elles entrent dans le mur qui sépare leur bureau de celui du sous-chef.

Compréhension et compétences d'interprétation

▶ **6.** M. Lécuyer ressent de la peur lorsqu'il aperçoit pour la première fois la tête sortant du mur (« effarement » et « horreur »). Il est aussi fasciné par cette apparition fantastique : « ne pouvant détacher les yeux ».

▶ **7. a)** Dutilleul passe sa tête à travers le mur, insulte son patron (« voyou »), puis prononce des menaces énigmatiques entrecoupées de rires.

b) Dutilleul veut donc se venger de son patron en l'effrayant ; il comprend alors qu'il est en train de le rendre fou et continue à soulager sa rancune en se moquant de lui.

c) La répétition des apparitions révèle que Dutilleul savoure sa vengeance. Il veut éprouver la résistance de M. Lécuyer.

▶ **8.** Dutilleul éprouve du ressentiment. M. Lécuyer l'a en effet traité sans égard, a dénigré son travail (« ce torchon »), l'a humilié (« lui jeta au visage » la lettre).

▶ **9.** L'état de santé de M. Lécuyer ne cesse de se dégrader : il éprouve d'abord toutes les manifestations physiques de l'angoisse : il pâlit, suffoque, transpire, puis perd du poids. Son état mental se dégrade également, il accomplit des actes absurdes (manger le potage avec une fourchette). Sa folie est reconnue lorsqu'une ambulance vient l'emmener.

▶ **10.** Marcel Aymé dénonce les actes tyranniques d'un petit chef se croyant autorisé à rudoyer et humilier ses employés, sans aucun égard pour leur travail ni pour leur susceptibilité.

> **INFO+**
> Dans le début de la nouvelle, on apprend que M. Lécuyer avait déjà commis à l'encontre de Dutilleul un certain nombre d'actes visant à l'humilier.

▶ **11. a)** Une atmosphère fantastique se dégage du dessin. La scène a lieu la nuit. Le noir et blanc et les ombres contribuent à la mise en place de l'angoisse. Le contraste est grand entre le décor tranquille et la forme effrayante qui se déplace sous la moquette.

b) Dans les deux documents, les personnages semblent ordinaires. Ils évoluent dans un univers tranquille : les bureaux d'un ministère ou un salon douillet. Ils sont face à un phénomène inexplicable et en éprouvent de la frayeur.

S'ENTRAÎNER

DICTÉE

POINT MÉTHODE

1 Ne confonds pas le pronom se, toujours employé devant un verbe, et ce, déterminant démonstratif employé devant un nom ou un adjectif : *se donner*, *se décommander*, mais *ce jeune homme*, *ce héros*.

2 Certains noms sont composés : ils sont formés à l'aide de deux mots. Au pluriel, seuls le nom et l'adjectif peuvent s'accorder, et seulement si le sens le permet : *des canapés-lits,* mais *des gratte-ciel*.

Le premier cambriolage auquel se livra Dutilleul eut lieu dans un grand établissement de crédit de la rive droite. Ayant traversé une douzaine de murs et de cloisons, il pénétra dans divers coffres-forts, emplit ses poches de billets de banque et, avant de se retirer, signa son larcin à la craie rouge, du pseudonyme de Garou-Garou, avec un fort joli paraphe qui fut reproduit le lendemain par tous les journaux. Au bout d'une semaine, ce nom de Garou-Garou connut une extraordinaire célébrité. La sympathie du public allait sans réserve à ce prestigieux cambrioleur qui narguait si joliment la police.

RÉDACTION

Voici un exemple de rédaction sur chacun des deux sujets.
Attention, les indications entre crochets ne doivent pas figurer sur ta copie.

Sujet d'imagination

[La nouvelle du retour] Trente jours plus tard exactement, M. Lécuyer fit sa réapparition au ministère. Dutilleul avait passé un mois délicieux à travailler au calme. Retrouvant la routine qui lui était chère, il peaufinait les courriers qu'il rédigeait, et se concentrait depuis plusieurs jours sur un épineux problème de syntaxe : fallait-il placer le point à l'intérieur ou à l'extérieur des guillemets ?

[Description de M. Lécuyer] Le remue-ménage dans le couloir lui fit quitter le petit réduit qui lui servait de bureau ; M. Lécuyer, quand il l'aperçut, fut pris d'une faiblesse et s'assit sur une chaise. Le teint vert et flottant dans ses vêtements, il n'avait plus rien de l'arrogant personnage qui avait fait de la vie de ses employés un enfer.

[Relations au travail] Les jours suivants, tout le monde n'eut plus qu'une idée en tête : se venger de l'ancien tyran. Les uns se moquaient ouvertement de son apparence craintive ; d'autres le traitaient avec grossièreté ; certains allaient jusqu'à le bousculer. Dutilleul était le seul à se montrer compatissant.

[Actes de Dutilleul] Désireux de protéger celui qu'il voyait comme une nouvelle victime, Dutilleul reprit l'activité qui lui avait si bien réussi :

« Garou ! Garou ! Poil de loup » criait-il en passant la tête dans les bureaux occupés par les nouveaux bourreaux. Chacun sait que les paroles énigmatiques font beaucoup d'effet. Au bout d'une semaine, la moitié des employés démissionnait ; la semaine suivante, cinq ambulances emmenèrent les derniers fonctionnaires. Lorsque M. Lécuyer s'aperçut qu'il ne restait plus que lui et Dutilleul, il s'enfuit sans chapeau ni pardessus. Nul ne sait ce qu'il est devenu.

GAGNE DES POINTS
Au sein de ton récit, tu peux intercaler des commentaires du narrateur, faits au présent de vérité générale.

Sujet de réflexion

[Introduction] Dans *Le Passe-Muraille*, Aymé met en scène M. Dutilleul, employé consciencieux, harcelé par un chef autoritaire. Il dénonce par le biais d'un texte de fiction, les abus de pouvoir dans le monde du travail. Les œuvres d'art sont-elles efficaces pour dénoncer les défauts de la société ?

[La dénonciation des abus par l'art engagé] De nombreuses œuvres d'art dénoncent des injustices. Des chansons remettant en cause des décisions politiques ont ainsi été censurées par le pouvoir, qui craignait leur influence, comme la chanson *Le Déserteur*, de Boris Vian. En peinture, l'art est aussi souvent considéré comme un moyen de dénoncer un comportement. Ainsi, Picasso, en peignant la gigantesque toile *Guernica*, voulait montrer l'horreur des bombardements subis par une population civile.

[Transition] Les artistes se servent donc de leur art pour défendre des idées qui leur sont chères. Mais cette dénonciation est-elle réellement efficace ?

[L'efficacité de la dénonciation] On pourrait penser que les moyens d'action tels que la grève, l'opposition politique directe ont plus d'effet que des poèmes ou des films. Pourtant, les œuvres d'art possèdent une durée dans l'histoire supérieure à celle d'un discours politique. La dénonciation peut alors sembler plus efficace. La Fontaine, quand il écrit ses fables, veut dénoncer certains travers : l'arbitraire du pouvoir royal, les défauts et la bêtise des hommes. En utilisant la littérature, il donne un tour plaisant à cette dénonciation, et la rend plus efficace, puisque nous lisons encore ses fables aujourd'hui.

CONSEIL
Ménage une transition entre les deux parties de ton développement : récapitule ce que tu as dit, insère un connecteur logique, annonce ce qui va suivre.

[Conclusion] L'art n'est pas le seul moyen de défendre des idées. Il permet toutefois de donner visibilité et efficacité à cette dénonciation et de toucher ainsi le plus grand nombre.

S'ENTRAÎNER

11 Polynésie française • Juin 2018

Dans l'enfer du front

3 heures
100 points

INTÉRÊT DU SUJET • L'extrait met en scène l'horreur vécue par les « poilus » sur le front à travers les machinations d'un lieutenant arriviste et sans scrupule.

DOCUMENT A Texte littéraire

Première Guerre mondiale. Albert est un soldat français, sous les ordres de Pradelle, un ambitieux qui rêve de devenir capitaine. Depuis plusieurs jours, soldats français et allemands se tiennent tranquilles. Pradelle décide cependant d'envoyer deux poilus en reconnaissance. On entend trois coups de feu. Aucun des deux hommes ne revient. Lorsque Pradelle commande à ses hommes d'aller venger leurs camarades, tout le monde s'élance. Dans sa course vers les lignes allemandes, Albert découvre les cadavres des deux poilus…

Albert ne sait pas ce qui lui prend, une intuition, il attrape l'épaule du vieux et le pousse. Le mort bascule lourdement et se couche sur le ventre. Il lui faut quelques secondes pour réaliser, à Albert. Puis la vérité lui saute au visage : quand on avance vers l'ennemi, on ne meurt pas de deux balles dans le dos.

Il enjambe le cadavre et fait quelques pas, toujours baissé […]. Le voici devant le corps du petit Louis. […] Albert ne voit pas son visage tout maculé de boue. Il ne voit que son dos. Une balle. Avec les deux balles du vieux, ça fait trois. Le compte y est.

Lorsqu'il se relève, Albert est encore tout hébété[1] de cette découverte. De ce que ça veut dire. À quelques jours de l'armistice, les gars n'étant plus très pressés d'aller chatouiller les Boches, la seule manière de les pousser à l'assaut, c'était de les foutre en pétard : où était donc Pradelle lorsque les deux gars se sont fait tirer dans le dos ?

Bon Dieu…

Stupéfié par ce constat, Albert se retourne et découvre alors, à quelques mètres, le lieutenant Pradelle qui se rue sur lui en courant aussi vite que lui permet son harnachement[2].

Son mouvement est déterminé, sa tête parfaitement droite. Ce qu'Albert voit, surtout, c'est son regard clair et direct, au lieutenant. Totalement résolu. Tout s'éclaire d'un coup, toute l'histoire.

C'est à cet instant qu'Albert comprend qu'il va mourir.

Il tente quelques pas, mais plus rien ne marche, ni son cerveau, ni ses jambes, rien. Tout va trop vite. Je vous l'ai dit, ça n'est pas un rapide, Albert. En trois enjambées, Pradelle est sur lui. Juste à côté, un large trou béant, un trou d'obus.

Albert reçoit l'épaule du lieutenant en pleine poitrine, il en a le souffle coupé. Il perd pied, tente de se rattraper et tombe en arrière, dans le trou, les bras en croix. […]

Arrivé au fond de la fosse, Albert roule sur lui-même, à peine freiné par son barda[3]. Il s'empêtre les jambes dans son fusil, réussit à se relever et se colle aussitôt à la paroi pentue, comme s'il s'adossait précipitamment à une porte, dans la crainte d'être entendu ou surpris. […] Albert lève les yeux. Là-haut, campée en surplomb au bord du trou comme l'ange de la mort, se découpe la haute silhouette du lieutenant Pradelle.

Pierre Lemaitre, *Au revoir là-haut*, 2013.

1. Hébété : abasourdi, sidéré, choqué par cette découverte. 2. Harnachement : l'équipement du soldat. 3. Barda : le harnachement, l'équipement du soldat, ses affaires.

DOCUMENT B **Carlos Schwabe, *La Mort et le fossoyeur*, 1900**

Musée d'Orsay.

TRAVAIL SUR LE TEXTE LITTÉRAIRE ET SUR L'IMAGE — 50 POINTS • 1 h 10

Les réponses doivent être entièrement rédigées.

Grammaire et compétences linguistiques

Relisez le troisième paragraphe, de « Lorsqu'il se relève » (l. 10) à « Bon Dieu… » (l. 15).

▶ **1. a)** Quelle est la particularité grammaticale de la phrase suivante : « Bon Dieu… » ? *(2 points)*
b) À votre avis, pourquoi l'auteur a-t-il choisi de finir cette phrase avec des points de suspension ? *(4 points)*

▶ **2.** Dans ce troisième paragraphe, relevez deux expressions appartenant au registre de langue familier. Justifiez l'emploi de ce registre. *(4 points)*

▶ **3.** Recopiez ces passages en remplaçant « Albert » par « Albert et son camarade » et en effectuant toutes les modifications grammaticales nécessaires. *(10 points)*
• « Stupéfié par ce constat, Albert se retourne et découvre alors, à quelques mètres, le lieutenant Pradelle qui se rue sur lui […]. »
• « Ce qu'Albert voit, surtout, c'est son regard clair et direct, au lieutenant. »
• « C'est à cet instant qu'Albert comprend qu'il va mourir. Il tente quelques pas, mais plus rien ne marche, ni son cerveau, ni ses jambes, rien. »

Compréhension et compétences d'interprétation

▶ **4.** « Tout s'éclaire d'un coup, toute l'histoire. » (l. 21)
a) De quelle « histoire » s'agit-il ? *(4 points)*
b) Comment cette « histoire » s'est-elle reconstituée progressivement dans l'esprit d'Albert ? *(4 points)*
c) Quelle pouvait être la motivation du lieutenant Pradelle ? *(2 points)*

▶ **5.** Relisez le passage de la ligne 16 à la fin.
a) En quoi les actions de Pradelle traduisent-elles sa détermination ? Que pensez-vous de ce personnage ? *(4 points)*
b) Quels sont les différents éléments qui contribuent à créer de l'angoisse ? *(4 points)*

▶ **6.** D'après le troisième paragraphe, à quel moment précis de la guerre se situe l'action ? Quelle est l'importance de cette information ? *(2 points)*

▶ **7.** Quelles réflexions sur l'être humain ce passage du roman vous inspire-t-il ? Justifiez. *(4 points)*

▶ **8.** Observez l'image. Quels points communs et quelles différences relevez-vous entre la scène décrite dans le texte et celle de l'image ? *(6 points)*

DICTÉE — 10 POINTS • 20 min

Les noms propres « Maillard », « Pradelle », « Grisonnier », ainsi que le nom de l'auteur et le titre de l'œuvre sont écrits au tableau.

Pierre Lemaitre
Au revoir là-haut
© Éditions Albin Michel, 2013

Dès son premier coup de sifflet, quand les hommes avaient commencé à charger, il s'était placé à bonne distance sur la droite, afin d'empêcher les soldats de dériver dans la mauvaise direction. Son sang n'avait fait qu'un tour lorsqu'il avait vu ce type, comment s'appelle-t-il déjà, un gars avec un visage triste et de ces yeux, on dirait qu'il va toujours se mettre à pleurer, Maillard, c'est ça, s'arrêter là-bas, sur la droite, à se demander comment, sorti du boyau, il avait pu arriver jusque-là [...].

Pradelle l'avait vu s'immobiliser, revenir sur ses pas, s'agenouiller, intrigué, et repousser le corps du vieux Grisonnier. Or ce corps-là, Pradelle l'avait à l'œil depuis le début de l'attaque parce qu'il devait absolument s'en occuper et, le plus vite possible, le faire disparaître [...].

RÉDACTION — 40 POINTS • 1 h 30

Vous traiterez au choix l'un des deux sujets suivants.

Sujet d'imagination

Que va-t-il se passer pour le soldat Albert ? Imaginez la suite de ce texte.

Sujet de réflexion

Faut-il être prêt à tout pour atteindre ses objectifs ?

LES CLÉS DU SUJET

Analyser les documents

LE TEXTE

Le genre
Roman mettant en scène des personnages fictifs dans le contexte historique de l'après-guerre 1914-1918.

Le thème
Le roman raconte le montage d'une escroquerie aux monuments aux morts par deux anciens « poilus ».

L'IMAGE

Le genre
Tableau (aquarelle, gouache et mine de plomb) du peintre suisse symboliste Carlos Schwabe (1866-1926).

Le thème
Un vieux fossoyeur affronte sa mort représentée sous la forme allégorique d'un ange aux traits féminins.

Traiter le sujet d'imagination

Recherche d'idées

Piste 1 Il s'agit d'une suite de texte. Relis l'extrait, afin de reprendre fidèlement les indications de lieu et celles concernant les personnages.

Piste 2 On te demande un sujet d'invention : même si tu as lu le livre ou vu le film, évite de répéter ce que l'auteur a écrit ; laisse aller ton imagination. C'est à toi de décider du sort d'Albert.

Conseils de rédaction

• Prolonge l'effet de tension créé par l'auteur. Ne va pas trop vite vers le dénouement. Exprime bien les sentiments des personnages.
• Alterne passages narratifs, descriptifs et éventuellement dialogues.
• Le texte est au présent de narration. Continue à employer ce temps.
• L'action est racontée du point de vue d'Albert. Continue ainsi.

Traiter le sujet de réflexion

Recherche d'idées

Piste 1 Peut-on réussir si on n'y croit pas vraiment ? Penses-tu avoir le droit de tricher pour gagner à un jeu ou dans un sport ? Est-ce bien de s'enrichir en étant malhonnête ou en exploitant les autres ?

Piste 2 Tu peux élargir ta réflexion à un niveau historique, en t'interrogeant, par exemple, sur la décision prise par le gouvernement américain de larguer deux bombes atomiques sur le Japon en 1945 pour mettre fin à la guerre. À ton avis, la fin justifie-t-elle les moyens ?

■ **Conseils de rédaction**

Tu peux suivre le plan suivant.

• Introduction : présentation de la question posée.

• Première partie : il est nécessaire de tout mettre en œuvre pour réussir, sinon les chances d'y parvenir sont limitées.

• Seconde partie : cependant, nul n'a le droit de sacrifier les autres pour arriver à ses fins.

• Conclusion : la fin ne saurait toujours justifier les moyens.

11 CORRIGÉ GUIDÉ

TRAVAIL SUR LE TEXTE LITTÉRAIRE ET SUR L'IMAGE

Grammaire et compétences linguistiques

▶ **1. a)** « Bon Dieu… » est une phrase nominale : il s'agit d'une interjection.

b) Les points de suspension mettent en évidence la prise de conscience par Albert d'une vérité qu'il ne peut pas encore admettre, tant elle est choquante.

INFO +
Une phrase nominale est une phrase sans verbe, constituée d'un nom ou d'un groupe nominal.

▶ **2.** Les expressions « chatouiller les Boches » et « foutre en pétard » relèvent du langage familier. Il s'agit du dialogue intérieur d'Albert qui s'exprime dans la langue des tranchées.

INFO +
Il y a trois niveaux de langage : familier, courant et soutenu.

▶ **3.** *Les modifications sont en couleur.*

• « Stupéfiés par ce constat, Albert et son camarade se retournent et découvrent alors, à quelques mètres, le lieutenant Pradelle qui se rue sur eux. »

• « Ce qu'Albert et son camarade voient, surtout, c'est son regard clair et direct, au lieutenant. »

• « C'est à cet instant qu'Albert et son camarade comprennent qu'ils vont mourir. Ils tentent quelques pas, mais plus rien ne marche, ni leur cerveau, ni leurs jambes, rien. »

Compréhension et compétences d'interprétation

▶ **4. a)** Albert comprend que c'est le lieutenant Pradelle qui a tiré dans le dos des deux poilus pour faire croire à une attaque des Allemands. Pradelle souhaitait pousser ses hommes à aller au combat pour venger leurs deux camarades.

b) Albert découvre tout d'abord que les poilus ont reçu les balles dans le dos : ce ne peut donc pas être l'œuvre des Allemands qui leur font face. Ensuite, il lit dans le regard de Pradelle toute sa détermination à le tuer à son tour.

c) La motivation de Pradelle est l'ambition : il aimerait finir la guerre par une action d'éclat et en retirer de la gloire, pour accéder au grade de capitaine.

▶ **5. a)** Les actions de Pradelle traduisent sa détermination : il se rue sur Albert ; il a la tête droite et le regard résolu ; il se jette sur lui et le projette d'un coup d'épaule dans un trou d'obus. Il s'agit d'un personnage dépourvu de toute humanité. On ne peut ressentir pour lui qu'une profonde aversion.

b) Plusieurs éléments contribuent à créer de l'angoisse. Tout d'abord, le caractère inattendu et soudain de l'action qui surprend Albert et le lecteur. Ensuite, c'est son issue inéluctable : « Albert comprend qu'il va mourir. » Enfin, c'est la silhouette menaçante de Pradelle vue en contre-plongée, et qui tient Albert à sa merci. La comparaison « comme l'ange de la mort » renforce ce sentiment d'angoisse.

▶ **6.** L'action se situe à quelques jours de l'armistice : les combats sont désormais inutiles et l'ordre d'attaquer absurde.

▶ **7.** Ce passage révèle combien l'ambition peut amener un homme à sacrifier ses semblables pour son profit. Le lieutenant Pradelle, dans son désir de gloire, considère la mort de ses hommes comme le moyen de parvenir à ses fins : il ne ressent aucune compassion, tout à la satisfaction de son ambition.

▶ **8.** La scène décrite dans le texte semble s'inspirer directement du tableau. Le lieutenant Pradelle est en effet comparé à « l'ange de la mort » dont la vue annonce une fin imminente. L'ange et Pradelle dominent tous deux l'homme promis à la mort qui se trouve en contrebas dans une fosse : une tombe qu'il est en train de creuser pour le fossoyeur, un trou d'obus pour Albert.

Cependant, si les deux documents inspirent la même angoisse, celle de l'inéluctabilité de la mort, de son implacabilité, l'ange du tableau est une figure féminine, à la fois inquiétante et enveloppante, alors que le personnage de Pradelle ne montre aucune compassion. Si le fossoyeur semble accepter son sort – son heure est arrivée – Albert se révolte et cherche à échapper à cette mort absurde que l'on peut qualifier d'assassinat.

DICTÉE

POINT MÉTHODE

1 Attention à ne pas confondre *ses*, *ces* et *c'est*.
- *revenir sur ses pas = revenir sur ses propres pas.*
- *ces yeux = ces yeux-là.*
- *c'est = cela est.*

2 Attention à ne pas confondre **participe passé** et **infinitif** :
Tu peux remplacer *commencé* par *entrepris* → c'est un participe passé.
Tu peux remplacer *charger* par *partir au combat* → c'est un infinitif.

Dès son premier coup de sifflet, quand les hommes avaient commencé à charger, il s'était placé à bonne distance sur la droite, afin d'empêcher les soldats de dériver dans la mauvaise direction. Son sang n'avait fait qu'un tour lorsqu'il avait vu ce type, comment s'appelle-t-il déjà, un gars avec un visage triste et de ces yeux, on dirait qu'il va toujours se mettre à pleurer, Maillard, c'est ça, s'arrêter là-bas, sur la droite, à se demander comment, sorti du boyau, il avait pu arriver jusque-là [...].

Pradelle l'avait vu s'immobiliser, revenir sur ses pas, s'agenouiller, intrigué, et repousser le corps du vieux Grisonnier. Or ce corps-là, Pradelle l'avait à l'œil depuis le début de l'attaque parce qu'il devait absolument s'en occuper et, le plus vite possible, le faire disparaître [...].

RÉDACTION

Voici un exemple de rédaction sur chacun des deux sujets.
Attention les indications entre crochets ne doivent pas figurer sur ta copie.

Sujet d'imagination

CONSEIL
Tu peux commencer en reprenant la dernière phrase du texte.

[Introduction] Là-haut, campée en surplomb au bord du trou comme l'ange de la mort, se découpe la haute silhouette du lieutenant Pradelle.

[La résignation d'Albert] Albert sent que sa dernière heure est venue, que ce trou d'obus sera sa tombe. À quelques jours de l'armistice, il est révolté par une telle injustice. Quelle mort absurde ! Albert se recroqueville contre la paroi boueuse de l'excavation. Il craint que l'officier ne tire sur lui. Il est fait comme un rat. La silhouette qui le domine ne manifeste aucune émotion, impassible, impitoyable. Tout cela pour une médaille, songe Albert, quelle futilité après la boucherie de ces quatre années, ces millions de poilus morts, mutilés, défigurés, traumatisés ! Il a envie de lui hurler sa haine, son profond mépris, mais à quoi bon…

[Un secours inattendu] Soudain, tout s'enchaîne très vite. Albert perçoit un mouvement brusque : il ferme les yeux. Tout est fini, pense-t-il. Un corps s'abat à ses côtés ; le visage de Pradelle s'enfonce dans la boue. Au-dessus de la fosse se découpe une silhouette, bienveillante cette fois, qui tend une main secourable à Albert et l'extirpe de la fosse. C'est un officier : « Deux de vos camarades sont venus me prévenir, apprend-il à Albert. Cet homme répondra de ses crimes devant la cour martiale. »

[Dénouement] Albert regarde s'éloigner Pradelle les mains liées dans le dos. Il ne ressent aucune joie, juste un sentiment de tristesse profonde et d'incompréhension devant l'attitude de cet homme prêt à sacrifier ses hommes pour satisfaire des rêves de gloire bien dérisoires. La guerre va finir, mais il ne sera plus jamais le même, hanté par le souvenir de ceux qui ne reviendront pas.

Sujet de réflexion

[Introduction] Faut-il être prêt à tout pour atteindre ses objectifs ?

[De la nécessité d'être déterminé pour réussir] Il est nécessaire d'être déterminé pour réussir dans une entreprise, un projet. C'est vrai dans le sport, par exemple. Ne devient champion qu'un athlète prêt à bien des sacrifices pour parvenir au plus haut niveau : entraînement très dur, renoncement à certains loisirs, hygiène de vie stricte. De plus, lors d'une compétition, il faut être prêt à aller au bout de soi pour gagner et surpasser ses adversaires.

Il en est de même pour les études : pour réussir un concours, il faut travailler dur et renoncer à son temps libre. On n'obtient rien sans rien donner.

[Le respect d'autrui] Cependant, cette détermination a une limite : celle du respect d'autrui.

Ainsi, on ne saurait être un champion en trichant, sans respecter les règles et ses adversaires. De même, il est révoltant que certains s'enrichissent en exploitant le travail des enfants ou en vendant de la drogue.

À un niveau historique, on peut s'interroger aussi sur le largage par les Américains des bombes atomiques sur Hiroshima et Nagasaki, qui a certes mis fin à la guerre avec le Japon, mais au prix de souffrances terribles pour les populations civiles : était-ce un acte de guerre justifié ou un crime contre l'humanité ?

> **CONSEIL**
> Illustre tes arguments avec des exemples précis : cela leur donnera plus de poids. Tu peux les choisir dans tes lectures, tes cours d'histoire ou encore dans l'actualité sociale, politique, sportive…

[Conclusion] Il faut donc être prêt à tout pour réussir, mais dans la limite du respect d'autrui. Nul n'a le droit de sacrifier les autres pour sa réussite personnelle ou son profit. La fin ne saurait toujours justifier les moyens.

12 D'après Polynésie française • Septembre 2017

Deux tempêtes dévastatrices

3 heures
100 points

INTÉRÊT DU SUJET • L'extrait met en scène deux terribles tempêtes, conséquences tragiques probables du dérèglement climatique.

S'ENTRAÎNER

DOCUMENT A **Texte littéraire**

À dix années de distance, les deux catastrophes ont emprunté le même chemin. Le 26 décembre 1999, quand la tempête baptisée Martin a déferlé sur l'Europe, je venais tout juste d'emménager dans La Jeanne-Marcelle, une sorte de manoir bâti deux siècles plus tôt sur les ruines d'un château incendié lors des troubles révolutionnaires. Je dormais dans l'une des chambres refaites, sous les combles, lorsque les premières bourrasques avaient fait grincer la charpente, et je m'étais laissé un moment bercer par ce qui, dans mes songes, s'apparentait au travail du bois d'un navire chahuté par les flots. Un craquement de naufrage m'avait jeté hors du lit. Je m'étais précipité vers la fenêtre pour voir le faîte d'un orme[1] tomber au milieu du mail[2] bordé d'arbres centenaires qui menait à la grille. Le vent imprimait ses marques sur le paysage, comme une main gigantesque agitant une chevelure. Une rafale d'une force inouïe s'était soudain frayé un passage dans cette nature mouvante, courbant tout ce qui acceptait de se soumettre, détruisant la moindre résistance. En une seconde, plus rien ne subsistait de cette allée majestueuse, qu'un enchevêtrement de branches maîtresses, au sol, d'où émergeaient les blessures blafardes des troncs brisés. Un cimetière, sous la lune.

Dix ans plus tard, les paulownias[1] qui ont remplacé les ormes meurtris n'ont eu à subir aucune attaque, et le déferlement rageur de Xynthia, en février 2009, les a simplement débarrassés de leurs bois morts. Le danger, cette fois, n'a pas pris la forme impalpable des airs mais celle tout aussi imparable des eaux. La tempête s'est alliée aux grandes marées, au vent de mer, pour bousculer les obstacles que la patience humaine avait disposés pour protéger ses refuges. Les flots venus de l'océan ont envahi l'embouchure des fleuves, des rivières, emportant tout sur leur passage, barques, baraques sur pilotis, matériel ostréicole, pierraille arrachée aux digues… Des corps aussi, par dizaines. […] Deux heures plus tard, quand les éléments avaient fini par se calmer, j'étais allé me coucher dans mon manoir transformé en île.

Didier Daeninckx, « Cimetière d'Afrique »,
in *L'Espoir en contrebande*, 2003.

---

1. Orme, paulownias : arbres qui poussent en France métropolitaine.
2. Mail : chemin de promenade public.

DOCUMENT B **Lasserpe, dessin publié dans *Sud-Ouest.fr***

TRAVAIL SUR LE TEXTE LITTÉRAIRE ET SUR L'IMAGE — 50 POINTS • 1 h 10

Les réponses doivent être entièrement rédigées.

Grammaire et compétences linguistiques

▶ **1.** « impalpable », « imparable » : comment ces mots sont-ils formés ? Quel avertissement apportent-ils sur la suite de l'histoire ? *(4 points)*

▶ **2.** « Un cimetière, sous la lune » : quelle particularité présente cette phrase ? Quel événement tragique du deuxième paragraphe annonce le terme « cimetière » ? Développez votre réponse. *(4 points)*

▶ **3.** « Les flots venus de l'océan ont envahi l'embouchure des fleuves, des rivières, emportant tout sur leur passage, barques, baraques sur pilotis, matériel ostréicole, pierraille arrachée aux digues… Des corps aussi, par dizaines. » (l. 26-29)
a) Donnez la classe grammaticale et la fonction du mot « tout ». *(2 points)*
b) Par quoi est-il ensuite développé ? *(2 points)*
c) Quelle est l'impression produite ? *(2 points)*

▶ **4.** « La tempête s'est alliée aux grandes marées, au vent de mer, pour bousculer les obstacles que la patience humaine avait disposés pour protéger ses refuges. » (l. 24-26)
Réécrivez ce passage en remplaçant respectivement « La tempête » par « Les ouragans », « les obstacles » par « les constructions », « la patience humaine » par « les hommes ». Procédez à toutes les transformations nécessaires. *(10 points)*

Compréhension et compétences d'interprétation

▶ **5.** Qu'évoque ce texte à deux reprises ? Détaillez votre réponse. *(4 points)*

▶ **6.** Quel point de vue est employé dans ce récit ? Justifiez.
Pourquoi l'auteur a-t-il choisi ce point de vue ? *(3 points)*

▶ **7.** Quels sont les deux sens avec lesquels le héros-narrateur perçoit les événements dans le premier paragraphe ? Justifiez votre réponse en relevant dans le texte des termes précis. *(3 points)*

▶ **8.** « les blessures blafardes des troncs brisés » (l. 18-19), « les ormes meurtris » (l. 20-21), « le déferlement rageur de Xynthia » (l. 21-22), « La tempête s'est alliée aux grandes marées » (l. 24-25) :
a) Comment appelle-t-on la figure de style employée ? *(2 points)*
b) Quel effet permet-elle dans ce texte ? *(2 points)*

▶ **9.** Expliquez la comparaison finale du manoir avec une « île ». *(2 points)*

▶ **10.** Selon son étymologie grecque, « catastrophe » signifie « bouleversement ». En quoi les événements vécus par le héros-narrateur constituent-ils un bouleversement pour lui ? *(2 points)*

▶ **11.** Que montre le dessin ? Répondez en détail et mettez en relation les éléments décrits. *(4 points)*

▶ **12.** Quel rapport établissez-vous avec le texte ? Quel ton l'artiste emploie-t-il dans son dessin et quel est son but ? Justifiez. *(4 points)*

DICTÉE

10 POINTS • 20 min

Les chiffres simples (en un mot) doivent être écrits en toutes lettres.
Les mots suivants sont écrits au tableau : « Alan », « îles Sous-le-Vent », « Huahine », « Tahiti », « Météo France », « Polynésie », « El Niño ».

Article publié dans *La Dépêche du Midi*, 27 avril 1998

La dépression Alan qui a frappé au cours du week-end les îles Sous-le-Vent, a fait au moins huit morts, un disparu, une vingtaine de blessés et a causé d'importants dégâts.

L'île de Huahine a été balayée dans la nuit de samedi à dimanche par des vents forts et des pluies abondantes provoqués par la dépression Alan. Hier matin, la dépression a repris sa progression est-sud-est et se trouvait à une centaine de kilomètres au nord de l'île de Tahiti. Météo France prévoit pour la journée de fortes pluies et des vents violents ; les mêmes consignes de sécurité que pour la population des îles Sous-le-Vent ont été données aux habitants de Tahiti.

La Polynésie aura payé un très lourd tribut au phénomène El Niño et à la saison cyclonique qu'il a provoquée : depuis le mois de novembre 97, cinq dépressions ou tempêtes tropicales ont entraîné la mort de 26 personnes dont de nombreux enfants, totalement ravagé deux îles, et causé des millions de dégâts.

RÉDACTION

40 POINTS • 1 h 30

Vous traiterez au choix l'un des sujets suivants. Votre texte comportera au moins deux pages.

Sujet d'imagination

Imaginez que vous vous retrouviez au sein d'une catastrophe naturelle ; racontez comment elle se déroule, du début jusqu'à la fin. Vous décrirez ses conséquences et vos réactions face à cet événement exceptionnel.

Sujet de réflexion

Vous êtes un scientifique de renommée mondiale et on fait appel à vous lors d'une réunion à l'ONU pour présenter un projet de sauvegarde de la planète. Dans un premier temps, vous soulignerez les problèmes actuels afin de sensibiliser votre auditoire au réchauffement climatique et ses conséquences ; dans un second temps, vous chercherez à convaincre les responsables gouvernementaux d'entreprendre des actions précises qui permettront, selon vous, de répondre aux problèmes exposés auparavant. Vous rédigerez ce discours dans un développement argumenté et organisé.

LES CLÉS DU SUJET

Analyser les documents

LE TEXTE

Le genre
Extrait d'une nouvelle autobiographique de D. Daeninckx dont le recueil a reçu le prix Goncourt de la nouvelle en 2012.

Le thème
L'auteur évoque les traumatismes vécus lors du passage de deux tempêtes en 1999 et 2009 qui ont dévasté sa propriété.

L'IMAGE

Le genre
Dessin de presse satirique de Lasserpe paru sur le site Internet du journal *Sud-Ouest*.

Le thème
Le dessin porte un regard ironique sur les suites données aux ravages de la tempête Xynthia (2009).

Traiter le sujet d'imagination

Recherche d'idées

Piste 1

- Commence par choisir le type de catastrophe naturelle que tu vas affronter : séisme, éruption volcanique, tsunami, ouragan, crue…
- Remémore-toi les reportages ou les articles que tu as pu voir ou lire sur ces sujets.

Piste 2

Choisis le lieu de la catastrophe : en France ou dans un autre pays ? Sois crédible : par exemple, il ne peut pas y avoir d'éruption volcanique à Paris, mais une crue catastrophique de la Seine est envisageable.

Conseils de rédaction

• Introduction : précise les circonstances de l'événement. Où te trouves-tu ? avec qui ? pourquoi ?

• Tu peux ensuite organiser ton récit en deux parties :

1. les signes avant-coureurs de la catastrophe, puis son déchaînement ;
2. tes réactions successives : impressions, sentiments, actions…

• Conclusion : décris les lieux après le passage de la catastrophe. Exprime tes sentiments : cet événement a-t-il changé ta manière de voir la vie, le monde qui t'entoure ?

Traiter le sujet de réflexion

Recherche d'idées

Piste 1

• Interroge-toi sur les conséquences du changement climatique : fonte des glaces, montée du niveau de la mer, disparition d'espèces animales…
• Appuie-toi sur ce que tu as pu étudier en cours, voir dans des reportages ou lire dans les journaux.

Piste 2

Livre-toi aussi à une réflexion personnelle sur ce que les gouvernements et tout un chacun pourraient faire pour lutter contre la pollution, principale cause du réchauffement du climat de notre planète.

Conseils de rédaction

• Commence par une formule d'introduction et n'oublie pas de te présenter (tu es un grand scientifique mondialement reconnu !).
• Respecte le plan qui t'est proposé dans le sujet lui-même : présente d'abord les conséquences du réchauffement climatique puis les actions à mettre en œuvre pour protéger la planète.
• N'oublie pas de conclure !

12 CORRIGÉ **GUIDÉ**

TRAVAIL SUR LE TEXTE LITTÉRAIRE ET SUR L'IMAGE

Grammaire et compétences linguistiques

▶ **1.** Les mots « impalpable » et « imparable » sont formés selon le même modèle : le préfixe *im-* qui indique le contraire et le suffixe *-able* qui permet de former des adjectifs encadrent le radical (*palp* et *par*). Ces deux adjectifs annoncent la catastrophe à venir comme quelque chose d'imprévisible et d'inéluctable auquel il est impossible de résister.

▶ **2.** « Un cimetière, sous la lune » : il s'agit d'une phrase nominale (ou non verbale). Le terme « cimetière » annonce un événement tragique du deuxième paragraphe : ce ne sont pas seulement des éléments matériels qui sont emportés par les flots, mais des « corps aussi, par dizaines ». La tempête Xynthia a été meurtrière, elle a tué des hommes.

▶ **3. a)** « Tout » est un pronom indéfini. Il est complément d'objet direct du verbe « emporter ».

b) Il est suivi d'une énumération de cinq noms ou groupes nominaux COD : « barques, baraques sur pilotis, matériel ostréicole, pierraille arrachée aux digues... Des corps aussi, par dizaines. »

c) Cela donne l'impression d'un flux irrépressible d'éléments hétérogènes emportés par la puissance des flots. Il s'agit d'une gradation : l'énumération se termine par la vision tragique de corps sans vie charriés par la crue.

▶ **4.** *Les modifications sont en couleur.*

« Les ouragans se sont alliés aux grandes marées, au vent de mer, pour bousculer les constructions que les hommes avaient disposées pour protéger leurs refuges. »

REMARQUE
Le participe passé *disposées* est employé avec l'auxiliaire *avoir* et s'accorde avec le COD placé devant *que*, mis pour *les constructions*.

Compréhension et compétences d'interprétation

▶ **5.** Le texte évoque deux catastrophes naturelles subies par le narrateur dans son manoir : les tempêtes Martin (1999) et Xynthia (2009).

▶ **6.** Le point de vue employé par l'auteur est le point de vue interne. C'est un récit à la 1re personne du singulier (« Je »). Il s'agit d'un témoignage vécu.

INFO +
Il existe trois points de vue : interne, externe et omniscient.

▶ **7.** Tout d'abord, le narrateur perçoit les événements au moyen de l'ouïe, puisqu'il est couché. Ce sont les bruits qui l'alertent : « les premières bourrasques avaient fait grincer la charpente », « je m'étais laissé un moment bercer par ce qui, dans mes songes, s'apparentait au travail du bois d'un navire chahuté par les flots. Un craquement de naufrage m'avait jeté hors du lit. »

Ensuite, c'est la vue qui prend le relais : « Je m'étais précipité vers la fenêtre pour voir le faîte d'un orme tomber au milieu du mail. »

▶ **8. a)** La figure de style employée est la personnification.

b) Les personnifications apportent une plus grande dramatisation des faits. La tempête prend vie : elle est évoquée comme une armée en furie, s'alliant à d'autres ennemis pour venir tout dévaster avant de se calmer. Les arbres sont décrits comme des victimes, des soldats « blessés », « meurtris » après le passage de l'armée ennemie.

INFO +
La personnification est une figure de style qui consiste à attribuer des propriétés humaines à une chose inanimée ou abstraite.

▶ **9.** Le manoir est comparé à une île, car il est entouré d'eau : toutes les terres environnantes ont été submergées par les flots.

▶ **10.** Les événements vécus par le narrateur ont été particulièrement traumatisants, comme pourrait l'être une guerre. Il a vécu deux cataclysmes. La violence des vents et des flots a dévasté son univers et laissé des images indélébiles d'arbres brisés, mais aussi et surtout de corps humains sans vie.

▶ **11.** Le dessin de presse de Lasserpe montre un homme réfugié sur le toit de sa maison et son chat juché sur la cime d'un arbre. Tout autour, le paysage a disparu sous les eaux. Au-dessus de l'image, une légende évoque le coût financier de la tempête Xynthia. Le personnage, sonné et anéanti par l'expérience traumatisante qu'il est en train de vivre, s'adresse au lecteur et à l'État pour leur demander une aide financière.

▶ **12.** Le dessin correspond parfaitement à la situation du narrateur prisonnier de son manoir transformé en île, isolé par les flots. Le dessinateur de presse, Lasserpe, utilise l'humour et joue avec les mots pour dénoncer l'urgence de la situation : le mot « liquide » employé ici pour parler de l'argent, des espèces – billets de banque et pièces de monnaie – résonne ironiquement et prend un double sens, par association d'idées avec la crue meurtrière.

DICTÉE

POINT MÉTHODE

1 Attention à l'accord du participe passé employé avec *avoir* : il s'accorde avec le COD uniquement s'il est placé avant. Dans la dictée, tous les COD sauf un sont placés après, le participe passé ne s'accorde donc pas (*frappé*, *causé*…). Seule exception, le participe passé *provoquée* s'accorde avec le COD placé avant *qu'* mis pour *la saison cyclonique*.

2 Le participe passé employé avec *être* s'accorde avec le sujet. Ainsi *balayée* s'accorde avec le sujet *L'île de Huahine* et *données* avec *les mêmes consignes de sécurité*.

La dépression Alan qui a frappé au cours du week-end les îles Sous-le-Vent, a fait au moins huit morts, un disparu, une vingtaine de blessés et a causé d'importants dégâts.

L'île de Huahine a été balayée dans la nuit de samedi à dimanche par des vents forts et des pluies abondantes provoqués par la dépression Alan. Hier matin, la dépression a repris sa progression est-sud-est et se trouvait à une centaine de kilomètres au nord de l'île de Tahiti. Météo France prévoit pour la journée de fortes pluies et des vents violents ; les mêmes consignes de sécurité que pour la population des îles Sous-le-Vent ont été données aux habitants de Tahiti.

La Polynésie aura payé un très lourd tribut au phénomène El Niño et à la saison cyclonique qu'il a provoquée : depuis le mois de novembre 97, cinq dépressions ou tempêtes tropicales ont entraîné la mort de 26 personnes dont de nombreux enfants, totalement ravagé deux îles, et causé des millions de dégâts.

RÉDACTION

Voici un exemple de rédaction sur chacun des deux sujets.
Attention les indications entre crochets ne doivent pas figurer sur ta copie.

Sujet d'imagination

[Introduction] J'étais en vacances avec deux amis en Indonésie. Nous étions dans notre chambre d'hôtel, au cinquième et dernier étage, et nous nous apprêtions à nous rendre à la piscine.

[Récit de la catastrophe naturelle] Soudain, un étrange silence s'est fait : nous nous sommes approchés de la fenêtre et avons d'abord remarqué que les vacanciers présents sur la plage regardaient fixement un point à l'horizon, comme stupéfaits, paralysés par la surprise. C'est alors que nous l'avons vue : une vague gigantesque déferlait vers nous à la vitesse d'un cheval au galop. C'était un spectacle à la fois stupéfiant et terrifiant. On aurait dit une armée de cavaliers fonçant pour nous anéantir, envahisseurs venus d'ailleurs pour tout ravager sur leur passage.

> **CONSEIL**
> Tu peux imaginer, à la manière de Didier Daeninckx, des comparaisons, métaphores ou personnifications pour donner plus de force à ton texte.

Déjà les fragiles embarcations de pêcheurs étaient avalées par la vague géante qui se ruait vers nous. Le bruit était devenu assourdissant et couvrait le cri des baigneurs qui avaient commencé à fuir en désordre vers l'hôtel à la recherche d'un refuge. La vague a envahi la plage désertée et a submergé les constructions les plus basses. Les vacanciers, paniqués, cherchaient à s'agripper à tout ce qu'ils pouvaient pour éviter d'être emportés par les eaux : arbres, balcons…

[Conséquences et réactions] De notre étage élevé, nous avons vu la mer envahir l'hôtel. Nous étions tétanisés par l'horreur de la situation. De crainte de voir les eaux monter encore, nous avons grimpé sur le toit. De là, nous dominions un paysage méconnaissable, dévasté : ce qui avait été un lieu paradisiaque n'était plus qu'une immense étendue liquide. Ci et là, quelques rescapés surnageaient accrochés à des branches d'arbres ou à des objets divers, attendant les secours qui n'allaient pas tarder à s'organiser, du moins l'espérions-nous.

[Conclusion] Ce n'est qu'après que nous avons mis le mot « tsunami » sur la catastrophe. Nous avons terminé notre séjour en participant à l'aide humanitaire mise en place. Cette expérience traumatisante nous a profondément et durablement changés.

Sujet de réflexion

Mesdames et Messieurs,

[Introduction] Je suis extrêmement flatté(e) d'avoir été convié(e) en tant que scientifique, à l'ONU, pour vous parler d'un combat qui nous concerne tous : sauver la planète des terribles périls que lui fait courir le réchauffement climatique.

[Les conséquences du réchauffement climatique] J'aimerais en premier lieu vous rappeler quelques-unes des conséquences dramatiques du réchauffement climatique pour notre planète. Tout d'abord, celui-ci entraîne la fonte des glaces et provoque par là même une hausse du niveau de la mer. Certains territoires pourraient être submergés par les eaux, et des îles entières disparaître. Ensuite, le réchauffement des mers génère une multiplication de phénomènes climatiques extrêmes, voire dévastateurs : tempêtes tropicales, ouragans qui se succèdent et donnent lieu à bien des tragédies humaines. Et, pour ne citer qu'un dernier exemple des nombreux dangers qui nous guettent, évoquons enfin l'érosion de la biodiversité qui provoquerait l'extinction d'espèces animales.

> **CONSEIL**
> Marque bien tes différentes parties au moyen de connecteurs argumentatifs : *dans un premier temps, dans un second temps, tout d'abord, ensuite…*

[Les mesures à prendre] En second lieu, je voudrais vous convaincre, vous tous qui avez le pouvoir d'agir, ministres et responsables gouvernementaux, d'œuvrer ensemble et d'unir vos forces pour remédier à ce qui menace de plus en plus notre belle planète. Quels moyens mettre en œuvre ? Il nous faut de toute urgence renoncer à toutes les énergies polluantes pour nous tourner vers les énergies renouvelables, celles du futur que sont le solaire et l'éolien. Développons des moyens de transport propres et écologiques. Changeons nos habitudes de consommation : choisissons plutôt des produits de proximité, qui ne sont pas acheminés par avion depuis des pays lointains. Cela limitera d'autant la pollution atmosphérique.

[Conclusion] Il est urgent d'agir ! Nous sommes en train de dépasser le seuil de l'irréversible et bientôt, il sera trop tard. Nous risquons de laisser aux générations futures une planète dévastée. C'est pourquoi nous devons tout mettre en œuvre dès maintenant pour sauvegarder notre terre et protéger les espèces qui la peuplent.

13 Amérique du Nord • Mai 2022

Deux personnages intrigants

3 heures
100 points

INTÉRÊT DU SUJET • Dans ces scènes se retrouvent tous les ingrédients de la comédie théâtrale : l'amour, le pouvoir, la jalousie, les intrigues et les ruses destinées à faire progresser l'action.

S'ENTRAÎNER

DOCUMENT A **Texte littéraire**

La scène se déroule en Espagne. La Princesse de Barcelone s'est attaché les services de Lélio, un jeune homme dont on ignore tout. Frédéric est le ministre de la Princesse. L'extrait ci-dessous se situe à l'acte I de la pièce.

ACTE I, SCÈNE XI
LÉLIO, FRÉDÉRIC, LA PRINCESSE

LA PRINCESSE. – Je vous cherchais, Lélio. Vous êtes de ces personnages que les souverains doivent s'attacher ; il ne tiendra pas à moi que vous ne vous fixiez ici, et j'espère que vous accepterez l'emploi de mon premier secrétaire d'État, que je vous offre.

LÉLIO. – Vos bontés sont infinies, madame, mais mon métier est la guerre.

LA PRINCESSE. – Vous faites mieux qu'un autre tout ce que vous voulez faire, et quand votre présence sera nécessaire à l'armée, vous choisirez pour exercer vos fonctions ici ceux que vous en jugerez les plus capables, ce que vous ferez n'est pas sans exemple dans cet État.

LÉLIO. – Madame, vous avez d'habiles gens ici, d'anciens serviteurs, à qui cet emploi convient mieux qu'à moi.

LA PRINCESSE. – La supériorité de mérite doit l'emporter en pareil cas sur l'ancienneté des services, et d'ailleurs Frédéric est le seul que cette fonction pouvait regarder, si vous n'y étiez pas, mais il m'est affectionné, et je suis sûre qu'il se soumet de bon cœur au choix qui m'a paru le meilleur. Frédéric, soyez ami de Lélio, je vous le recommande. *Frédéric fait une profonde révérence. La Princesse continue.* C'est aujourd'hui le jour de ma naissance, et ma Cour, suivant l'usage, me donne aujourd'hui une fête que je vais voir. Lélio, donnez-moi la main pour m'y conduire, vous y verra-t-on, Frédéric ?

FRÉDÉRIC. – Madame, les fêtes ne me conviennent plus.

SCÈNE XII

FRÉDÉRIC, *seul.*

FRÉDÉRIC. – Si je ne viens à bout de perdre cet homme-là, ma chute est sûre. Un homme sans nom, sans parents, sans patrie, car on ne sait pas d'où il vient, m'arrache le ministère, le fruit de trente années de travail. Quel coup de malheur ! je ne puis digérer une aussi bizarre aventure, et je n'en saurais douter : c'est l'amour qui a nommé ce ministre-là ; oui, la Princesse a du penchant pour lui. Ne pourrait-on savoir l'histoire de sa vie errante[1], et prendre ensuite quelques mesures avec l'ambassadeur du Roi de Castille, dont j'ai la confiance ? Voici le valet de cet aventurier, tâchons à quelque prix que ce soit de le mettre dans mes intérêts, il pourra m'être utile. Bonjour Arlequin.

Marivaux, *Le Prince travesti*, acte I, scènes XI et XII, 1724.

1. errante : sans lieu fixe.

DOCUMENT B ***Le Prince Travesti*, mise en scène de Daniel Mesguich, 2016**

ph © Sigrid Colomyès

Acte I, scène XIII, Frédéric et Arlequin.

TRAVAIL SUR LE TEXTE LITTÉRAIRE ET SUR L'IMAGE

50 POINTS • 1 h 10

Les réponses doivent être entièrement rédigées.

Compréhension et compétences d'interprétation (32 points)

▶ **1. a)** Reformulez la demande que la Princesse fait à Lélio dans ses deux premières répliques scène XI. (*1 point*)

b) Relevez deux arguments de la Princesse pour appuyer cette demande. (*2 points*)

c) Quels arguments Lélio oppose-t-il à cela ? Justifiez votre réponse en vous appuyant sur les deux répliques de Lélio. (*2 points*)

▶ **2.** Comment la Princesse manifeste-t-elle ici son autorité ?
Vous analyserez les procédés du discours de la Princesse (usage des temps, vocabulaire…) qui témoignent de la fermeté de ses choix. (*3 points*)

▶ **3.** « Scène XII. FRÉDÉRIC, *seul* » : à quelle forme de discours théâtral cette didascalie introduit-elle ? Quel est l'intérêt de ce choix ? (*2 points*)

▶ **4. a)** Quel portrait de Lélio fait Frédéric dans cette scène ? Vous relèverez et analyserez les éléments qui désignent le jeune homme. (*3 points*)

b) Comment Frédéric explique-t-il le choix de la Princesse ? (*2 points*)

c) Qui est Arlequin et pourquoi Frédéric pense-t-il que ce personnage peut lui permettre de s'opposer à ce choix ? (*2 points*)

▶ **5. a).** À la lumière de la scène XII, expliquez pourquoi Frédéric reste silencieux au cours de l'échange entre la Princesse et Lélio dans la scène XI. (*2 points*)

b) Comment comprenez-vous alors la réplique de Frédéric : « Madame, les fêtes ne me conviennent plus » ? (*2 points*)

c) Vous êtes metteur en scène. Quels conseils de posture et d'intention de jeu donnez-vous à un acteur pour jouer Frédéric dans la scène XI, première scène de l'extrait ? (*5 points*)

▶ **6.** Le personnage de Frédéric correspond-il à l'image que vous vous faisiez de lui d'après le texte ? Justifiez votre point de vue. (*3 points*)

▶ **7.** Commentez l'apparence et l'attitude du personnage d'Arlequin. Pensez-vous que Frédéric pourra aisément en obtenir ce qu'il veut ? Pourquoi ? (*3 points*)

S'ENTRAÎNER

Grammaire et compétences linguistiques (18 points)

▶ **8.** Réécrivez les trois passages suivants au discours indirect en commençant par « Frédéric dit que ». Vous ferez toutes les modifications nécessaires.

a) « les fêtes ne me conviennent plus. »

b) « Si je ne viens à bout de perdre cet homme-là, ma chute est sûre. Un homme sans nom, sans parents, sans patrie, car on ne sait pas d'où il vient, m'arrache le ministère, le fruit de trente années de travail. »

c) « je ne puis digérer une aussi bizarre aventure, et je n'en saurais douter : c'est l'amour qui a nommé ce ministre-là. » (*10 points*)

▶ **9.** « C'est aujourd'hui le jour de ma naissance, et ma Cour, suivant l'usage, me donne aujourd'hui une fête que je vais voir. Lélio, donnez-moi la main pour m'**y** conduire, vous **y** verra-t-on, Frédéric ? »

a) Remplacez les « y » par ce à quoi ils renvoient. (*2 points*)

b) Donnez la nature et la fonction de *y*. (*2 points*)

▶ **10.** « Quel coup de malheur ! »

a) Quel est le type de cette phrase ? (*2 points*)

b) Quelle remarque pouvez-vous faire sur la construction de cette phrase ? (*2 points*)

DICTÉE — 10 POINTS • 20 min

Le nom de l'auteur et le titre de l'œuvre sont écrits au tableau, ainsi que les termes Marivaux, Le Prince travesti, Lélio, Castille, États, inclination.

L'explication suivante sera donnée : Lélio pense que la Princesse est amoureuse de lui et il songe à l'épouser. On apprend aussi qu'il est le fils d'un roi.

Marivaux

Le Prince travesti, acte I, scène v, 1724.

LÉLIO, *seul.* – La Princesse cherche à me connaître, et me confirme dans mes soupçons ; les services que je lui ai rendus ont disposé son cœur à me vouloir du bien et mes respects empressés l'ont persuadée que je l'aimais sans oser le dire. Depuis que j'ai quitté les États de mon père, et que je voyage sous ce déguisement pour hâter l'expérience dont j'aurai besoin si je règne un jour, je n'ai fait nulle part un séjour si long qu'ici ; à quoi donc aboutira-t-il ? Mon père souhaite que je me marie et me laisse le choix d'une épouse. Ne dois-je pas m'en tenir à cette Princesse ? Elle est aimable, et si je lui plais, rien n'est plus flatteur pour moi que son inclination, car elle ne me connaît pas.

RÉDACTION

40 POINTS • 1 h 30

Vous traiterez à votre choix l'un des sujets suivants.

Sujet d'imagination

À la fin de la scène XII, Arlequin entre en scène. Interrogé par Frédéric, il raconte à ce dernier la vie de son maître Lélio.
Écrivez le dialogue entre les deux personnages en vous attachant à montrer qui est vraiment Lélio. Vous respecterez les codes du genre théâtral.

Sujet de réflexion

Pour être apprécié par les autres, pensez-vous qu'il soit important de garder une part de mystère comme le personnage de Lélio ?
Vous répondrez à cette question par un développement argumenté en vous appuyant sur les œuvres étudiées en classe, vos lectures et votre culture personnelles.

S'ENTRAÎNER

LES CLÉS DU SUJET

Analyser les documents

LE TEXTE

Le genre
Scènes extraites d'une comédie héroïque de Marivaux (1688-1763), *Le Prince travesti*, représentée pour la première fois en 1724

Le thème
Lélio vient supplanter Frédéric, l'ancien ministre, auprès de la Princesse. Ce dernier décide d'en savoir plus sur son rival afin de lui nuire.

L'IMAGE

Le genre
Photographie prise lors d'une représentation de la pièce mise en scène par Daniel Mesguich en 2016

Les caractéristiques clés
Frédéric, le ministre déchu au maquillage inquiétant, rencontre Arlequin, le valet pauvrement vêtu de son rival, Lélio.

Traiter le sujet d'imagination

Recherche d'idées

Piste 1	• Reprends les éléments proposés dans la dictée : Lélio est fils de roi. Il voyage selon la volonté de son père pour trouver une princesse à épouser.
Piste 2	• Imagine le reste : le royaume d'où il vient, sa famille, ses goûts, ses occupations, son caractère…

Conseils de rédaction

• Respecte bien la présentation et la forme d'une scène de théâtre : numéros de l'acte et de la scène, noms des personnages présents, nom du personnage qui parle devant chaque réplique.
• Insère des didascalies pour indiquer les gestes, le ton des répliques…

Traiter le sujet de réflexion

Recherche d'idées

Piste 1	• Argument : trop en dire sur soi peut avoir des effets négatifs (attirer les profiteurs, lasser son entourage…).
Piste 2	• Contre-argument : cacher des choses sur soi peut entraîner des incompréhensions, des malentendus… Faire des cachotteries peut être considéré comme un manque de confiance, une trahison.

Conseils de rédaction

• N'oublie pas de faire une **introduction** et une **conclusion**.
• Dans l'introduction, reprends la **question posée** en la reformulant : « Pour être apprécié des autres, faut-il garder une part de mystère ou au contraire se montrer tel que l'on est, sans rien déguiser ni cacher ? »
• Dans la conclusion, fais la **synthèse** des arguments que tu as développés. N'hésite pas à commencer par « pour conclure » ou « en conclusion » pour bien la mettre en évidence.

13 CORRIGÉ GUIDÉ

TRAVAIL SUR LE TEXTE LITTÉRAIRE ET SUR L'IMAGE

Compréhension et compétences d'interprétation

▶ **1. a)** La Princesse demande à Lélio d'accepter de devenir son premier secrétaire d'État, et donc de remplacer Frédéric.

b) La Princesse dit que Lélio est le meilleur dans tout ce qu'il entreprend et que son mérite l'emporte sur l'ancienneté des autres serviteurs.

c) Lélio oppose à ces arguments que son métier est la guerre et que d'autres conviendraient mieux à cet emploi.

▶ **2.** La Princesse manifeste son autorité par des affirmations qu'elle présente comme incontestables, en employant le présent et le futur, et non le conditionnel : « Vous êtes de ces personnages que les souverains doivent s'attacher » (l. 1-2), « Vous faites mieux qu'un autre tout ce que vous voulez faire » (l. 7-8), « La supériorité de mérite doit l'emporter » (l. 13). Elle emploie à deux reprises le verbe « devoir » et le verbe « se soumettre », ce qui met en avant son autorité et l'impossibilité de s'y soustraire. Elle termine en employant le mode impératif : « soyez » (l. 17), « donnez-moi la main » (l. 20-21).

▶ **3.** Il s'agit d'un monologue. Il permet de faire connaître aux lecteurs et aux spectateurs les sentiments éprouvés par Frédéric et son dessein d'en savoir plus sur son rival afin de tenter de l'évincer. Il annonce la suite de l'intrigue.

INFO+
Un monologue théâtral est le discours qu'un personnage se tient à lui-même pour exprimer ses sentiments, évoquer un dilemme, ourdir une ruse. Il prend souvent la forme d'une tirade.

▶ **4. a)** Frédéric fait de Lélio le portrait péjoratif d'un « aventurier » (l. 31), d'un homme dont on ne sait rien, un homme « sans nom, sans parents, sans patrie » (l. 24). Il le présente comme un intrigant.

b) Frédéric pense que la Princesse est tombée amoureuse de Lélio, qu'elle a « du penchant pour lui » (l. 28).

c) Arlequin est le valet, le serviteur de Lélio. Frédéric espère pouvoir l'acheter pour obtenir des informations sur son rival.

▶ **5. a)** Frédéric reste silencieux au cours de l'échange entre la Princesse et Lélio, car il ne peut s'opposer frontalement à la décision royale : il va devoir agir en secret. Il réfléchit déjà au moyen d'évincer Lélio. Il attend son heure.

b) Il fait paraître son mécontentement, sa souffrance d'être ainsi évincé en laissant entendre qu'il n'a plus la tête à la fête.

c) Je choisirais de mettre Frédéric un peu à l'écart, dans l'ombre, comme une menace. Il doit paraître hostile, voire machiavélique aux spectateurs, sans dévoiler ses noirs desseins aux personnages présents sur scène.

▶ **6.** Ce n'est pas ainsi que j'imaginais *a priori* le personnage : son manteau rouge et le trait de maquillage qui lui traverse l'œil sont peu réalistes et peuvent surprendre. Je le voyais plus austère, vêtu d'un costume sombre, comme un personnage de l'ombre. Cependant, ces choix de mise en scène mettent bien l'accent sur le caractère inquiétant de Frédéric.

▶ **7.** La position dominante de Frédéric surplombant Arlequin pauvrement vêtu et la tête baissée, peut laisser croire que le valet est naïf et influençable. Cependant, il y a aussi de l'irrévérence, une certaine insolence dans sa façon de se tenir devant Frédéric, assis en tailleur, insouciant, dans une attitude relâchée. Arlequin ne semble pas impressionné par la stature du personnage qui le domine. Sans doute ne sera-t-il pas une proie facile pour le cynique Frédéric.

S'ENTRAÎNER

Grammaire et compétences linguistiques

▶ **8. a)** Frédéric dit que les fêtes ne lui conviennent plus.

b) Frédéric dit que s'il ne vient pas à bout de perdre cet homme-là, sa chute est sûre et qu'un homme sans nom, sans parents, sans patrie, car on ne sait pas d'où il vient, lui arrache le ministère, le fruit de trente années de travail.

CONSEIL
N'oublie pas de supprimer les guillemets.

c) Frédéric dit qu'il ne peut digérer une aussi bizarre aventure, qu'il ne saurait douter que c'est l'amour qui a nommé ce ministre-là.

▶ **9. a)** Lélio, donnez-moi la main pour me conduire à la fête, vous verra-t-on à la fête, Frédéric ?

b) « y » est un pronom adverbial complément circonstanciel de lieu.

INFO+
Il existe quatre types de phrase : déclarative, interrogative, exclamative et impérative.

▶ **10. a)** Il s'agit d'une phrase exclamative.

b) Elle est construite sans verbe : c'est une phrase non verbale, nominale.

DICTÉE

POINT MÉTHODE

1 Attention à l'accord des participes passés employés avec l'auxiliaire *avoir* :
– il s'accorde avec le COD si celui-ci est placé avant : *rendus* (« les services »), *persuadée* (« l' » mis pour « la Princesse ») ;
– il n'y a pas d'accord si le COD est placé après : *disposé, quitté*.

2 Attention à l'accord du verbe lorsqu'il est séparé du sujet par un pronom complément : *je lui plais*.

3 Mets une cédille sous le *c* devant un *o* pour obtenir le son [s] : *soupçon*.

LÉLIO, *seul*. – La Princesse cherche à me connaître, et me confirme dans mes soupçons ; les services que je lui ai rendus ont disposé son cœur à me vouloir du bien et mes respects empressés l'ont persuadée que je l'aimais sans oser le dire. Depuis que j'ai quitté les États de mon père, et que je voyage sous ce déguisement pour hâter l'expérience dont j'aurai besoin si je règne un jour, je n'ai fait nulle part un séjour si long qu'ici ; à quoi donc aboutira-t-il ? Mon père souhaite que je me marie et me laisse le choix d'une épouse. Ne dois-je pas m'en tenir à cette Princesse ? Elle est aimable, et si je lui plais, rien n'est plus flatteur pour moi que son inclination, car elle ne me connaît pas.

RÉDACTION

Voici un exemple de rédaction sur chacun des deux sujets.
Attention, les indications entre crochets ne doivent pas figurer sur la copie.

Sujet d'imagination

ACTE I, SCÈNE XIII

FRÉDÉRIC, ARLEQUIN

[Entrée en matière] ARLEQUIN, *se croyant seul.* – Ah, enfin un peu de répit ! Pendant que mon maître est à cette fête, je vais pouvoir prendre un peu de bon temps !

FRÉDÉRIC, *à lui-même*. – Le voici justement ! Il tombe à point dans mes filets.

ARLEQUIN, *apercevant Frédéric*. – Qui est donc cet homme qui me regarde avec ce regard inquiétant ?

FRÉDÉRIC. – Ne serais-tu pas le valet de Lélio ?

ARLEQUIN, *à lui-même, inquiet*. – Que me veut-il ?

FRÉDÉRIC, *sortant une bourse*. – Ton maître est un homme bien mystérieux. Peux-tu m'instruire sur ce qu'il est ?

> **INFO +**
> Un aparté est une réplique qu'un personnage s'adresse à lui-même et aux spectateurs.

ARLEQUIN, *lorgnant la bourse*. – C'est que je n'ai pas pour habitude de trahir mon maître en révélant ce qu'il souhaite cacher.

FRÉDÉRIC, *lui tendant une pièce d'or*. – Peut-être cela te déliera-t-il la langue.

[Les révélations] ARLEQUIN, *prenant la pièce*. – Oui-da, ce ne serait pas une bien grande trahison… Mon maître est fils de roi. Il a grandi dans un château entouré de vastes forêts. C'était un jeune homme heureux, choyé par sa mère, aimé de ses sœurs, instruit dans tous les arts y compris celui de la guerre, sachant manier l'épée et monter à cheval comme les plus grands chevaliers. Malheureusement, nous avons dû quitter cette existence heureuse pour courir le monde…

FRÉDÉRIC, *impatient*. – Poursuis donc…

ARLEQUIN, *lorgnant la bourse*. – C'est que…

FRÉDÉRIC, *lui donnant la bourse*. – Alors ?

ARLEQUIN, *soupesant la bourse*. – Son père a jugé qu'il était en âge de se marier et l'a envoyé par monts et par vaux à la recherche d'une princesse digne de devenir sa femme. Lélio a choisi de cacher son identité : c'est qu'il veut être aimé pour ce qu'il est et non parce qu'il est prince.

[Conclusion] FRÉDÉRIC, *songeur, à lui-même*. – Cet aventurier, le fils d'un roi ? Voilà qui demande réflexion et vient changer mes plans.

Sujet de réflexion

[Introduction] Pour être apprécié des autres, est-il préférable de garder une part de mystère, ou l'amitié ne nécessite-t-elle pas de ne rien se cacher ?

> **CONSEIL**
> Dans l'introduction, n'hésite pas à reprendre la question posée et à annoncer ta problématique.

[Du danger de tout dévoiler] Tout d'abord, il paraît judicieux de ne pas faire étalage, sur les réseaux sociaux notamment, de sa vie ou de sa richesse pour éviter d'attirer, comme Monsieur Jourdain dans *Le Bourgeois gentilhomme* de Molière, des profiteurs qui se font passer pour des amis par pur intérêt. Ceux qui mettent en scène leur vie pour se rendre populaires sont souvent entourés d'une cour qui les flatte pour obtenir des faveurs. De plus, ceux qui parlent trop d'eux finissent par lasser leur entourage. Si tout est dit, il ne reste plus rien à découvrir.

[Du danger des secrets] Cependant, garder une part de mystère peut avoir des conséquences inattendues. Le procédé employé par Lélio, cacher son identité pour être sûr d'être aimé pour lui-même, est un ressort théâtral dont Marivaux a beaucoup usé dans ses pièces. Ainsi, dans *Le Jeu de l'amour et du hasard*, Silvia échange son rôle avec sa servante, Lisette, pour pouvoir observer incognito l'époux que lui a choisi son père. Si l'idée est *a priori* ingénieuse, cette situation va créer des quiproquos et des rebondissements inattendus, même si tout se termine bien puisqu'il s'agit d'une comédie.

Cacher ce que l'on est réellement peut aussi donner lieu à des déceptions et des malentendus, au risque d'être mal compris. La dissimulation peut être un frein à l'amitié. Un ami véritable se doit d'être un confident à qui l'on peut se montrer tel que l'on est, sans taire ses fragilités. D'ailleurs, les secrets finissent toujours par être révélés et leur découverte peut donner à l'autre le sentiment d'avoir été trahi. C'est pourquoi la franchise est primordiale dans les relations amicales.

[Conclusion] En conclusion, tout en se gardant de faire l'étalage de sa vie, il vaut mieux éviter les mystères et se montrer sincère avec ses amis. Les secrets sont des choses dangereuses qui peuvent détruire une amitié. Cela dit, il n'est pas interdit de cultiver son jardin secret, un endroit rien qu'à soi où inviter un ami si le cœur nous en dit.

> **CONSEIL**
> Dans la conclusion, après avoir fait la synthèse de tes arguments, tu peux terminer par une ouverture.

Héros ordinaires

3 heures
100 points

INTÉRÊT DU SUJET • Les actes héroïques sont parfois le fait d'individus anonymes. Même sans connaître leur nom, il est possible de leur rendre hommage, par des mots ou des images.

DOCUMENT A Texte littéraire

En décembre 1940, un homme est mêlé involontairement à une bousculade au cours de laquelle un soldat allemand est frappé. Arrêté, refusant de dénoncer ses camarades, il est le premier fusillé à Paris pendant l'Occupation allemande. Le poète Aragon évoque cet homme, sans savoir de qui il s'agit précisément, et les personnes qui lui ont rendu hommage.

X… Français

Un nom comme le sang banal d'une coupure
Un nom trop simple pour qu'on s'en soit souvenu
Un nom dit sans penser comme un verre d'eau pure
Un nom tout fait qu'on peut donner aux inconnus

Un nom comme le cœur qui bat l'heure qui sonne
La mémoire du temps qu'un ricochet rida
Un nom qui ne ferait se retourner personne
Un nom comme au poignet le portent les soldats

Un nom comme on en lit dans le vent des enseignes
Sur les actes civils la pierre des tombeaux
Un nom qui fait échoppe[1] et dont le prénom saigne
Comme les pieds meurtris d'un enfant en sabots

Car il fut un enfant comme nous tous hier
Celui qui regarda dans l'aube ses bourreaux
Et les femmes aussi ce nom balbutièrent
Sans savoir que ce serait celui d'un héros

Ce nom banal ce nom comme une terre en friche[2]
Est aujourd'hui sacré pour les gens de chez nous
Sur l'asphalte[3] on a mis des fleurs sous les affiches
Et les dames en noir y priaient à genoux

Un beau nom sans couleur comme on en fait en France
Pour traverser la foule et mourir sans ennui
Un nom silencieux comme l'indifférence
Un nom comme les feux d'un village la nuit

Louis Aragon, juillet 1941.
Repris dans *En étrange pays dans mon pays lui-même*, 1943.
© Éditions Seghers.

1. Échoppe : que l'on pourrait trouver sur l'enseigne d'un magasin.
2. En friche : non cultivée.
3. Asphalte : revêtement d'une route.

DOCUMENT B *Le Visage inconnu*, Historial de la Grande Guerre, 2018

Historial de la Grande Guerre

Ce visage du soldat inconnu a été élaboré grâce à la superposition de dizaines de milliers de photographies d'hommes et de femmes, originaires de tous les pays ayant participé à la Première Guerre mondiale. Cette image a été réalisée à l'occasion du centenaire de l'armistice de la Grande Guerre.

TRAVAIL SUR LE TEXTE LITTÉRAIRE ET SUR L'IMAGE

50 POINTS • 1 h 10

Les réponses doivent être entièrement rédigées.

Compréhension et compétences d'interprétation

▶ **1. a)** Quel procédé structure la première strophe de ce poème ? (*1,5 point*)
b) Que veut montrer l'auteur par l'utilisation de ce procédé ? (*2 points*)

▶ **2)** Le mot « banal » est répété aux vers 1 et 17.
a) Relevez deux éléments qui soulignent la banalité du nom évoqué dans les trois premières strophes. (*2 points*)
b) Pourquoi Aragon insiste-t-il sur cette banalité ? (*2 points*)

▶ **3. a)** Qui est désigné par le pronom « il » au vers 13 ? (*2 points*)
b) Relevez dans la quatrième strophe les trois groupes de mots qui désignent le personnage évoqué. (*1,5 point*)
c) Quelles étapes de la vie du personnage sont ainsi retracées ? (*3 points*)

▶ **4.** « Ce nom banal [...] est aujourd'hui sacré pour les gens de chez nous » (v. 17-18).
Pour quelles raisons l'adjectif sacré est-il employé ici ? Vous justifierez votre réponse en vous appuyant sur deux passages précis du texte. (*4 points*)

▶ **5.** En vous appuyant sur le titre du poème « X... Français » et l'ensemble de vos réponses, expliquez pour quelles raisons le personnage est qualifié de « héros ».
Organisez votre réponse en deux courts paragraphes qui reprendront chacun des éléments évoqués dans les questions précédentes. (*6 points*)

▶ **6. a)** Selon vous, que vise à susciter le flou de l'image ? (*3 points*)
b) Quels liens pouvez-vous établir entre l'image et le poème ? Développez votre réponse en vous appuyant sur des éléments précis extraits du texte et de l'image. (*5 points*)

Grammaire et compétences linguistiques

▶ **7.** « Un nom qui fait échoppe et dont le prénom saigne » (v. 11).
a) Relevez les deux expansions du mot « nom ». (*1 point*)
b) À quelles classes grammaticales appartiennent ces deux expansions du nom ? (*1 point*)

▶ **8. a)** Relevez et identifiez les différents temps de la 5e strophe (v. 17 à 20). (*3 points*)
b) Indiquez la valeur du temps du dernier de ces verbes. (*1 point*)

S'ENTRAÎNER

▶ **9.** « inconnus » (v. 4).
a) Expliquez la formation de ce mot. (*1 point*)
b) Quel est le sens de ce mot ? (*1 point*)

▶ **10.** Réécriture. (*10 points*)
« Car il fut un enfant comme nous tous hier
Celui qui regarda dans l'aube ses bourreaux
Et les femmes aussi ce nom balbutièrent
Sans savoir que ce serait celui d'un héros »
Réécrivez cette strophe en remplaçant « il » par « ils » et en mettant le mot « nom » au pluriel. Vous ferez toutes les modifications nécessaires.

DICTÉE — 10 POINTS • 20 min

Le nom de l'auteur et le titre de l'œuvre sont écrits au tableau, ainsi que les noms propres « Laurent » et « Marceau » et le mot « hors-la-loi ».

Roger Frison-Roche
Les Montagnards de la nuit, 1968

Il fallait maintenant agir. Les maquisards extériorisaient leur joie, couraient en brassant la neige jusqu'aux points de chute. Certains riaient, d'autres pleuraient, mais ils avaient tout oublié, les longues heures d'attente dans le froid, le danger latent pouvant venir d'en bas ; ce soir ils se sentaient des hommes libres et leur condition de hors-la-loi leur paraissait magnifique. – Vous rêvez, Laurent, fit Marceau. L'officier restait figé, tout droit dans la neige, et son regard se perdait dans le ciel comme s'il s'attendait à voir revenir l'avion. L'émotion crispait ses traits.

– Oui, je rêve. Je rêve au pilote qui rejoint la France libre.

RÉDACTION — 40 POINTS • 1 h 30

Vous traiterez au choix l'un des deux sujets suivants.

Sujet d'imagination

« Sur l'asphalte on a mis des fleurs sous les affiches ».
Parmi ces fleurs, la sœur de l'homme fusillé dépose une lettre d'hommage adressée à son frère.
Rédigez cette lettre, qui contiendra un portrait physique et moral du jeune homme, exprimera les sentiments de sa sœur et insistera sur son héroïsme. Vous signerez la lettre du prénom Gabrielle.

Sujet de réflexion

Dans son poème, Aragon évoque la figure d'un héros ordinaire. Selon vous, un comportement héroïque est-il à la portée de tous ?
Vous répondrez à cette question dans un texte organisé, en vous appuyant sur vos connaissances, vos lectures et votre culture personnelle.

LES CLÉS DU SUJET

Analyser les documents

LE TEXTE

Le genre
Texte poétique, de forme régulière : les six quatrains à rimes croisées sont composés d'alexandrins.

Le thème
Poète engagé, Aragon écrit ce texte patriotique en 1941, quand la France est occupée par les Allemands.

L'IMAGE

Le genre
Photographie obtenue par la superposition de milliers de visages, volontairement floue. Cette imprécision évoque la multiplicité des visages représentés.

Les caractéristiques clés
Cette technique de superposition permet de donner un visage au soldat inconnu, soldat anonyme représentant tous les morts de la Grande Guerre.

Traiter le sujet d'imagination

Recherche d'idées

Piste 1
- Mets-toi à la place de sa sœur pour rédiger une lettre intime. Évoque des souvenirs personnels et utilise des termes affectueux.
- Donne une identité à son frère mort : un nom ; des caractéristiques morales et physiques.

Piste 2
Exprime les sentiments liés à sa mort tragique et héroïque : tristesse, chagrin, colère et sentiment d'injustice, mais aussi admiration et exaltation.

Conseils de rédaction

- Respecte les codes de la lettre : lieu, date, formule d'adresse, formule d'adieu, signature.
- Mets en valeur l'héroïsme du mort par un lexique approprié : *courage, bravoure, fermeté, enthousiasme, inspiration, sacrifice, loyauté*, etc.
- N'oublie pas le contexte : l'histoire se déroule en 1941. Évite les anachronismes et pense à faire des références à la situation politique de la France occupée.

Traiter le sujet de réflexion

Recherche d'idées

Piste 1 Le mot « héros » désigne souvent un individu extraordinaire. Cependant, réfléchis aussi à l'héroïsme des gens ordinaires, lié à leurs choix professionnels ou aux circonstances qui appellent un comportement exemplaire.

Piste 2 Un comportement héroïque ne se limite pas au courage physique. Tu peux évoquer le dévouement, la générosité ou la défense d'une cause par des actes ou par des mots.

Conseils de rédaction

• Tu peux choisir un plan en deux parties : une thèse qui défendra l'idée que l'héroïsme est à la portée de tous, une antithèse qui présentera de manière nuancée l'idée inverse.

• Si tu choisis une réponse univoque, organise toutefois ta réflexion en paragraphes. Donne des exemples (tirés de l'actualité, de ta culture et de tes lectures) pour nourrir tes réflexions.

14 CORRIGÉ GUIDÉ

TRAVAIL SUR LE TEXTE LITTÉRAIRE ET SUR L'IMAGE

Compréhension et compétences d'interprétation

▶ **1. a)** La première strophe est structurée par le procédé de l'anaphore : l'expression « Un nom » est répétée au début de chaque vers.

b) Aragon veut insister sur l'anonymat de l'individu. On ne connaît pas son identité précise, mais il faut se souvenir de lui.

> **INFO +**
> Une anaphore consiste à répéter le même mot ou la même construction au début de plusieurs phrases ou vers.

▶ **2. a)** Le nom évoqué est banal, comme le montrent les expressions « nom trop simple » ; « nom tout fait » ; « nom qui ne ferait se retourner personne » ; « nom qui fait échoppe ».

b) En insistant sur cette banalité, Aragon souligne la normalité de l'individu : son nom n'est pas exceptionnel, il désigne un homme ordinaire qui a pourtant agi en héros. Ce courage face au danger peut donc être commun à de nombreux individus.

▶ **3. a)** Le pronom « il » désigne l'homme dont on ne connaît pas le nom. Le titre du poème indique qu'il est français. Le paratexte nous précise qu'il s'agit d'un homme mort pour l'exemple, fusillé par les autorités allemandes parce qu'il refusait de dénoncer ses camarades.

b) Dans la quatrième strophe, trois groupes de mots désignent le personnage : « un enfant comme nous tous hier » ; « celui qui regarda dans l'aube ses bourreaux » ; « un héros ».

c) Les étapes majeures de sa vie sont ainsi retracées : son enfance, ses relations amoureuses, son exécution et sa postérité.

▶ **4.** L'adjectif « sacré » est employé pour montrer l'impact important de l'acte de cet homme : le respect et l'admiration pour ce « héros » (v. 16) sont immenses et ressentis par tous les Français, « gens de chez nous » (v. 18). La population en deuil (« dames en noir », v. 20) lui rend hommage, avec des fleurs et des prières, dans une attitude quasi-religieuse. Ce héros est devenu le symbole du courage des Français contre l'Occupation allemande.

▶ **5.** Le personnage, anonyme, est qualifié de « héros ». Ce n'est pas son nom, son individualité qui importent, mais sa nationalité : « Français ». En agissant en patriote contre l'occupant allemand, ce Français devient un exemple pour tous.

Son identité imprécise (« X ») donne à son acte un caractère universel : il représente tout soldat ou toute personne qui a agi comme lui pour la France et a combattu l'Occupation allemande.

▶ **6. a)** Le flou de l'image entretient une imprécision : le contour du visage est trop vague pour permettre une identification précise. Le visage évoque donc tous les individus qui ont combattu lors de la Grande Guerre : il se veut ainsi universel ; chacun peut reconnaître le visage d'un proche.

b) Le flou des contours du portrait et l'anonymat du héros (« X ») dans le poème soulignent l'absence d'identité précise : le héros du poème et le « visage inconnu » du portrait ne désignent pas un individu particulier, mais une multitude d'individus.

Les deux documents rendent hommage et saluent ainsi la bravoure et le dévouement de tous ces gens anonymes : les « Poilus » de la Première Guerre mondiale, mais aussi les femmes et tous les êtres dont les actes ont été héroïques, même si l'histoire n'a pas retenu leur nom.

S'ENTRAÎNER

Grammaire et compétences linguistiques

> **INFO +**
> La proposition subordonnée relative complète un nom, et commence par un pronom relatif : *qui, que, quoi, dont, où...*

▶ **7. a)** « qui fait échoppe » et « dont le prénom saigne » sont deux expansions du mot « nom ».

b) Ces deux expansions sont des propositions subordonnées relatives, qui ont pour antécédent le mot « nom ».

▶ **8. a)** Le verbe « est » est conjugué au présent de l'indicatif ; le verbe « a mis » au passé composé et le verbe « priaient » à l'imparfait.

b) L'imparfait situe l'action dans le passé. En ne précisant pas les bornes de l'action (ni le début, ni la fin), l'imparfait insiste sur la durée de l'action.

▶ **9. a)** Le nom commun est formé du préfixe privatif *in-*, suivi du radical « connu » (participe passé du verbe « connaître ») employé au pluriel.

b) Le mot « inconnus » désigne des gens qu'on ne connaît pas, dont on ignore l'identité.

▶ **10.** *Les modifications sont en couleur.*

« Car ils furent des enfants comme nous tous hier
Ceux qui regardèrent dans l'aube leurs bourreaux
Et les femmes aussi ces noms balbutièrent
Sans savoir que ce seraient ceux des héros »

DICTÉE

POINT MÉTHODE

1 La plupart des verbes sont conjugués à l'imparfait, certains à la 3e personne du singulier, d'autres à la 3e personne du pluriel.

2 Ne confonds pas le **déterminant « leur »**, qui prend le genre et le nombre du nom qu'il accompagne, et le **pronom « leur »**, devant un verbe, qui ne prend jamais de *-s*.

3 Pense à bien distinguer le **déterminant « ce »** suivi d'un nom, et le **pronom « se »** suivi d'un verbe.

Il fallait maintenant agir. Les maquisards extériorisaient leur joie, couraient en brassant la neige jusqu'aux points de chute. Certains riaient, d'autres pleuraient, mais ils avaient tout oublié, les longues heures d'attente dans le froid, le danger latent pouvant venir d'en bas ; ce soir ils se sentaient des hommes libres et leur condition de hors-la-loi leur paraissait magnifique. – Vous rêvez, Laurent, fit Marceau. L'officier restait figé, tout droit dans la neige, et son regard se perdait dans le ciel comme s'il s'attendait à voir revenir l'avion. L'émotion crispait ses traits.

– Oui, je rêve. Je rêve au pilote qui rejoint la France libre.

RÉDACTION

Voici un exemple de rédaction sur chacun des deux sujets.
Attention, les indications entre crochets ne doivent pas figurer sur ta copie.

Sujet d'imagination

Paris, 12 février 1941

Mon petit Jean,

Mon cher frère,

[Portrait] Je n'aurais jamais cru que tu partirais avant moi. Ta vigueur physique, ta gaîté semblaient te prémunir de toutes les faiblesses, de toutes les maladies. Toi, si brave, si joyeux, comment penser qu'un jour, sans l'avoir prémédité, tu nous quitterais, héros bravant la barbarie absurde qui veut nous asservir et nous humilier ?

[Souvenir personnel] Tu as toujours eu cet héroïsme en toi. Un souvenir que je chéris particulièrement est celui de cet été passé à la ferme de l'oncle Alphonse ; du lapin pour lequel tu t'étais pris d'affection et que tu avais caché pour qu'il ne finisse pas dans la marmite. Malgré les cris de notre oncle, tu n'avais rien révélé et avais enduré vaillamment sa terrible colère. Ce caractère généreux était déjà digne d'admiration à l'époque ; je ne savais pas qu'il deviendrait une source d'inspiration pour tout notre pays.

> **CONSEIL**
> N'hésite pas à reprendre des éléments du texte qui figurent dans le sujet.

[Acte héroïque] Aujourd'hui, ta conduite héroïque est un exemple pour nous tous. Du courage, il t'en a fallu pour ne pas céder à la pression, au chantage, à la torture. Pour sauver des inconnus, tu t'es offert à leur place, tu savais bien qu'un inconnu est aussi un frère. Ta bravoure s'enracine dans l'amour de notre pays ; et la France te rend hommage : les fleurs et les prières qui te sont adressées te prouvent que ton sacrifice n'est pas vain.

Il me semble encore apercevoir ton regard clair, ton air espiègle, la chaleur de ton sourire quand tu me consolais d'un bleu ou d'un chagrin. Tu es mort, mais tu vis en moi, et ta force est désormais la nôtre.

Je t'aime mon Jean,

Gabrielle

Sujet de réflexion

> **CONSEIL**
> Tu peux annoncer le plan de ton devoir à la fin de l'introduction.

[Introduction] Dans son poème, Louis Aragon évoque un homme ordinaire et anonyme qui se comporte héroïquement en refusant de dénoncer ses camarades, au péril de sa vie. L'héroïsme est-il donc à la portée de n'importe quel individu ? Nous verrons dans un premier temps que l'héroïsme est à la portée de tous dans certaines circonstances, puis dans un second temps que certains hommes, par la grandeur de leurs actes, restent dans l'histoire et deviennent des modèles.

[Les héros du quotidien] On désigne souvent par « héros » des personnes dont le comportement est exemplaire, courageux et digne d'admiration. En faisant preuve de générosité, de persévérance lors de circonstances difficiles ou dramatiques, nombreux sont les individus qui pourraient être qualifiés de « héros » du quotidien. C'est ainsi que, depuis 2019, les médecins et les personnels soignants en France, mais aussi partout dans le monde, ont montré leur dévouement exemplaire en soignant dans des conditions très difficiles les patients atteints de la covid et en s'exposant à ce virus. Ces médecins et ces infirmières ont placé le bien de la collectivité au-dessus de leurs intérêts personnels et méritent le qualificatif de « héros ». La population, reconnaissante, leur a rendu hommage par des applaudissements chaque soir, durant plusieurs mois.

Dans *La Promesse de l'aube* de Romain Gary, la mère du narrateur, véritable héroïne, se sacrifie pour son fils, afin qu'il puisse tenir ses engagements envers la nation. Lui cachant la grave maladie dont elle est atteinte, elle prépare de nombreuses lettres qui lui seront envoyées après sa mort, sachant bien que sa disparition serait un coup terrible pour son fils, en train de combattre aux côtés des Forces françaises libres.

[Les héros extraordinaires] D'autres individus, par leurs actions peu communes et leur bravoure, restent dans les mémoires ; et l'histoire retient leur nom. Ainsi, Jean Moulin, héros de la Résistance à l'Allemagne nazie durant la Seconde Guerre mondiale, a été torturé par la Gestapo sans dévoiler aucun secret. L'abbé Pierre, en créant l'association Emmaüs en 1949, a lutté durablement, avec humilité, contre la misère et l'exclusion qui touchent les plus pauvres. Ces hommes, par leur courage, leur travail et leur sacrifice, sont devenus des modèles pour les autres.

Ces héros extraordinaires sont aussi parfois une source d'inspiration pour les écrivains. Ainsi, Fred Uhlman, dans *L'Ami retrouvé* (1971), met en scène un personnage, Conrad, qui feint de partager les thèses nazies afin d'approcher Hitler et d'organiser un attentat contre lui.

[Conclusion] Nous avons donc vu que, poussés par les circonstances, les gens ordinaires peuvent avoir un comportement héroïque dans leur vie quotidienne en sacrifiant leurs intérêts personnels au profit de la cause commune. Cependant, d'autres personnes semblent s'élever au-dessus des hommes ordinaires et entrent dans l'histoire, par la force de leur caractère et de leurs actions hors du commun.

15 Polynésie française • Juillet 2019

Destin tragique

3 heures
100 points

INTÉRÊT DU SUJET • Les documents racontent comment les migrants, originaires d'Afrique, tentent de rejoindre l'Europe en traversant la Méditerranée. Leur périple s'apparente souvent à une tragédie.

DOCUMENT A Texte littéraire

Des migrants clandestins espèrent entrer en Europe par la côte italienne. Pour cela, ils payent très cher le passage illégal à des marins qui semblent prêts à courir ce risque. Le début du texte se situe au moment où ils embarquent sur un navire en très mauvais état. Parmi ces migrants, le narrateur met en évidence un personnage, une jeune femme, qui fait le voyage avec son enfant.

L'équipage était constitué d'une dizaine d'hommes, silencieux et précis. Ce sont eux qui donnèrent le signal de l'embarquement. Les centaines d'ombres confluèrent alors vers la petite passerelle et le bateau s'ouvrit. Elle fut une des premières à embarquer. Elle s'installa sur le pont contre la rambarde et observa le lent chargement de ceux qui la suivaient. Ils ne tardèrent pas à être serrés les uns contre les autres. Le bateau ne semblait plus aussi vaste que lorsqu'elle était sur le quai. C'était maintenant un pont étroit piétiné par des centaines d'hommes et de femmes.

Ils levèrent l'ancre au milieu de la nuit. La mer était calme. Les hommes, en sentant la carcasse du navire s'ébranler, reprirent courage. Ils partirent enfin. […]

Mais il y eut ces cris poussés à l'aube du deuxième jour, ces cris qui renversèrent tout et marquèrent le début du second voyage. De celui-là, elle se rappelait chaque instant. Depuis deux ans, elle le revivait sans cesse à chacune de ses nuits. De celui-là, elle n'était jamais revenue.

Les cris avaient été poussés par deux jeunes Somalis[1]. Ils s'étaient réveillés avant les autres et donnèrent l'alarme. L'équipage avait disparu. Ils avaient profité de la nuit pour abandonner le navire à l'aide de l'unique canot de sauvetage. La panique s'empara très vite du bateau. Personne ne savait piloter pareil navire. Personne ne savait non plus où l'on se trouvait. [...] Ils se rendirent compte avec désespoir qu'il n'y avait pas de réserve d'eau ni de nourriture. Que la radio ne marchait pas. Ils étaient pris au piège. Encerclés par l'immensité de la mer. Dérivant avec la lenteur de l'agonie. [...][2]

Son esprit assommé ne pensa plus à rien. La fatigue l'envahit. À partir de cet instant, elle renonça. Elle se laissa glisser dans un coin, s'agrippa à la rambarde et ne bougea plus. Elle n'était plus consciente de rien. Elle dérivait avec le navire. Elle mourait, comme tant d'autres autour d'elle, et leurs souffles fatigués s'unissaient dans un grand râle continu.

Ils dérivèrent jusqu'à la troisième nuit. La frégate[3] italienne les intercepta à quelques kilomètres de la côte des Pouilles[4]. Au départ de Beyrouth[5], il y avait plus de cinq cents passagers à bord. Seuls trois cent quatre-vingt-six survécurent. Dont elle. Sans savoir pourquoi. Elle qui n'était ni plus forte, ni plus volontaire que les autres. Elle à qui il aurait semblé juste et naturel de mourir après l'agonie de son enfant. Elle qui ne voulait pas lâcher la rambarde [...].

Elle raconta tout cela avec cette lenteur et précision. Pleurant parfois, tant le souvenir de ces heures, était encore vif en elle. Le commandant Piracci ignorait que la femme eût un enfant mais, en d'autres occasions, sur d'autres mers, il avait dû, parfois, arracher des nourrissons inertes à leur mère. Il connaissait ces histoires de mort lente, de rêve brisé. Pourtant le récit de cette femme le bouleversa. Il repensa à cette destinée saccagée, à la laideur des hommes. Il essaya de mesurer la colère qui devait y avoir en elle et il sentit qu'elle était au-delà de toute mesure. Et pourtant durant tout son récit, elle ne s'était pas départie de la pleine dignité de ceux que la vie gifle sans raison et qui restent debout.

Il repensa à l'argent qu'il avait dans un de ses livres de sa bibliothèque et il lui demanda : « Que voulez-vous ? » [...] Il était bouleversé et il était prêt à donner autant qu'il pouvait.

S'ENTRAÎNER

Elle le regarda droit dans les yeux et sa réponse le laissa stupéfait. Elle lui dit d'une voix posée :

« Je voudrais que vous me donniez une arme. »

Laurent Gaudé, *Eldorado*, 2006.

1. Somalis : habitants de Somalie, pays situé à l'extrémité orientale de la Corne de l'Afrique.
2. Dans le passage coupé, les cadavres sont jetés par-dessus bord, par peur d'une contamination, y compris l'enfant, mort, de la jeune femme.
3. Frégate : bateau de guerre rapide à trois mâts (et aussi grand oiseau des mers dont la femelle ne couve qu'un œuf par an).
4. Les Pouilles : région du Sud de l'Italie en Europe formant le talon de la botte.
5. Beyrouth : capitale du Liban, pays du Proche-Orient.

DOCUMENT B Alain Dambès, *Rives de l'Eldorado*, 2013

Huile sur toile.

TRAVAIL SUR LE TEXTE LITTÉRAIRE ET SUR L'IMAGE — 50 POINTS • 1 h 10

Les réponses doivent être entièrement rédigées.

Grammaire et compétences linguistiques

▶ **1. a)** Dans le premier paragraphe, par quels groupes nominaux désigne-t-on respectivement l'équipage et les passagers ? (*2 points*)

b) Que désigne le mot « la » à la ligne 6 ? Indiquez la classe grammaticale et la fonction de ce mot. (*3 points*)

▶ **2.** « Encerclés par l'immensité de la mer. » (lignes 25-26)
a) À quelle classe grammaticale le mot « encerclés » appartient-il ? (*1 point*)
b) Expliquez la composition de ce mot et précisez son sens dans le contexte. (*2 points*)

▶ **3.** « L'équipage avait disparu. » (l. 19-20).
Indiquez le temps et la valeur du verbe. (*2 points*)

▶ **4.** « La fatigue l'envahit. À partir de cet instant, elle renonça. Elle se laissa glisser dans un coin, s'agrippa à la rambarde et ne bougea plus. Elle n'était plus consciente de rien. » (l. 27-30).
Réécrivez ce passage en remplaçant « elle » par « elles » et faites toutes les modifications nécessaires. (*10 points*)

Compréhension et compétences d'interprétation

▶ **1.** Au début du texte, à quel moment de la journée le navire lève-t-il l'ancre ? Pour quelle raison, selon vous ? (*2 points*)

▶ **2.** D'après le premier paragraphe, précisez dans quelles conditions les voyageurs sont embarqués. (*3 points*)

▶ **3. a)** Pourquoi le narrateur parle-t-il de « second voyage » à la ligne 14 ? (*2 points*)
b) Montrez que les passagers sont véritablement « pris au piège » (l. 25). (*2 points*)
c) Combien de passagers survivent à ce terrible voyage ? (*1 point*)

▶ **4.** Quelles impressions la situation du personnage féminin produit-elle sur vous ? Justifiez votre réponse en vous appuyant précisément sur le texte. (*4 points*)

▶ **5.** Pourquoi le commandant Piracci est-il bouleversé par le récit de la femme ? Développez votre réponse en vous appuyant sur le texte. (*4 points*)

▶ **6.** Dans les trois dernières lignes du texte, comment comprenez-vous l'attitude et les paroles du personnage féminin ? (*2 points*)

▶ **7.** À quel procédé littéraire avez-vous été le plus sensible dans le texte ? Justifiez votre choix. (*2 points*)

▶ **8.** Quelles réflexions ce texte vous inspire-t-il ? (*2 points*)

▶ **9.** Comment le peintre Alain Dambès représente-t-il la tragédie actuelle des migrants, qui quittent leurs pays pour se rendre clandestinement en Europe ? (*6 points*)

DICTÉE

10 POINTS • 20 min

Le nom de l'auteur et le titre de l'œuvre sont écrits au tableau.

Laurent Gaudé
Eldorado, 2006.

Le bateau lui sembla énorme. C'était une haute silhouette immobile, et cette taille imposante la rassura. Elle se dit que les passeurs avec qui elle avait traité devaient être sérieux et accoutumés à ces traversées s'ils possédaient de tels bateaux.

On la fit attendre sur le quai, au pied du monstre endormi. Les camionnettes ne cessaient d'arriver. Il en venait de partout, déposant leur chargement humain et repartant dans la nuit. La foule croissait sans cesse. Tant de gens. Tant de silhouettes peureuses qui convergeaient vers ce quai. Des jeunes hommes pour la plupart. N'ayant pour seule richesse qu'une veste jetée sur le dos. Elle aperçut quelques familles et d'autres enfants comme le sien, emmitouflés dans de vieilles couvertures. Cela aussi la rassura. Elle n'était pas la seule mère.

RÉDACTION

40 POINTS • 1 h 30

Vous traiterez au choix un des deux sujets de rédaction suivants. Votre travail fera au moins deux pages (soit une cinquantaine de lignes).

Sujet d'imagination

Le commandant Piracci refuse de donner une arme à la jeune femme. Imaginez ce qu'il lui dit, en prenant soin de développer son discours. La jeune femme peut éventuellement prendre la parole.

Sujet de réflexion

Selon vous, de quelle manière peut-on exercer sa solidarité envers ceux qui en ont besoin ? Développez et argumentez votre point de vue.

LES CLÉS DU SUJET

Analyser les documents

LE TEXTE

Le genre
Une partie du roman se concentre sur un commandant italien chargé d'intercepter les navires de migrants clandestins.

Le thème
Touché par le récit dramatique d'une jeune femme, le commandant tente ensuite la traversée en sens inverse.

L'IMAGE

Le genre
Reprise du tableau de Géricault, *Le Radeau de la Méduse* (1819) où les naufragés furent contraints de se manger entre eux.

Les caractéristiques clés
A. Dambès actualise le tableau : les naufragés sont devenus des immigrés, et la terre, donc l'espoir, s'aperçoit au loin.

Traiter le sujet d'imagination

Recherche d'idées

Piste 1 Tu dois écrire la suite immédiate du texte, en imaginant la réponse négative donnée par le commandant à cette demande d'arme.

Piste 2 Réfléchis aux arguments qu'il va utiliser pour essayer de dissuader la jeune femme de se venger sur les passeurs malhonnêtes dont les agissements ont entraîné la mort de son enfant.

Conseils de rédaction

• Le commandant doit s'exprimer au discours direct : ses paroles auront alors plus de poids, et tu pourras plus facilement utiliser le registre des émotions. Utilise les caractéristiques de ce discours : deux points, guillemets, présent de l'énonciation comme temps de référence.

• Des interventions du narrateur sont toutefois possibles, mais les paroles du personnage doivent composer l'essentiel du devoir.

Traiter le sujet de réflexion

Recherche d'idées

Piste 1 Commence par définir « solidarité ». Étymologiquement, ce terme désigne un rapport de dépendance réciproque entre les personnes.

Piste 2 Par quels actes peut-on se montrer solidaire envers ceux qui ont besoin d'aide : en donnant du temps ? de l'argent ? en partageant leurs peines ? en endossant leurs problèmes ?

Conseils de rédaction

• Établis une liste de synonymes pour « solidaire » : « compatissant », « charitable », « généreux », « bienfaisant » en font partie, mais aussi « responsable ».

• Pour que ton argumentation soit efficace, n'hésite pas à anticiper les objections que l'on pourrait te faire.

15 CORRIGÉ **GUIDÉ**

TRAVAIL SUR LE TEXTE LITTÉRAIRE ET SUR L'IMAGE

Grammaire et compétences linguistiques

▶ **1. a)** « une dizaine d'hommes » désigne l'équipage ; « les centaines d'ombres », « des centaines d'hommes et de femmes » désignent les passagers.

b) Le pronom personnel « la » désigne le personnage féminin ; il est COD du verbe « suivre ».

▶ **2. a)** Il s'agit d'un participe passé employé comme adjectif qualificatif.

b) Le mot est composé du radical *cercle*, du préfixe *en-* qui signifie « dans » et du suffixe *-é* qui sert à former le participe. La mer à perte de vue entoure l'embarcation : sans rivage, nul sauvetage possible.

▶ **3.** Le verbe est conjugué au plus-que-parfait, pour indiquer l'antériorité par rapport aux actions exprimées par les verbes au passé simple ou à l'imparfait.

▶ **4.** *Les modifications sont en couleur.*

La fatigue les envahit. À partir de cet instant, elles renoncèrent. Elles se laissèrent glisser dans un coin, s'agrippèrent à la rambarde et ne bougèrent plus. Elles n'étaient plus conscientes de rien.

Compréhension et compétences d'interprétation

▶ **1.** Le navire lève l'ancre au milieu de la nuit, car la traversée vers l'Europe s'effectue de manière clandestine.

▶ **2.** Les voyageurs sont embarqués de nuit, et les passagers sont trop nombreux : « un pont étroit piétiné par des centaines d'hommes et de femmes ».

▶ **3. a)** Le 1er voyage est celui qui doit mener en Europe. Le 2e commence lorsque les passagers découvrent que l'équipage est parti. C'est le début d'un voyage vers l'horreur.

b) Les voyageurs sont en pleine mer ; sans instrument de navigation ni nourriture, ils ne peuvent agir sur leur destinée et sont piégés.

c) Trois cent quatre-vingt-six passagers sur cinq cents ont survécu ; presque un quart sont morts.

▶ **4.** La femme produit une impression forte. Sa destinée terrible – exil, perte de son enfant – fait naître de la compassion, mais aussi de l'admiration, puisqu'elle reste digne et fait partie de « ceux que la vie gifle sans raison mais qui restent debout ».

▶ **5.** Le commandant est bouleversé. Les événements racontés lui rappellent des scènes vécues : « sur d'autres mers, il avait dû, parfois, arracher les nourrissons inertes à leur mère ». Le destin de cette femme le révolte et il semble prêt à tout pour essayer de rétablir un semblant de justice : « il était prêt à donner autant qu'il pouvait ».

▶ **6.** La femme a soif de justice, justice qui semble passer par la punition des criminels (propriétaire du bateau et passeurs) qui ont provoqué la mort de son fils.

REMARQUE
Il est peu vraisemblable que la femme veuille se suicider, car le texte évoque ceux qui restent debout malgré les malheurs.

▶ **7.** Les parallélismes de construction sont nombreux : « De celui-là, elle [...] De celui-là, elle [...] » ; « Personne ne savait piloter [...] Personne ne savait non plus [...] ; « Elle qui n'était [...] Elle à qui [...] Elle qui ne voulait [...]. » L'insistance créée par ce procédé de reprise permet de souligner l'horreur des événements vécus.

▶ **8.** La situation des migrants est tragique : poussés à l'exil par une situation malheureuse, ils doivent survivre à une traversée terrible, à la merci des passeurs malhonnêtes.

▶ **9.** La peinture d'Alain Dambès reprend le célèbre tableau de Géricault, *Le Radeau de la Méduse*. Les naufragés, ici originaires d'Afrique, sont dans une situation critique : l'embarcation est chancelante, certains sont morts. Quelques-uns pourtant agitent la main en direction de la rive : l'espoir est permis. En reprenant un illustre modèle, Dambès montre que ces horreurs d'un autre siècle sont encore d'actualité.

DICTÉE

POINT MÉTHODE

1 Attention aux accords sujet-verbe : une subordonnée peut les séparer ! Parfois, la tournure est impersonnelle : le pronom sujet ne désigne personne, et s'écrit au singulier, comme dans *Il semble que…*

2 Sois attentif aux accords du participe passé : employé seul, il s'accorde avec le nom ; employé avec *être*, il s'accorde avec le sujet ; employé avec *avoir*, il ne s'accorde pas avec le sujet.

Le bateau lui sembla énorme. C'était une haute silhouette immobile, et cette taille imposante la rassura. Elle se dit que les passeurs avec qui elle avait traité devaient être sérieux et accoutumés à ces traversées s'ils possédaient de tels bateaux.

On la fit attendre sur le quai, au pied du monstre endormi. Les camionnettes ne cessaient d'arriver. Il en venait de partout, déposant leur chargement humain et repartant dans la nuit. La foule croissait sans cesse. Tant de gens. Tant de silhouettes peureuses qui convergeaient vers ce quai. Des jeunes hommes pour la plupart. N'ayant pour seule richesse qu'une veste jetée sur le dos. Elle aperçut quelques familles et d'autres enfants comme le sien, emmitouflés dans de vieilles couvertures. Cela aussi la rassura. Elle n'était pas la seule mère.

RÉDACTION

Voici un exemple de rédaction sur chacun des deux sujets.

Attention, les indications entre crochets ne doivent pas figurer sur ta copie.

Sujet d'imagination

[Mise en place du récit] Le commandant était interdit. Au bout d'un moment, et devant le regard qui ne le lâchait pas, il essaya de répondre à la question et d'aller au-delà de la stupéfaction qu'elle lui avait causée.

« Mais… Comment… Vous ne pouvez pas… »

Un éclair noir passa rapidement dans les yeux de son interlocutrice :

« Il le faut pourtant », déclara-t-elle calmement. Il comprit qu'il avait un devoir envers elle, un devoir d'honnêteté.

[1er argument] « Je ne peux pas vous donner une arme. Vous voulez tuer les passeurs et les intermédiaires qui, tout en sachant ce qui vous attendait, n'ont eu aucun scrupule à embarquer femmes et enfants, après les avoir dépouillés de leurs dernières économies. Je comprends votre colère, mais qui voulez-vous tuer ? Une personne ? Le propriétaire du bateau que vous ne connaissez pas ? Dix personnes ? Les passeurs qui vous ont abandonnés et que vous n'avez aperçus que de nuit ? Les reconnaîtriez-vous après tout ce temps ?

[2e argument] Et même si c'était le cas, qu'est-ce que cela changerait ? Derrière ces personnes, il y en a au moins cent, au moins mille qui font le même travail et qui commettent les mêmes crimes. Elles méritent de mourir. Allez-vous les tuer également ?

[3e argument] Et comment allez-vous vous y prendre ? Vous vous souvenez des dangers auxquels vous avez échappé en faisant la route à l'aller ? Voulez-vous vraiment y être à nouveau confrontée ? Une femme seule ? Qu'on ne ménagera pas car on n'a plus d'argent à lui soutirer ? La situation a changé depuis dans ces régions : elle est pire qu'avant ; personne ne vous sauvera. »

Mais ces mots sonnaient creux. Elle était bien au-delà de la logique. Les raisonnements ne pouvaient plus l'atteindre. Seule restait cette colère. Cette colère immense, cette colère au nom de laquelle elle agissait désormais, cette colère qui seule pouvait rétablir du sens dans le chaos du monde. Et cette colère, il la partageait :

« C'est moi qui les retrouverai et qui les tuerai », s'entendit-il déclarer alors.

GAGNE DES POINTS
Termine le récit par un rebondissement ou une idée neuve : tu maintiendras ainsi l'attention du lecteur jusqu'à la dernière ligne.

Sujet de réflexion

[Introduction] On fait souvent appel à la solidarité dans les périodes difficiles : aider les gens qui sont dans le besoin semble en effet indispensable. Mais selon les besoins, les manières de se montrer solidaire seront différentes.

[Donner de l'argent] Il est fréquent de rencontrer des gens qui n'ont pas les moyens financiers nécessaires pour assurer à leur famille un quotidien convenable. Beaucoup sont obligés de se tourner vers des associations pour obtenir des vêtements ou de la nourriture, par exemple. On peut donc les aider en faisant preuve de générosité ; les dons sont en effet indispensables à ces associations pour fonctionner : argent, vêtements, nourriture ou fournitures scolaires, tout a une utilité.

[Donner de son temps] Mais être solidaire, c'est parfois aussi donner de son temps. Certaines personnes n'ont pas de problèmes financiers, mais souffrent d'isolement. On évoque souvent les personnes âgées qui n'ont pas de famille proche géographiquement et se retrouvent rapidement isolées. De manière individuelle ou collective, par le biais d'associations, il est fréquent de voir des gens prendre en compte la solitude des autres et leur offrir ce dont ils ont besoin : du temps et de la compagnie.

[Partager peines et problèmes] On peut enfin faire profiter les autres de ce que l'on a : il est possible en effet de posséder certaines qualités qui peuvent être utiles aux autres. Un élève qui comprend rapidement un exercice de mathématiques peut prendre le temps d'expliquer consignes et démarches à ceux qui ont plus de mal. En faisant bénéficier les autres de son savoir, il permet au groupe entier de progresser. Être solidaire, c'est donc aussi se sentir responsable des autres.

[Conclusion] La solidarité est une valeur considérée comme inestimable et universelle. En donnant ce dont l'autre a besoin, on se met à sa place et on gagne ainsi le droit, peut-être, de recevoir à notre tour quand cela sera nécessaire.

CONSEIL
Efforce-toi d'élargir la réflexion à la fin de ton devoir. Il est bon en effet de terminer la conclusion par une ouverture, une nouvelle question : ici, celle de la réciprocité.

16 Polynésie française • Septembre 2019

Paysage de guerre

3 heures
100 points

S'ENTRAÎNER

INTÉRÊT DU SUJET • Le texte et l'image présentent deux visions opposées de l'expérience vécue par les soldats lors des guerres coloniales : cauchemardesque dans l'extrait, idyllique sur l'affiche de propagande.

DOCUMENT A Texte littéraire

Vétéran de la guerre d'Indochine, Victorien Salagnon raconte à un jeune homme ses souvenirs de guerre.

L'Indochine ? C'est la planète Mars. Ou Neptune. Je ne sais pas. Un autre monde qui ne ressemble à rien d'ici : imagine une terre où la terre ferme n'existerait pas. Un monde mou, tout mélangé, tout sale. La boue du delta[1] est la matière la plus désagréable que je connaisse. C'est là où ils font pousser leur riz, et il pousse à une vitesse qui fait peur. Pas étonnant que l'on cuise la boue pour en faire des briques : c'est un exorcisme, un passage au feu pour qu'enfin ça tienne. Il faut des rituels radicaux, mille degrés au four pour survivre au désespoir qui vous prend devant une terre qui se dérobe toujours, à la vue comme au toucher, sous le pied comme sous la main. Il est impossible de saisir cette boue, elle englue, elle est molle, elle colle et elle pue.

La boue de la rizière colle aux jambes, aspire les pieds, elle se répand sur les mains, les bras, on en trouve jusque sur le front comme si on était tombé ; la boue vous rampe dessus quand on marche dedans. Et autour des insectes vrombissent, d'autres grésillent ; tous piquent. Le soleil pèse, on essaye de ne pas regarder mais il se réfléchit en paillettes blessantes qui bougent sur toutes les flaques d'eau, suivent le regard, éblouissent toujours même quand on baisse les yeux ; mais il faut marcher. Il ne faut rien perdre de l'équipement qui pèse sur nos épaules, des armes que l'on doit garder propres pour qu'elles fonctionnent encore, continuer de marcher sans glisser, sans tomber, et la boue monte jusqu'aux genoux. Et en plus d'être naturellement toxique, cette boue est piégée par ceux que l'on chasse. Parfois elle explose. Parfois elle se dérobe, on s'enfonce de vingt centimètres et des pointes de bambou empalent le pied. Parfois un coup de feu part d'un buisson au bord d'un village, ou de derrière une diguette[2], et un homme tombe. On se précipite vers le lieu d'où est parti le coup, on se précipite avec cette grosse boue qui colle, on n'avance pas, et quand on arrive, il ne reste rien, pas une trace. On reste con devant cet homme couché, sous un ciel trop grand pour nous. Il nous faudra maintenant le porter. Il semblait être tombé tout seul, d'un coup, et le claquement sec que nous avions entendu avant qu'il ne tombe devait être la rupture du fil qui le tenait debout.

Alexis Jenni, *L'Art français de la guerre*, 2011,

1. Delta : zone de marécage qui divise un fleuve en plusieurs bras.
2. Diguette : petite digue, construction destinée à contenir les eaux.

DOCUMENT B **J. L. Beuzon, *Engagez-vous, Rengagez-vous dans les troupes coloniales*. Affiche de 1931**

TRAVAIL SUR LE TEXTE LITTÉRAIRE ET SUR L'IMAGE

50 POINTS • 1 h 10

Les réponses doivent être entièrement rédigées.

Compréhension et compétences d'interprétation

▶ **1.** Relevez six termes permettant de comprendre que le récit se déroule en temps de guerre. (*3 points*)

▶ **2.** « L'Indochine ? C'est la planète Mars. Ou Neptune. Je ne sais pas. » (ligne 1)
Quelle image le narrateur donne-t-il ici de l'Indochine ? (*2 points*)

▶ **3. a)** La présence de l'ennemi est très peu évoquée dans ce passage. Pourquoi, selon vous ? (*2 points*)
b) Il y a cependant des indices de cette présence. Repérez-en au moins trois. (*3 points*)

▶ **4.** « le claquement sec que nous avions entendu avant qu'il ne tombe devait être la rupture du fil qui le tenait debout. » (l. 33-34)
a) De manière implicite, à quoi l'auteur compare-t-il le soldat mort en employant l'expression soulignée ? Justifiez votre réponse. (*2 points*)
b) Quelle réflexion sur le sort des soldats en temps de guerre cela vous inspire-t-il ? Développez votre réponse. (*3 points*)

▶ **5.** Comment la nature apparaît-elle dans le passage ?
Développez votre réponse. (*6 points*)

▶ **6.** « la boue vous rampe dessus quand on marche dedans. » (l. 15)
Comment se nomme la figure de style utilisée ici pour évoquer la boue ? Quel effet produit-elle sur vous ? Justifiez votre réponse. (*3 points*)

▶ **7.** L'affiche délivre-t-elle la même vision de la guerre coloniale que le texte ? Justifiez précisément votre réponse. (*6 points*)

Grammaire et compétences linguistiques

▶ **8.** « Il semblait être tombé tout seul, d'un coup, et le claquement sec que nous avions entendu avant qu'il ne tombe devait être la rupture du fil qui le tenait debout. » (lignes 32-34)
a) Relevez dans cette phrase une proposition subordonnée relative et une proposition subordonnée circonstancielle. (*2 points*)
b) Indiquez la fonction de la proposition subordonnée circonstancielle. (*2 points*)

S'ENTRAÎNER

▶ **9.** « Il nous faudra maintenant le porter » (l. 31-32)
a) À quelle classe grammaticale appartient le mot souligné ? (*2 points*)
b) Que remplace-t-il ? (*2 points*)

▶ **10.** Quel est le sujet grammatical du verbe « devait » (l. 34) ? (*2 points*)

▶ **11.** « La boue de la rizière colle aux jambes, aspire les pieds, elle se répand sur les mains, les bras, on en trouve jusque sur le front [...] » (l. 13-14). Mettez ce passage au passé composé. (*5 points*)

▶ **12.** « Et en plus d'être naturellement toxique, cette boue est piégée par ceux que l'on chasse. Parfois elle explose. » (l. 23-25).
Réécrivez ce passage en remplaçant « cette boue » par « ces eaux » et en procédant à toutes les modifications nécessaires. (*5 points*)

DICTÉE — 10 POINTS • 20 min

Le nom de l'auteur, le titre de l'œuvre, ainsi que « Martiens » sont écrits au tableau au début de la dictée.

Alexis Jenni
L'Art français de la guerre, 2011.

Les types là-bas ne nous disent rien. Ils sont plus petits que nous, ils sont souvent accroupis, et leur politesse déconseille de regarder en face. Alors nos regards ne se croisent pas. Quand ils parlent c'est avec une langue qui crie et que nous ne comprenons pas. J'ai l'impression de croiser des Martiens ; et de combattre certains d'entre eux que je ne distingue pas des autres. Mais parfois ils nous parlent : des paysans dans un village, ou des citadins qui sont allés tout autant à l'école que nous, ou des soldats engagés avec nous. Quand ils nous parlent en français cela nous soulage de tout ce que nous vivons et commettons chaque jour. [...] Nous regardons leurs femmes qui sont belles comme des voilages, comme des palmes, comme quelque chose de souple qui flotte au vent. Nous rêvons qu'il soit possible de vivre là.

RÉDACTION — 40 POINTS • 1 h 30

Vous traiterez au choix un des deux sujets de rédaction suivants. Votre travail fera au moins deux pages (soit une cinquantaine de lignes).

Sujet d'imagination

Vous aussi, vous vous êtes retrouvé(e) dans un lieu où vous avez ressenti un profond dépaysement, avec un sentiment de malaise. Racontez.

Sujet de réflexion

L'inconnu fait-il nécessairement peur ? Vous proposerez une réflexion organisée en vous appuyant sur vos lectures et vos connaissances personnelles.

LES CLÉS DU SUJET

Analyser les documents

LE TEXTE

Le genre
Extrait du roman *L'Art français de la guerre* d'Alexis Jenni, prix Goncourt 2011.

Le thème
Rencontre entre un jeune et un vétéran des guerres d'Indochine (1946-1954) et d'Algérie (1954-1962) qui lui livre ses souvenirs de soldat.

L'IMAGE

Le genre
Affiche de propagande (1931) du ministère de la Guerre.

Les caractéristiques clés
Son objectif est d'encourager les Français à s'engager dans l'armée coloniale en en présentant une image très valorisante.

Traiter le sujet d'imagination

Recherche d'idées

Choisis un lieu dans lequel tu t'es senti dépaysé. Il ne s'agit pas forcément d'un pays étranger : ce peut être un autre quartier, une nouvelle école…

Conseils de rédaction

• Prends le temps de décrire le lieu, de le faire exister. Tu peux aussi parler de la faune, des personnes qui y vivent, de leurs coutumes, de leurs habitudes.

• Décris les sentiments que tu as ressentis : dépaysement, malaise, angoisse, peur, mais aussi peut-être curiosité, excitation… Utilise pour les exprimer le lexique des sentiments.

Traiter le sujet de réflexion

Recherche d'idées

Piste 1 Commence par définir ce que peut être l'inconnu : un autre quartier, une nouvelle école, un pays que l'on ne connaît pas, des paysages où l'on perd ses repères : déserts, profondeurs sous-marines, autres planètes, immensité de l'espace...

Piste 2 Recherche des exemples tirés de tes lectures et/ou de tes connaissances, dans lesquels des hommes – explorateurs, marins, cosmonautes, aventuriers – ont eu à affronter l'inconnu : événements réels (l'expédition de Christophe Colomb, les premiers pas de l'homme sur la Lune...) ou fictifs (les aventures du jeune Jim Hawkins dans *L'Île au trésor* de Robert Stevenson).

Conseils de rédaction

Pense à faire un plan avec plusieurs parties. Par exemple :
- partie 1 : définition de l'inconnu ;
- partie 2 : l'inconnu provoque généralement un sentiment de peur ;
- partie 3 : l'inconnu crée de la curiosité et de l'excitation.

16 CORRIGÉ GUIDÉ

TRAVAIL SUR LE TEXTE LITTÉRAIRE ET SUR L'IMAGE

Les réponses doivent être entièrement rédigées.

Compréhension et compétences d'interprétation

▶ **1.** Les termes suivants permettent de comprendre que le récit se déroule en temps de guerre : « équipement », « armes », « coup de feu », « piégée », « chasse », « explose ».

▶ **2.** Le narrateur donne de l'Indochine l'image d'un pays étranger, angoissant, inhospitalier et hostile, comme pourrait l'être une autre planète.

▶ **3. a)** La présence de l'ennemi est très peu évoquée, car celui-ci se terre, se cache, crée des embuscades et attaque par surprise. Et puis, l'ennemi, c'est aussi cette terre inhospitalière dans laquelle s'engluent les soldats.

b) Il y a cependant des indices de cette présence : « C'est là où ils font pousser leur riz », « cette boue est piégée par ceux que l'on chasse », « des pointes de bambou empalent le pied », « un coup de feu part d'un buisson ».

▶ **4. a)** L'auteur compare le soldat à une sorte de pantin dont la vie ne tient qu'à un fil comme s'il était manipulé par un marionnettiste (les officiers, les chefs). Le claquement, celui de l'arme à feu, évoque la rupture d'un fil. Le soldat n'est ensuite plus qu'un corps désarticulé, inerte.

b) Les soldats, en temps de guerre, sont trop souvent considérés par les chefs comme de la chair à canon qu'on envoie à la mort. Ils sont condamnés à obéir aux ordres sans avoir voix au chapitre.

▶ **5.** La nature apparaît comme extrêmement inhospitalière, hostile, une ennemie tout autant que les soldats adverses.

▶ **6.** Il s'agit d'une personnification. La boue semble devenue vivante et attaquer les soldats. Cela crée un effet angoissant voire fantastique.

INFO+
Une personnification est une figure de style qui consiste à employer un vocabulaire normalement employé pour des êtres vivants pour parler d'une chose.

▶ **7.** L'affiche ne délivre pas du tout la même vision de la guerre coloniale que le texte : si le texte est très critique et présente la guerre d'Indochine comme un enfer pour les soldats, l'image est une affiche de propagande cherchant à recruter des hommes pour les troupes coloniales. Tout est fait pour en donner une vision idyllique : le soldat est présenté comme un héros admiré et respecté. Les couleurs sont éclatantes, du blanc immaculé de l'uniforme au bleu du fleuve et du ciel. On est bien loin de l'univers hostile dépeint dans le texte.

Grammaire et compétences linguistiques

▶ **8. a)** Proposition subordonnée relative : « que nous avions entendu ».
Proposition subordonnée circonstancielle : « avant qu'il ne tombe ».

b) Il s'agit d'une subordonnée circonstancielle de temps.

▶ **9. a)** Il s'agit d'un pronom personnel.

b) Il remplace le groupe nominal « cet homme couché ».

▶ **10.** Le sujet grammatical du verbe « devait » est le groupe nominal suivant : « le claquement sec que nous avions entendu avant qu'il ne tombe ».

▶ **11.** *Les modifications sont en couleur.*

La boue de la rizière a collé aux jambes, a aspiré les pieds, elle s'est répandue sur les mains, les bras, on en a trouvé jusque sur le front [...].

▶ **12.** *Les modifications sont en couleur.*

Et en plus d'être naturellement toxiques, ces eaux sont piégées par ceux que l'on chasse. Parfois elles explosent.

S'ENTRAÎNER

DICTÉE

POINT MÉTHODE

1 Attention à l'accord des participes passés :

- employé avec le verbe *être*, le participe passé s'accorde avec le sujet : *accroupis* (*ils*), *allés* (*qui* utilisés pour *des citadins*) ;
- employé comme adjectif, il s'accorde avec le nom qu'il qualifie : *engagés* (*des soldats*).

2 Attention à l'orthographe de *tout* :

- le premier *tout* est un adverbe (= *tout à fait autant*) : il est **invariable ;**
- le deuxième *tout* est un pronom (= *tout cela*). Il est au **singulier.**

Les types là-bas ne nous disent rien. Ils sont plus petits que nous, ils sont souvent accroupis, et leur politesse déconseille de regarder en face. Alors nos regards ne se croisent pas. Quand ils parlent c'est avec une langue qui crie et que nous ne comprenons pas. J'ai l'impression de croiser des Martiens ; et de combattre certains d'entre eux que je ne distingue pas des autres. Mais parfois ils nous parlent : des paysans dans un village, ou des citadins qui sont allés tout autant à l'école que nous, ou des soldats engagés avec nous. Quand ils nous parlent en français cela nous soulage de tout ce que nous vivons et commettons chaque jour. […] Nous regardons leurs femmes qui sont belles comme des voilages, comme des palmes, comme quelque chose de souple qui flotte au vent. Nous rêvons qu'il soit possible de vivre là.

RÉDACTION

Voici un exemple de rédaction sur chacun des deux sujets.

Attention les indications entre crochets ne doivent pas figurer sur ta copie.

Sujet d'imagination

[Introduction] Pour les vacances d'été, cette année-là, ma famille et moi avions loué une maison traditionnelle au cœur d'une petite ville du sud marocain.

[Découverte du lieu] À peine sortis de la voiture, nous avions été entourés d'enfants qui nous dévisageaient avec curiosité. Le quartier n'avait rien de touristique. Notre maison se trouvait dans la kasba. Pour y accéder, il avait fallu passer une porte voûtée ménagée dans la muraille de couleur ocre qui ceignait le cœur

CONSEIL
Tu peux inventer un lieu, mais veille à rester crédible : écarte tout récit de science-fiction.

de la ville. Plusieurs fois par jour, le chant du muezzin retentissait en provenance du minaret de la mosquée voisine.

[Impressions : dépaysement, malaise] Les premiers jours, le sentiment de dépaysement était intense. Les habitants du quartier nous regardaient avec suspicion et nous avions l'impression d'être des intrus. Nous sentions qu'il était difficile de communiquer avec nos voisins que nous croisions fort peu. Les femmes étaient pour la plupart voilées et nous étions mal à l'aise dans nos vêtements d'été. Pour aller à la piscine d'un palais voisin devenu un hôtel, nous devions longer les murailles de la ville : nous sentions alors les regards braqués sur nous, curieux, bienveillants ou hostiles, il était difficile de le savoir. Nous essayions de nous faire discrets.

Peu à peu, les habitants du quartier finirent par nous accepter. L'animosité fit place à des échanges amicaux. L'impression de malaise disparut : nous n'étions plus des intrus.

[Conclusion] Je garde de ces vacances le souvenir ému d'avoir su nous intégrer à cette vie locale si différente de la nôtre.

Sujet de réflexion

[Introduction] L'inconnu fait-il nécessairement peur ? Peut-on partir vers l'inconnu sans appréhension ?

> **CONSEIL**
> N'oublie pas de présenter la question en introduction.

[Définition de l'inconnu] Qu'est-ce que l'inconnu ? Ce que l'on ne connaît pas. Ce peut être le quartier voisin, une ville si l'on vit à la campagne, la campagne si l'on est un citadin, un autre pays où les coutumes et la langue sont différentes, un paysage qui semble inhospitalier, une rencontre : toute situation où l'on perd ses repères.

[La peur devant l'inconnu] Je pense que partir vers l'inconnu ne peut se faire sans appréhension, inquiétude, voire angoisse, car c'est se préparer à affronter une situation, des périls peut-être, que l'on ne connaît pas. Cette peur est nécessaire, car elle permet de rester vigilant, d'essayer de prévoir les dangers afin d'être prêt à les surmonter.

L'expédition de Christophe Colomb parti vers l'ouest à la recherche d'une nouvelle route maritime était très risquée, tant à cause des tempêtes, des risques de naufrage que parce qu'il n'existait aucune carte de cette partie du monde. Les membres de l'équipage n'étaient pas sûrs de revenir. Christophe Colomb ignorait d'ailleurs qu'il allait découvrir un « Nouveau Monde » inconnu des Européens, lui qui espérait atteindre les Indes.

L'espace, de même, a longtemps été source d'angoisse. Les récits de science-fiction ont exploité la peur de l'inconnu en mettant en scène des dangers, des périls venus d'autres planètes et qui viendraient menacer l'humanité, comme dans *La Guerre des mondes* de H. G. Wells. Si l'exploration spatiale et les connaissances scientifiques ont apaisé certaines de ces peurs, l'infinité de l'espace continue de nourrir les angoisses de l'homme.

[La curiosité et l'excitation devant l'inconnu] Cependant, s'il n'y avait que la peur, bien peu auraient pris le risque de partir explorer les mondes inconnus. C'est la curiosité, le désir de découverte, l'exaltation aussi face au danger, qui amènent l'homme à quitter son univers familier pour se faire aventurier. Tous les explorateurs, navigateurs ou encore astronautes ont dû ressentir cette poussée d'adrénaline, ce mélange de peur, de curiosité et d'euphorie au moment de se lancer dans l'inconnu pour ce qui pouvait être un voyage sans retour. Les premiers pas de l'homme sur la lune restent un des événements majeurs de l'histoire de l'humanité, tout comme la découverte de l'Amérique en 1492 par Christophe Colomb.

[Conclusion] Pour conclure, je dirais que l'inconnu provoque un sentiment ambigu : une certaine appréhension, peur, voire angoisse, face à des dangers réels ou imaginaires ; mais aussi une vive curiosité et le désir de vivre des aventures exaltantes.

CONSEIL
En conclusion, fais la synthèse de ton développement. L'inconnu provoque des sentiments ambivalents : peur, mais aussi curiosité et excitation.

17 France métropolitaine • Septembre 2018

Des paroles intenses

3 heures
100 points

INTÉRÊT DU SUJET • Les enfants présentés dans les documents connaissent la guerre et les pays dévastés. La joie et le rire côtoient toutefois les souvenirs de ces atrocités.

S'ENTRAÎNER

DOCUMENT A Texte littéraire

Orphelin mutilé par la guerre, le jeune Omar-Jo a fui son pays. Il a été accueilli à Paris par des cousins. Il a pour ami Maxime, le responsable d'un manège qui organise des spectacles.

Lorsqu'il sentait son public avec lui, applaudissant et riant de ses loufoqueries[1], Omar-Jo changeait brusquement de répertoire.

D'abord, il faisait taire la musique ; ses pitreries se fracassaient contre un mur invisible. Ensuite, il laissait un silence opaque planer au-dessus des spectateurs.

D'un seul geste, il arrachait alors les rubans ou les feuillages qui dissimulaient son moignon[2]. Puis, il présentait celui-ci au public, dans toute sa crudité.

Il ôtait son faux nez. En se frottant avec un pan de sa chemise, il se débarbouillait de son maquillage. Sa face apparaissait d'une pâleur extrême ; enfoncés dans leurs orbites, ses yeux étaient d'un noir infini.

Il s'était également dépouillé de ses déguisements qui s'entassaient à ses pieds. Il les piétina avant de grimper sur leurs dépouilles comme sur un monticule, d'où il se remit à parler.

Ce furent d'autres paroles.

Elles s'élevaient du tréfonds, extirpant Omar-Jo de l'ambiance qu'il avait lui-même créée.

Oubliant ses jongleries, il laissait monter cette voix du dedans. Cette voix âpre, cette voix nue qui, pour l'instant, recouvrait toutes ses autres voix.

L'enfant multiple n'était plus là pour divertir. Il était là aussi pour évoquer d'autres images. Toutes ces douloureuses images qui peuplent le monde.

Mené par sa voix, Omar-Jo évoque sa ville récemment quittée. Elle s'insinue dans ses muscles, s'infiltre dans les battements du cœur, freine le voyage du sang. Il la voit, il la touche, cette cité lointaine. Il la compare à celle-ci, où l'on peut, librement, aller, venir, respirer ! Celle-ci, déjà sienne, déjà tendrement aimée.

Ici, les arbres escortent les avenues, entourent les places. De robustes bâtiments font revivre les siècles disparus, d'autres préfigurent l'avenir. Une population diversifiée flâne ou se hâte. Malgré problèmes et soucis, ils vivent en paix. En paix !

Là-bas les îlots en ruine se multiplient, des arbres déracinés pourrissent au fond de crevasses, les murs sont criblés de balles, les voitures éclatent, les immeubles s'écroulent. D'un côté comme de l'autre de cette cité en miettes, on brade les humains !

Omar-Jo se déchaîne, ses paroles flambent. Omar-Jo ne joue plus. Il contemple le monde, et ce qu'il en sait déjà ! Ses appels s'amplifient, il ne parle pas seulement pour les siens. Tous les malheurs de la terre se ruent sur ce Manège.

Tout s'est immobilisé. Les chevaux ont terminé leur ronde. Le public écoute, pétrifié[3].

Maxime, perplexe, n'ose pas faire taire l'étrange enfant.

Après ces cris d'angoisse, il ne reste d'autre issue que de renouer avec la vie.

Omar-Jo ressort de sa poche son vieil harmonica et, retrouvant son souffle, il en tire, une fois de plus, des sons mélodiques et vivaces.

Andrée Chedid, *L'Enfant multiple*, 1989.

1. Loufoqueries : actes, propos extravagants, insensés.
2. Moignon : ce qui reste d'un membre qui a été amputé.
3. Pétrifié : au sens propre « transformé en pierre », au sens figuré « immobilisé ».

DOCUMENT B *Enfant jouant dans les ruines de Damas*, AFP, 2016

ph © Amer Almohibany/AFP

TRAVAIL SUR LE TEXTE LITTÉRAIRE ET SUR L'IMAGE — 50 POINTS • 1 h 10

Les réponses doivent être entièrement rédigées.

Grammaire et compétences linguistiques

▶ **1.** « Il s'était également dépouillé de ses déguisements qui s'entassaient à ses pieds. » (l. 13-14)

a) Réécrivez la phrase et soulignez son verbe principal.
À quel temps est-il conjugué ? *(2 points)*

b) Délimitez le groupe complément du verbe principal en le plaçant entre crochets. *(1 point)*

c) Pour vérifier la délimitation du groupe complément, réécrivez la phrase en remplaçant ce complément de verbe par un pronom. *(1 point)*

▶ **2.** Ligne 25 : « sa ville récemment quittée ».
Ligne 27 : « Il la voit, il la touche, cette cité lointaine. »

a) À quelle classe grammaticale précise appartient le déterminant « sa » ? *(1 point)*

b) À quelle classe grammaticale précise appartient le déterminant « cette » ? *(1 point)*

c) Pourquoi le narrateur change-t-il de déterminant pour désigner la même ville évoquée par Omar-Jo ? *(2 points)*

▶ **3.** Mettez le passage ci-dessous au passé composé.
Faites toutes les modifications nécessaires. *(10 points)*
« Elle s'insinue dans ses muscles, s'infiltre dans les battements du cœur, freine le voyage du sang. Il la voit, il la touche, cette cité lointaine. » (l. 26-27)

Compréhension et compétences d'interprétation

▶ **4.** Dans les lignes 1 à 15 :
a) Dans quel rôle Omar-Jo apparaît-il au début du texte ?
Justifiez votre réponse par quatre relevés précis. *(3 points)*
b) Quels éléments montrent qu'il abandonne progressivement ce rôle ? Vous vous appuierez sur le lexique et l'enchaînement des phrases. *(3 points)*

▶ **5.** Lignes 16 à 29 : comment le texte met-il en valeur la puissance de la parole d'Omar-Jo ?
Vous justifierez votre réponse en vous appuyant sur un relevé précis que vous interpréterez.
Deux éléments au moins sont attendus. *(4 points)*

▶ **6.** Lignes 25 à 37 : quelles oppositions Omar-Jo souligne-t-il dans l'évocation des deux villes ?
Identifiez ces oppositions en vous appuyant sur des relevés significatifs. *(6 points)*

▶ **7.** Face à la parole d'Omar-Jo, la réaction du public change. Montrez ce changement. Expliquez-le en vous appuyant sur le texte. *(4 points)*

▶ **8.** Ligne 22 : « L'enfant multiple » : à la lumière du texte et de vos réponses aux questions précédentes, expliquez cette expression qui donne son titre à l'œuvre. On attend un paragraphe construit, développé et argumenté (deux arguments au moins). *(6 points)*

▶ **9.** Le texte met en valeur la puissance de la parole sur le public. Selon vous, l'image proposée peut-elle aussi agir sur ceux qui la regardent ? Vous justifierez votre réponse. *(6 points)*

DICTÉE

10 POINTS • 20 min

Les noms « Maxime », « Manège », ainsi que le nom de l'auteur et le titre de l'œuvre sont écrits au tableau. Les informations suivantes sont données : dans le texte de la dictée, le grand-père d'Omar-Jo resté dans son pays répond à une lettre de Maxime, le responsable du manège.

Andrée Chedid
L'Enfant multiple
© Éditions Flammarion, 1989

Ami Maxime, pour mon petit-fils, merci !

Je viendrai voir votre Manège, un jour. En attendant, il tourne dans ma tête ; je le chéris et le décore de tous les fruits de mon jardin. Par moments, il s'élève comme une soucoupe volante, et plane ou tournoie juste au-dessus de ma maison.

Depuis quelque temps, nos journées sont tranquilles. Les transports publics sont rétablis, le courrier a repris. Je crois pouvoir, bientôt, t'expédier des abricots et des pêches. Tu t'en régaleras.

Notre existence, notre Manège à nous, s'enfonce encore dans les ruines ; mais à présent que les armes se sont tues, de village en village nous arrivons, peu à peu, à recomposer la chaîne, et à nous retrouver. Il faudra bien que ça tourne rond, un jour ! Que notre peuple tout entier remonte sur le même Manège qui s'ébranlera, progressera, sur une musique d'espoir.

RÉDACTION

40 POINTS • 1 h 30

Vous traiterez au choix l'un des sujets suivants.

Sujet d'imagination

L'un des parents a emmené ses enfants au spectacle d'Omar-Jo. À son retour à la maison, il raconte à un autre membre de la famille la scène à laquelle il a assisté, « pétrifié » (l. 43). Il décrit dans son récit les émotions qu'il a ressenties. Vous écrirez votre récit à la 1re personne.

Sujet de réflexion

« L'enfant multiple n'était plus là pour divertir. Il était là aussi pour évoquer d'autres images. Toutes ces douloureuses images qui peuplent le monde. » (l. 22-24) Peut-on faire aussi réfléchir en divertissant ?

Vous répondrez à cette question en développant plusieurs arguments. Vous prendrez appui sur des exemples d'œuvres lues et étudiées en classe ou sur des exemples tirés de votre culture personnelle.

LES CLÉS DU SUJET

Analyser les documents

LE TEXTE

Le genre
Ce roman met en scène un « enfant multiple », né d'un père musulman égyptien et d'une mère chrétienne libanaise.

Le thème
Les horreurs vécues au Liban, en fortifiant son âme, lui permettent d'apporter amour et joie aux personnes qu'il rencontre.

L'IMAGE

Le thème
La photo montre deux enfants courant avec des ballons à Damas, en Syrie, pays ravagé par la guerre depuis 2011.

Les caractéristiques clés
Les couleurs ternes de la ville en ruine font ressortir les couleurs vives et joyeuses des ballons agités par la fillette.

Traiter le sujet d'imagination

Recherche d'idées

Piste 1 Les sentiments évoluent pendant le spectacle : tu peux décrire d'abord l'amusement pendant le numéro de clown, puis la surprise quand le ton change et enfin l'émotion quand les souffrances sont évoquées.

Piste 2 Réfléchis également à la gamme des émotions ressenties : effroi quand Omar-Jo montre son bras coupé, plaisir à voir évoquer sa ville avec amour, horreur devant les souffrances décrites, compassion et empathie envers le jeune garçon.

Conseils de rédaction

• Tu dois écrire un récit à la première personne : le parent qui a assisté au spectacle rentre chez lui et raconte la scène ; donne quelques informations sur son interlocuteur : l'autre parent ou un enfant plus âgé qu'Omar-Jo, par exemple.

• Le proche peut prendre la parole, pour relancer le récit ou commenter ce qu'il vient d'entendre.

Traiter le sujet de réflexion

Recherche d'idées

Piste 1	Le sujet est une question à laquelle on peut aisément répondre par oui ou non. Privilégie une réponse nuancée.
Piste 2	Réfléchis aux exemples prouvant que l'on peut divertir et faire réfléchir en même temps : les comédies de Molière invitent les hommes à corriger leurs défauts ; la littérature de science-fiction à faire réfléchir aux conséquences que pourraient avoir les progrès scientifiques dans l'avenir.

Conseils de rédaction

• N'oublie pas de faire apparaître clairement les articulations de ton devoir, à l'aide de connecteurs d'addition (« tout d'abord », « ensuite », « enfin ») et d'opposition (« néanmoins », « à l'inverse »).

• Si tu le souhaites, tu peux, dans la conclusion, employer la première personne du singulier pour exprimer ton opinion personnelle.

S'ENTRAÎNER

17 CORRIGÉ GUIDÉ

TRAVAIL SUR LE TEXTE LITTÉRAIRE ET SUR L'IMAGE

Grammaire et compétences linguistiques

▶ **1. a)** et **b)** « Il s'était également dépouillé [de ses déguisements qui s'entassaient à ses pieds]. »

Le verbe pronominal « se dépouiller » est conjugué au plus-que-parfait.

c) « Il s'en était également dépouillé » ou « il s'était également dépouillé de ceux-là ».

▶ **2. a)** « Sa » est un déterminant possessif.

b) « Cette » est un déterminant démonstratif.

c) Dans la première phrase, on insiste sur l'appartenance du personnage à cette ville ; dans la seconde, la ville est offerte au regard du public, elle est désignée, comme montrée du doigt : « il la voit, il la touche ».

▶ **3.** *Les modifications sont en couleur.*

« Elle s'est insinuée dans ses muscles, s'est infiltrée dans les battements du cœur, a freiné le voyage du sang. Il l'a vue, il l'a touchée, cette cité lointaine. »

> **ATTENTION !**
> Pour les trois derniers verbes, accorde l'auxiliaire *avoir* avec le COD si nécessaire.

Compréhension et compétences d'interprétation

▶ **4. a)** Omar-Jo apparaît dans le rôle du clown, comme le prouvent les indications suivantes : « ses loufoqueries, ses pitreries, son faux nez, son maquillage ».

b) Il abandonne ce rôle de manière progressive. Des indications temporelles rythment ce changement : « d'abord, ensuite, puis, également ». Les éléments du costume de clown sont peu à peu abandonnés : « arrachait, ôtait, se débarbouillait, dépouillé ».

▶ **5.** La puissance de la parole d'Omar-Jo est mise en valeur à l'aide de plusieurs éléments :

– des verbes de mouvement, pour dire que cette voix prend de l'ampleur (« s'élevaient, laissait monter, recouvrait ») ;

– des compléments, pour qualifier cette voix intérieure et profonde (« du tréfonds, du dedans ») ;

– des adjectifs qui insistent sur le caractère authentique de cette voix (« âpre et nue »).

▶ **6.** Omar-Jo évoque de nombreuses oppositions entre les deux villes :

– les bâtiments sont « robustes » ici, ils « s'écroulent » là-bas ;

– les places et les avenues d'ici sont des « îlots en ruine » là-bas ;

– les arbres qui s'alignent le long des avenues ici sont « déracinés » et « pourrissent » là-bas ;

– les hommes enfin vivent « en paix » ici, alors qu'ils sont « bradés » là-bas, à cause des « balles » et des voitures qui « éclatent ».

▶ **7.** Le public qui riait et applaudissait au début du texte change de réaction quand Omar-Jo évoque les souffrances et les malheurs d'une partie du monde. Touchés par ses paroles, les spectateurs ne bougent plus (« tout s'est immobilisé »), sont silencieux et attentifs (« écoute »), comme changés en pierre (« pétrifié »).

▶ **8.** Le personnage d'Omar-Jo est appelé « enfant multiple », pour ses différentes facettes : il sait divertir comme un clown, mais passe ensuite à un registre plus grave devant le même public ; il porte également en lui l'amour de la ville qu'il a dû quitter, et l'amour de la ville qui l'a accueilli ; il a connu des horreurs (son bras amputé en témoigne), mais est capable de s'amuser.

▶ **9.** L'image proposée montre deux enfants jouant dans une ville en ruine, ravagée par la guerre : Damas, en Syrie. À la tristesse du décor de cette ville détruite, s'opposent la joie, la couleur, la vivacité des enfants qui courent avec des ballons. L'image peut ainsi agir sur ceux qui la regardent : elle montre l'horreur d'une enfance frappée par la guerre, mais aussi l'envie de vivre des enfants touchés et la possibilité pour eux d'être heureux.

CONSEIL
Pour une question sur une image, n'hésite pas à t'appuyer sur tes premières impressions, comme ici le choc dû au contraste très fort entre l'environnement et les enfants.

DICTÉE

POINT MÉTHODE

1 Plusieurs verbes sont conjugués au futur : souviens-toi que la terminaison de la 1re personne du singulier est *-ai*, à ne pas confondre avec *-ais*, terminaison du conditionnel présent. Change de personne pour les différencier :

- *Je viendrai → nous viendrons (futur).*
- *Je viendrais → nous viendrions (conditionnel présent).*

2 Lorsque le participe passé est employé avec l'auxiliaire *être*, veille à l'accorder avec le sujet. C'est aussi le cas pour les verbes pronominaux (sauf ceux qui sont construits avec un COD).

Ami Maxime, pour mon petit-fils, merci !

Je viendrai voir votre Manège, un jour. En attendant, il tourne dans ma tête ; je le chéris et le décore de tous les fruits de mon jardin. Par moments, il s'élève comme une soucoupe volante, et plane ou tournoie juste au-dessus de ma maison.

Depuis quelque temps, nos journées sont tranquilles. Les transports publics sont rétablis, le courrier a repris. Je crois pouvoir, bientôt, t'expédier des abricots et des pêches. Tu t'en régaleras.

Notre existence, notre Manège à nous, s'enfonce encore dans les ruines ; mais à présent que les armes se sont tues, de village en village nous arrivons, peu à peu, à recomposer la chaîne, et à nous retrouver. Il faudra bien que ça tourne rond, un jour ! Que notre peuple tout entier remonte sur le même Manège qui s'ébranlera, progressera, sur une musique d'espoir.

RÉDACTION

Voici un exemple de rédaction sur chacun des deux sujets.
Attention les indications entre crochets ne doivent pas figurer sur ta copie.

Sujet d'imagination

[Entrée en matière] « Alors ce spectacle ? Vous rentrez bien tard. »

François nous attendait depuis une demi-heure déjà. Le dîner était prêt, et l'odeur alléchante.

« Chéri, c'était... »

Intrigué par mon silence, François leva la tête et comprit qu'il s'était passé quelque chose.

> **CONSEIL**
> L'expression des émotions ne passe pas seulement par le vocabulaire : pense à varier les types de phrases et la ponctuation.

« Tu as l'air... troublée... Et les enfants aussi ! Tout va bien ?

– Oui, nous allons bien, mais vraiment nous avons assisté à un spectacle étrange, qui nous a laissés sans voix, comme pétrifiés ! C'était stupéfiant !

– À la fête foraine ? Allons, encore un de ces tours de passe-passe ; et vous vous êtes laissé prendre comme des...

[Récit du spectacle] – Non, ce n'est pas ça, l'interrompis-je. Il y avait cet enfant, grimé en clown, qui était absurde et drôle au début. Et puis la musique s'est arrêtée, il a enlevé son déguisement et... il avait le bras coupé : il n'avait qu'un moignon, qu'il nous a montré, comme ça. J'ai regardé notre fils, et j'ai eu envie de le serrer fort contre moi. Tout le monde s'est tu. Et c'est là qu'il a commencé à parler. De Paris, de cette ville où il vient d'arriver, de ses quartiers, de ses habitants, qu'il aime comme on devrait tous l'aimer. Puis il a évoqué une autre ville, abîmée, détruite, en guerre où des gens continuent à mourir. Ce n'était pas un numéro, c'était... sincère comme seule une parole d'enfant peut l'être. Il ne voulait pas nous faire honte, il voulait juste nous parler vraiment, de souffrance, mais de joie aussi, de ces deux extrêmes qui se côtoient en lui, mais aussi en nous : nous étions cet enfant au moment où il nous parlait. J'ai rarement été aussi bouleversée. Et quand il s'est tu, personne n'a bougé, personne n'a parlé, personne n'osait. Émus aux larmes, nous le regardions comme notre frère, notre enfant, notre double. Il a alors sorti de sa poche un harmonica et a joué cet air, triste et vivant à la fois. C'était si spécial...

– Comme tu en parles ! Ce doit être un enfant exceptionnel... »

Sujet de réflexion

[Introduction] Beaucoup de spectacles, de films ou de livres attirent un large public, car ils sont divertissants. Mais est-il possible de faire réfléchir le lecteur ou le spectateur, tout en le divertissant ? Nous verrons d'abord que beaucoup d'œuvres ne visent qu'un seul objectif : amuser leur public. Mais nous nous arrêterons ensuite sur celles qui réussissent un pari difficile : faire réfléchir tout en divertissant.

CONSEIL
Pense à varier les domaines où tu tires tes exemples : vie quotidienne, culture personnelle, lectures scolaires (auteurs classiques comme Molière ou La Fontaine).

[Une seule ambition : amuser] De nombreux spectacles cherchent avant tout à être divertissants. Ils répondent en cela aux envies des spectateurs. Après une journée de travail fatigante, beaucoup allument la télévision pour trouver des programmes qui les amusent, sans prétention intellectuelle. C'est sans doute le même objectif qui pousse d'autres personnes à lire quelques pages d'un roman policier ou d'un roman d'amour avant de se coucher. Le divertissement n'a alors pas d'autre but que le délassement.

[Une ambition plus noble : amuser et faire réfléchir] Toutefois, certains spectacles présentés comme amusants sont porteurs d'un enseignement moral et veulent faire réfléchir le public. C'est ainsi que Molière concevait ses comédies, ou La Fontaine ses fables : « La morale apporte l'ennui, le conte fait passer le précepte avec lui. » L'apparence amusante permet aux messages de frapper plus aisément le lecteur.

[Conclusion] Certaines œuvres ne sont faites que pour amuser ; d'autres réussissent à élargir la réflexion du public, tout en restant plaisantes. Le divertissement est d'autant plus réussi qu'il pousse à s'interroger, sur ses actes comme sur ses jugements.

18 Asie • Juin 2018

Au-delà de la guerre

3 heures
100 points

INTÉRÊT DU SUJET • Les guerres et les conflits illustrés par les documents sont caractérisés par la douleur, la mort et l'atrocité. Mais de ces scènes d'horreur peuvent jaillir des comportements généreux et héroïques.

DOCUMENT A Texte littéraire

L'action se situe dans les tranchées pendant la Première Guerre mondiale. Après un assaut particulièrement meurtrier, un régiment d'Africains arrive en renfort et porte secours aux blessés. M'Bossolo, l'un des soldats de ce régiment, prend la parole tandis qu'il porte un blessé sur son dos.

M'Bossolo

Je te porterai jusqu'au bout. Tu n'as pas de crainte à avoir. Mon corps a mis du temps à s'habituer à ton poids mais il n'y a plus de fatigue maintenant. Tu es avec moi. Je t'emmène à l'abri. Au-delà des tranchées et du champ de bataille. Il n'y a pas de pays qui soit trop vaste pour moi. Il n'y a pas de fleuve que je ne puisse enjamber ni d'océan où je n'aie pied. Je te porterai jusqu'à chez moi. Bien au-delà de la guerre. Je ne te poserai que lorsque nous aurons atteint la terre de mes ancêtres. Tu connaîtras alors des paysages que tu ne peux imaginer. Je connais des lieux sûrs où aucun ennemi ne pourra t'atteindre. La guerre, une fois là-bas, te semblera une douce rumeur. Je te confierai aux montagnes qui m'ont vu naître. Tu seras bercé par le cri des singes hurleurs de mon enfance. Tu n'as pas de crainte à avoir. Aucun poids ne peut plus entamer mes forces. Nous y serons bientôt. Et lorsque je t'aurai confié à mon vieux continent, lorsque je me serai assuré que tu es sain et sauf, je reviendrai sur mes pas et je finirai ce qui doit être achevé. Le combat m'attend. Il nous reste encore à vaincre. T'avoir mis en lieu sûr me rendra indestructible. Je retrouverai sans trembler la pluie des tranchées et l'horreur des mêlées. Je me fraierai un passage parmi nos ennemis. Plus rien, alors, ne pourra me stopper dans ma charge. Je ne dormirai plus. Je ne mangerai plus. Je ne m'arrêterai que lorsque la guerre sera gagnée. Je dévorerai la terre du front. Faisant reculer l'ennemi. Semant la panique dans ses rangs. Je serai un ogre. Je broierai le métal des batteries, les fils barbelés et les morceaux d'obus qui éclateront à mes pieds. Je serai un ogre et rien ne pourra rassasier ma faim. Lorsque je t'aurai mis en lieu sûr, là-bas, dans ces terres brûlées de soleil, je reviendrai ici en courant. Prenant un élan de plusieurs continents. Je plongerai dans la tourmente, embrassant la boue des tranchées, laissant glisser sur mon visage la pluie et siffler le vent dans mes oreilles, et je planterai mes dents dans l'ennemi. Je reviendrai. Et j'achèverai la guerre d'un coup de poing plongé au plus profond de la terre.

Laurent Gaudé, *Cris*, 2001.

S'ENTRAÎNER

DOCUMENT B **Pompeo Girolamo Batoni, *Énée fuyant Troie, avec Anchise, Ascagne et Créuse*, 1750**

Énée porte son père Anchise ; il est suivi de son fils Ascagne et de sa femme Créuse.

ph © Aisa/Leemage

Turin, Galleria Sabauda.

TRAVAIL SUR LE TEXTE LITTÉRAIRE ET SUR L'IMAGE 50 POINTS • 1 h 10

Les réponses doivent être entièrement rédigées.

Grammaire et compétences linguistiques

▶ **1. a)** Quels sont les deux temps les plus utilisés dans le texte ? Pour chacun de ces temps, relevez deux exemples. *(4 points)*
b) Quel est le temps dominant ? Pourquoi ? *(2 points)*

▶ **2.** « Je retrouverai sans trembler la pluie des tranchées et l'horreur des mêlées. Je me fraierai un passage parmi nos ennemis. Plus rien, alors, ne pourra me stopper dans ma charge. Je ne dormirai plus » (l. 19-21). Réécrivez ces phrases en remplaçant la 1re personne du singulier (« je ») par la 3e personne du singulier (« il »). Vous ferez toutes les modifications nécessaires. *(10 points)*

▶ **3.** Comment est formé l'adjectif « indestructible » (l. 18) ? Quel est son sens ? *(2 points)*

▶ **4.** « La guerre, une fois là-bas, te semblera une douce rumeur » (l. 11) : identifiez la fonction du groupe « une douce rumeur ». *(2 points)*

Compréhension et compétences d'interprétation

▶ **5.** À qui M'Bossolo s'adresse-t-il dans ce passage ? Pourquoi tutoie-t-il ce personnage ? *(4 points)*

▶ **6.** « Au-delà des tranchées et du champ de bataille » (l. 4-5) ; « Bien au-delà de la guerre » (l. 7-8).
a) Dans quel lieu M'Bossolo souhaite-t-il emmener le blessé ? Relevez quatre indices. *(5 points)*
b) Examinez la construction de ces deux phrases : que remarquez-vous ? Quel est l'effet produit ? *(4 points)*

▶ **7.** « Je serai un ogre. […] Je serai un ogre et rien ne pourra rassasier ma faim » (l. 24-26). Quelle figure de style relevez-vous ? Comment met-elle en valeur la métamorphose du personnage ? *(5 points)*

▶ **8.** Quelles sont les différentes caractéristiques du héros dans ce texte ? Citez-en au moins trois et justifiez chacune de vos réponses par des relevés précis. *(6 points)*

▶ **9.** Comparez le texte et l'image : quels points communs trouvez-vous entre M'Bossolo et le personnage d'Énée portant son père Anchise sur ses épaules ? *(6 points)*

DICTÉE

10 POINTS • 20 min

Le titre de l'œuvre et le nom de l'auteur sont inscrits au tableau.

Laurent Gaudé
Cris
© Éditions Actes Sud, 2001

Mes yeux clignent. Et la nuit profonde est coupée d'éclairs. Je retrouve la tourmente du front, le temps de quelques secondes. Puis je la reperds. Je vois des hommes, que je ne peux compter, je les vois s'agiter autour de moi, ils parlent parfois, mais je ne comprends pas ce qu'ils disent. Je vois des hommes et ce sont les hommes de la nuit. Ils m'ont agrippé et me traînent, je vois leur peau brûlée tout entière, leur peau lisse et noire, plus sombre que la boue. Et je me demande ce qu'ils attendent de moi. Ce sont peut-être les ombres chargées de porter mon corps jusqu'au cœur de la terre.

RÉDACTION

40 POINTS • 1 h 30

Vous traiterez au choix l'un des sujets suivants.

Sujet d'imagination

Racontez l'arrivée dans les tranchées du régiment d'Africains dont fait partie M'Bossolo.
Vous évoquerez les différentes réactions de ces hommes face à un pays inconnu et à la violence de la guerre.
Votre rédaction mêlera récit, description et dialogues.

Sujet de réflexion

M'Bossolo porte secours à un soldat qu'il ne connaît pas. Selon vous, la solidarité est-elle suffisamment présente dans notre société ?
Vous répondrez à cette question en vous appuyant sur votre expérience, sur les textes étudiés en classe ainsi que sur votre culture personnelle.

LES CLÉS DU SUJET

Analyser les documents

LE TEXTE

Le genre
Cris est un roman présentant les monologues intérieurs de différents personnages pendant la Première Guerre mondiale.

Le thème
Touchés par l'horreur, les soldats font pourtant preuve de courage et de solidarité désintéressée.

L'IMAGE

Le genre
Le tableau représente une scène mythologique : le prince troyen Énée et sa famille fuient la ville incendiée par les Grecs.

Le thème
Énée porte son père âgé sur ses épaules. Son dévouement sera récompensé : il fondera la cité qui deviendra Rome.

Traiter le sujet d'imagination

Recherche d'idées

Piste 1 Rassemble tes connaissances sur la vie dans les tranchées : la boue, le froid, les rats et le feu ininterrompu forment le quotidien des soldats englués dans un conflit sans issue.

Piste 2 Imagine le dialogue entre un soldat français et un soldat africain qui arrive : quelle question posera-t-il ? Sera-t-il prêt à risquer sa vie pour des gens dont il ignore tout ?

Conseils de rédaction

• Pour donner une connotation négative à ta description des tranchées, dresse une liste d'expressions à utiliser : « froid mordant », « lumière triste », « bruit incessant », « regards perdus », « vermine »...

• Pour évoquer le ressenti des soldats africains découvrant l'horreur des tranchées, utilise un vocabulaire expressif, qui peut aller en s'intensifiant au fur et à mesure du texte : « stupéfait », « scandalisé », « abasourdi », « effrayé », « terrifié », « alarmé », « épouvanté »...

Traiter le sujet de réflexion

Recherche d'idées

Piste 1 Reformule le sujet pour être sûr de l'avoir compris. La solidarité a pour synonymes l'« entraide », la « fraternité », le « partage », l'« altruisme ».

Piste 2 Cherche des exemples de solidarité dans notre société : le don d'argent à des associations caritatives, les activités bénévoles, le partage au sein d'un groupe d'amis, l'aide en cas de besoin.

Conseils de rédaction

• Tu peux imaginer un devoir en deux parties pour répondre à la question posée. Évoque, dans un premier temps, les nombreux exemples de solidarité ; dans un second temps, les limites que ces formes prennent dans notre société.

• Alterne les exemples tirés de la vie quotidienne (le temps que consacre ta voisine à une association d'aide aux sans-abri), et de tes lectures (les comportements très héroïques de certains personnages).

18 CORRIGÉ GUIDÉ

TRAVAIL SUR LE TEXTE LITTÉRAIRE ET SUR L'IMAGE

Grammaire et compétences linguistiques

▶ **1. a)** Les deux temps les plus employés sont le présent et le futur simple de l'indicatif, dont les exemples sont nombreux. Pour le présent : « Je t'emmène » (l. 4) et « ne peut plus » (l. 14) ; pour le futur : « je te porterai » (l. 2) et « tu connaîtras » (l. 9).

b) Le futur est le temps majoritairement employé : le narrateur explique au blessé qu'il porte où il va l'emmener ensuite. En parlant au futur, il promet au blessé que celui-ci aura un avenir.

▶ **2.** *Les modifications sont en couleur.*

« Il retrouvera sans trembler la pluie des tranchées et l'horreur des mêlées. Il se fraiera un passage parmi leurs ennemis. Plus rien, alors, ne pourra le stopper dans sa charge. Il ne dormira plus. »

▶ **3.** L'adjectif « indestructible » est formé par dérivation : au radical *destruct-* sont ajoutés un préfixe privatif (qui signifie le contraire) *in-*, et le suffixe *-ible* qui sert à former l'adjectif. Il signifie ici « invincible » : s'il réussit à mettre en lieu sûr le blessé, alors plus rien ne pourra atteindre ni abattre le narrateur.

▶ **4.** Le groupe nominal « une douce rumeur » est attribut du sujet « la guerre ».

ATTENTION !
Le groupe nominal n'est pas un COD du verbe, car il est relié au sujet par un verbe d'état, « sembler ».

Compréhension et compétences d'interprétation

▶ **5.** M'Bossolo s'adresse au soldat blessé qu'il est allé récupérer sur le champ de bataille et qu'il transporte sur son dos pour le mettre à l'abri. Il ne connaît pas ce soldat, mais pourtant le tutoie : frères d'armes dans les tranchées, les soldats sont dans le même camp, celui des survivants.

▶ **6. a)** M'Bossolo souhaite emmener le blessé dans un lieu sûr, loin des combats, ce qui pour lui équivaut à son pays natal, en Afrique. On trouve de nombreuses mentions de cette idée : « la terre de mes ancêtres, des lieux sûrs où aucun ennemi ne pourra t'atteindre, mon vieux continent, ces terres brûlées de soleil ».

b) Il s'agit de deux phrases nominales : elles ne contiennent pas de verbe conjugué. Elles possèdent alors la force d'une sentence.

▶ **7.** L'expression est une métaphore qui assimile le narrateur à un ogre. La deuxième phrase développe cette image avec l'idée de faim insatiable. La force gigantesque qui anime le personnage est ainsi mise en valeur : sa faim de victoire est immense.

REMARQUE
On parle de « métaphore filée » quand cette figure se poursuit sur plusieurs termes. C'est le cas ici avec « je dévorerai la terre » et « je planterai mes dents dans l'ennemi ».

▶ **8.** Le héros se montre particulièrement fraternel et rassurant avec le blessé : il le tutoie et le considère comme un frère, ainsi que le montrent les expressions « je te porterai jusqu'au bout », « tu n'as pas de crainte à avoir ».

Il se révèle également robuste et infatigable : « il n'y a plus de fatigue », « il n'y a pas de pays qui soit trop vaste pour moi ».

Il montre enfin un grand courage et une volonté de vaincre dans le combat qu'il reviendra mener : « sans trembler », « faisant reculer l'ennemi ».

▶ **9.** Dans les deux documents, un personnage dans la force de l'âge prend en charge un être plus faible, le porte sur son dos pour lui permettre d'échapper à une situation dangereuse : un assaut meurtrier lors de la Première Guerre mondiale, pour le texte ; le sac et l'incendie de la ville de Troie par les

Grecs, pour le tableau de Batoni. Le personnage porté semble s'abandonner totalement à son sauveur : le blessé ne s'exprime pas, le vieillard se repose avec confiance sur l'épaule de son fils. Dans les deux documents, le personnage principal possède des qualités héroïques : force, courage, dévouement.

DICTÉE

POINT MÉTHODE

1 Sois attentif aux emplois du participe passé : employé seul, il s'accorde avec le nom ; employé avec *être*, il s'accorde avec le sujet ; employé avec *avoir*, il ne s'accorde jamais avec le sujet, mais avec le COD si celui-ci est placé avant le verbe.

2 Ne confonds pas le pronom démonstratif *ce* avec le pronom réfléchi *se*, toujours employé dans une tournure pronominale (*se coiffer*, *s'appeler*, *se blottir*, etc.).

3 N'oublie pas que la plupart des verbes en *-dre*, comme *perdre* et *comprendre*, se terminent par *-ds* à la 1re personne du singulier du présent de l'indicatif.

Mes yeux clignent. Et la nuit profonde est coupée d'éclairs. Je retrouve la tourmente du front, le temps de quelques secondes. Puis je la reperds. Je vois des hommes, que je ne peux compter, je les vois s'agiter autour de moi, ils parlent parfois, mais je ne comprends pas ce qu'ils disent. Je vois des hommes et ce sont des hommes de la nuit. Ils m'ont agrippé et me traînent, je vois leur peau brûlée tout entière, leur peau lisse et noire, plus sombre que la boue. Et je me demande ce qu'ils attendent de moi. Ce sont peut-être les ombres chargées de porter mon corps jusqu'au cœur de la terre.

RÉDACTION

Voici un exemple de rédaction sur chacun des deux sujets.
Attention les indications entre crochets ne doivent pas figurer sur ta copie.

Sujet d'imagination

[L'arrivée] Nous sommes arrivés ce matin en première ligne, gelés et mouillés, après quatre heures de marche dans la nuit froide et humide de ce petit coin du nord de la France. Nous avons compris qu'on approchait quand ce vague bruit de tonnerre qu'on entendait au loin est devenu plus précis. Tirs, sifflements, explosions, cris de bête : ce n'était pas le tonnerre.

[Les réactions] C'étaient les obus. Alors on a connu l'horreur. Les cris, c'étaient ceux des hommes, qui mouraient à quelques mètres de nous. Le pire, c'est que personne ne s'en préoccupait : tout le monde continuait à courir, à tirer, à se protéger, à fumer même. Épuisé sous le poids de mon équipement, j'ai senti tout mon courage me quitter et céder la place à une peur panique. Pourquoi étais-je dans cet enfer ? Je voulais rentrer chez moi, où ces horreurs n'existent pas. Autour de moi, sur le visage de mes compagnons, j'ai lu la même épouvante.

[Le dialogue] Un petit homme tout noir de boue nous a regardés venir vers lui sans sourire. Il nous a expliqué ce qu'il fallait faire :

« L'affrontement a été terrible ce matin. Les Boches n'ont pas cessé une seconde de nous mitrailler. Il y a plein de camarades qui sont tombés, mais tous ne sont pas morts. Allez les chercher et ramenez-les !

> **CONSEIL**
> Veille à la présentation du dialogue : guillemets au début et à la fin, tirets pour signaler un changement d'interlocuteur.

– Mais mon lieutenant, comment fait-on pour les ramener ? Comment fait-on pour les porter et tirer en même temps ?

– Tu ne tires pas, tu laisses même ton fusil ici, comme ça tu as les deux mains libres pour les ramener. D'ici, on vous couvrira pour empêcher les Allemands de vous abattre comme des lapins. ».

Il a jeté un œil sur nos visages terrifiés, et ce qu'il y a lu n'a pas dû lui plaire.

« Vous avez peur ! Et vous croyez que ceux qui vous attendent n'ont pas peur peut-être ? Alors faites vos prières si vous voulez, mais allez-y ! Plus vite ! » Et plus doucement, il ajouta : « Ils n'ont que vous… »

Sujet de réflexion

[Introduction] La solidarité désigne l'aide que les gens peuvent s'apporter mutuellement. Les relations entre les individus sont alors renforcées par ces comportements. Cette valeur est-elle suffisamment présente dans notre société, souvent présentée comme individualiste, c'est-à-dire centrée sur l'individu et non sur le groupe ? Nous verrons que la solidarité est présente dans notre société, mais peut-être pas encore suffisamment.

[La solidarité est présente dans notre société…] La solidarité est une valeur que tout le monde apprécie dans notre société. Au sein d'un groupe d'amis, celui qui n'est pas solidaire des autres, qui refuse de partager ses succès ou de prendre en compte les malheurs d'autrui, est vite rejeté. L'acceptation de l'autre et le partage de ce qui lui arrive, bon ou mauvais, est considéré comme essentiel. De la même manière, nombreux sont ceux qui font des dons aux associations. Investir pour la recherche, pour la défense des opprimés et l'aide aux plus démunis est un acte ancré dans les habitudes pour beaucoup.

[… mais elle est limitée] Toutefois, la solidarité telle qu'elle est pratiquée dans notre société est limitée. En effet, il est rare que nous coopérions avec quelqu'un dans le besoin quand cela risque de nous mettre en danger. Si tout le monde s'accorde à dire qu'il est inhumain de laisser des personnes dormir dehors quand les températures sont négatives, rares sommes-nous à leur ouvrir notre foyer. De même, l'admiration pour les héros de la littérature procède du même constat : ils font ce que nous sommes incapables d'effectuer, se mettre en danger pour autrui. Ainsi le personnage de M'Bossolo dans le texte de Gaudé risque sa vie pour mettre le blessé à l'abri, alors même qu'il ne le connaît pas.

[Conclusion] Si les formes de solidarité sont bien présentes dans notre société, elles sont néanmoins limitées : la fraternité disparaît bien souvent quand elle implique un péril. C'est pourquoi nous louons ces héros du quotidien qui sont capables de risquer leur vie pour les autres, redonnant tout son sens à l'adjectif « solidaire ».

19 France métropolitaine • Juin 2021

Un sinistre lieu de vie

3 heures
100 points

INTÉRÊT DU SUJET • L'extrait introduit le lecteur dans le manoir du personnage principal qui s'apparente aux lieux hantés de la littérature fantastique.

DOCUMENT A Texte littéraire

Le Baron de Sigognac vient de dîner en compagnie de son domestique Pierre, de son chat Béelzébuth et de son chien Miraut.

Pendant ce temps la nuit s'était faite, et de grandes ombres s'entassaient dans les recoins de la cuisine, comme des chauves-souris qui s'accrochent aux angles des murailles par les doigts de leurs ailes membraneuses. Un reste de feu, qu'avivait la rafale engouffrée dans la cheminée, colorait de reflets bizarres le groupe réuni autour de la table avec une sorte d'intimité triste qui faisait ressortir encore la mélancolique solitude du château. D'une famille jadis puissante et riche il ne restait qu'un rejeton[1] isolé, errant comme une ombre dans ce manoir peuplé par ses aïeux ; d'une livrée[2] nombreuse il n'existait plus qu'un seul domestique, serviteur par dévouement, qui ne pouvait être remplacé ; d'une meute de trente chiens courants il ne survivait qu'un chien unique, presque aveugle et tout gris de vieillesse, et un chat noir servait d'âme au logis désert.

Le Baron fit signe à Pierre qu'il voulait se retirer. Pierre, se baissant au foyer, alluma un éclat de bois de pin enduit de résine, sorte de chandelle économique qu'emploient les pauvres paysans, et se mit à précéder le jeune seigneur ; Miraut et Béelzébuth[3] se joignirent au cortège : la lueur fumeuse de la torche faisait vaciller sur les murailles de l'escalier les fresques[4] pâlies et donnait une apparence de vie aux portraits enfumés de la salle à manger dont les yeux noirs et fixes semblaient lancer un regard de pitié douloureuse sur leur descendant.

Arrivé à la chambre à coucher fantastique […], le vieux serviteur alluma une petite lampe de cuivre à un bec dont la mèche se repliait dans l'huile comme un ténia dans l'esprit-de-vin à la montre d'un apothicaire[5], et se retira suivi de Miraut. Béelzébuth, qui jouissait de ses grandes entrées, s'installa sur un des fauteuils. Le Baron s'affaissa sur l'autre, accablé par la solitude, le désœuvrement et l'ennui.

Si la chambre avait l'air d'une chambre à revenants pendant le jour, c'était encore bien pis le soir à la clarté douteuse de la lampe. La tapisserie prenait des tons livides, et le chasseur[6], sur un fond de verdure sombre, devenait, ainsi éclairé, un être presque réel. Il ressemblait, avec son arquebuse en joue, à un assassin guettant sa victime, et ses lèvres rouges ressortaient plus étrangement encore sur son visage pâle. On eût dit une bouche de vampire empourprée de sang.

La lampe saisie par l'atmosphère humide grésillait et jetait des lueurs intermittentes, le vent poussait des soupirs d'orgue à travers les couloirs, et des bruits effrayants et singuliers se faisaient entendre dans les chambres désertes.

Théophile Gautier, *Le Capitaine Fracasse*, 1863.

---

1. Un rejeton : un fils, un héritier.
2. Une livrée : un ensemble de domestiques.
3. Béelzébuth : un des noms du diable.
4. Fresques : peintures murales.
5. Comme un ténia dans l'esprit-de-vin à la montre d'un apothicaire : comme un ver conservé dans l'alcool dans un bocal de pharmacie.
6. Celui qui figure sur la tapisserie, déjà décrite un peu avant dans le roman.

DOCUMENT B **Photogramme du film *La Belle et la Bête* réalisé par Jean Cocteau, 1946**

TRAVAIL SUR LE TEXTE LITTÉRAIRE ET SUR L'IMAGE

50 POINTS • 1 h 10

Les réponses doivent être entièrement rédigées.

Compréhension et compétences d'interprétation

▶ **1.** Dans quels lieux précis et à quel moment de la journée se déroule la scène racontée ? Justifiez votre réponse en vous appuyant sur le texte. (*4 points*)

▶ **2. a)** Expliquez l'expression « la mélancolique solitude du château » aux lignes 6 et 7. (*2 points*)
b) Justifiez votre explication en vous appuyant sur la construction et le lexique de la phrase qui suit (l. 7 à 13). Trois éléments précis de réponse sont attendus. (*3 points*)

▶ **3.** Dans le quatrième paragraphe (l. 28 à 34), quel phénomène se produit le soir ? Comment se déclenche-t-il ? Pour répondre, appuyez-vous sur deux procédés d'écriture que vous analyserez. (*6 points*)

▶ **4.** L'auteur qualifie la chambre à coucher de « fantastique » à la l. 22. Quels éléments contribuent à installer cette atmosphère à partir de la l. 18 du texte ? On attend un développement qui prend appui notamment sur le lexique (en particulier sur les adjectifs et les adverbes) et les comparaisons. (*6 points*)

▶ **5.** Quels sentiments ce récit éveille-t-il chez le lecteur ? Vous justifierez votre réponse en vous appuyant sur au moins trois éléments précis du texte. (*5 points*)

▶ **6.** Quels liens pouvez-vous établir entre le photogramme proposé et le texte ? Appuyez-vous notamment sur les effets de lumière dans ce photogramme et dans le texte. Des éléments descriptifs de l'image et des citations précises du texte sont attendus. (*6 points*)

Grammaire et compétences linguistiques

▶ **7.** « et le chasseur, sur un fond de verdure sombre, devenait, ainsi éclairé, un être presque réel. » (l. 30-31).
a) Par quel verbe peut-on remplacer le verbe « devenait » ? (*1 point*)
b) Quelle fonction du groupe souligné pouvez-vous ainsi identifier ? (*1 point*)

▶ **8.** « la lueur fumeuse de la torche [...] donnait une apparence de vie aux portraits enfumés de la salle à manger dont les yeux noirs et fixes semblaient lancer un regard de pitié douloureuse sur leur descendant. » (l. 18-21)

Relevez les trois expansions du nom « portraits » et précisez leur nature (ou classe grammaticale). (*6 points*)

▶ **9.** « La tapisserie prenait des tons livides, et le chasseur, sur un fond de verdure sombre, devenait, ainsi éclairé, un être presque réel. Il ressemblait, avec son arquebuse en joue, à un assassin guettant sa victime, et ses lèvres rouges ressortaient plus étrangement encore [...] » (l. 29-33). (*10 points*)
Réécrivez ce passage en remplaçant « le chasseur » par « les chasseurs ». Effectuez toutes les modifications nécessaires.

DICTÉE — 10 POINTS • 20 min

Le nom de l'auteur et le titre de l'œuvre sont écrits au tableau. On précise que le narrateur est un homme.

François-René de Chateaubriand
Mémoires d'outre-tombe, 1848-1850

La nuit, je n'apercevais qu'un petit morceau du ciel et quelques étoiles. Lorsque la lune brillait et qu'elle s'abaissait à l'occident, j'en étais averti par ses rayons, qui venaient à mon lit au travers des carreaux losangés de la fenêtre. Des chouettes, voletant d'une tour à l'autre, passant et repassant entre la lune et moi, dessinaient sur mes rideaux l'ombre mobile de leurs ailes. Relégué dans l'endroit le plus désert, à l'ouverture des galeries, je ne perdais pas un murmure des ténèbres. Quelquefois, le vent semblait courir à pas légers ; quelquefois il laissait échapper des plaintes ; tout à coup, ma porte était ébranlée avec violence, les souterrains poussaient des mugissements, puis ces bruits expiraient pour recommencer encore.

RÉDACTION — 40 POINTS • 1 h 30

Vous traiterez au choix l'un des deux sujets suivants.

Sujet d'imagination

Décrivez la promenade du Baron de Sigognac à la tombée de la nuit dans le sinistre jardin du château. Vous conserverez l'atmosphère du texte de Théophile Gautier. Vous préciserez les éléments du paysage qui contribuent à cette atmosphère.

Sujet de réflexion

Aimez-vous découvrir des œuvres littéraires et artistiques dans lesquelles interviennent le surnaturel ou l'étrange ?

Vous répondrez à cette question par un développement argumenté en vous appuyant sur les œuvres étudiées en classe, vos lectures personnelles et les œuvres cinématographiques et artistiques que vous connaissez.

LES CLÉS DU SUJET

Analyser les documents

LE TEXTE

Le thème
Récit de l'existence solitaire et mélancolique du héros, le Baron de Sigognac, dernier rejeton appauvri d'une famille jadis noble et florissante, dans le vieux château de ses ancêtres.

Les caractéristiques clés
La description est réaliste, mais elle emprunte les codes du genre fantastique pour créer une atmosphère angoissante et fantomatique.

L'IMAGE

Le genre
Photogramme extrait du film *La Belle et la Bête* de Jean Cocteau, adapté d'un conte merveilleux et réalisé en 1946.

Les caractéristiques clés
L'image nous introduit dans un univers propre au merveilleux et au fantastique, né des jeux de lumière et d'ombres créés par les candélabres.

Traiter le sujet d'imagination

Recherche d'idées

Piste 1
- Imagine le « sinistre jardin du château ». Comment est-il éclairé : par la lune ? par des flambeaux ?
- Décris les éléments qui constituent son décor : grilles, douves, statues, fontaines, bosquets d'arbres…

Piste 2
Pense à introduire des bruits, des sons et des lumières qui contribueront à créer une atmosphère angoissante.

Conseils de rédaction

- Le sujet te demande de faire une description et non un récit.
- Conserve l'atmosphère du texte de Théophile Gautier. La tonalité employée est fantastique : le récit demeure réaliste, mais les impressions, les sensations, doivent générer un effet d'inquiétude ou d'étrangeté. Évite les événements trop irrationnels.
- Emploie les champs lexicaux de l'obscurité et de la lumière comme le fait Théophile Gautier et introduit des figures de style, en particulier des comparaisons et des personnifications.

Traiter le sujet de réflexion

Recherche d'idées

Piste 1

Les mots « surnaturel » et « étrange » sont proches de ce que l'on appelle communément le fantastique : la réalité est bouleversée par l'apparition de phénomènes étranges et inquiétants.

Piste 2

• Le sujet t'invite à mentionner des références littéraires ancrées dans cette étrangeté, comme *Le Horla* de Maupassant, *La Cafetière* de Théophile Gautier ou *Le K* de Dino Buzzati.
• Tu peux appuyer ta réflexion sur les œuvres artistiques suivantes : des tableaux comme *Le Cri* d'Edvard Munch ou *La Reproduction interdite* de René Magritte. Le film *La Belle et la Bête* de Jean Cocteau présente un bon exemple de ce surnaturel inquiétant. Pense également aux films inspirés des livres de Stephen King.

Conseils de rédaction

• Tu peux choisir un plan en deux parties (une thèse/une antithèse). Tu peux aussi opter pour une réponse univoque en organisant tes arguments par paragraphes et en utilisant des connecteurs logiques. L'usage de la première personne du singulier est autorisé.
• Si tu choisis de répondre par l'affirmative, tu peux évoquer d'abord le plaisir du frisson quand l'inquiétude grandit, puis le plaisir de la découverte d'un monde où les règles sont différentes, et enfin le plaisir dû au mystère qui persiste jusqu'à la fin.

19 CORRIGÉ GUIDÉ

TRAVAIL SUR LE TEXTE LITTÉRAIRE ET SUR L'IMAGE

Compréhension et compétences d'interprétation

▶ **1.** La scène se déroule dans la cuisine (« les recoins de la cuisine »), dans la salle à manger (« portraits enfumés de la salle à manger ») puis dans les escaliers (« les murailles de l'escalier ») et enfin dans la chambre à coucher (« la chambre à coucher fantastique » ; « une chambre à revenants ») d'un château appartenant à « une famille jadis puissante et riche ». La scène a lieu à la tombée de la nuit : « la nuit s'était faite ».

▶ **2. a)** L'expression « la mélancolique solitude du château » évoque un lieu dépeuplé et lugubre habité par son dernier propriétaire, le Baron de Sigognac, qui y vit presque seul dans une atmosphère empreinte de tristesse.

b) La phrase qui suit cette expression est constituée de trois propositions construites sur le même modèle avec la répétition de la négation restrictive « ne...que ».

Elle repose sur des antithèses et oppose « une famille jadis puissante et riche » à son « rejeton isolé, errant comme une ombre dans ce manoir peuplé par ses aïeux », la nombreuse domesticité antérieure à « un seul domestique » et l'ancienne « meute de trente chiens » à son unique survivant, « aveugle et tout gris de vieillesse ».

INFO +
Une antithèse est une figure de style qui consiste à rapprocher dans un même énoncé deux mots ou deux idées qui s'opposent par le sens.

Le lexique employé pour caractériser le héros, son entourage et le lieu est dévalorisant et pathétique (« errant », « ombre », « aveugle », « gris », « désert »). Il met en évidence la décrépitude du lieu et la solitude du personnage.

▶ **3.** Un phénomène étrange se produit le soir : la chambre semble hantée et s'animer en raison de « la clarté douteuse de la lampe ». Celle-ci éveille tout d'abord des contrastes entre ombre et lumière : au lexique évoquant la luminosité ou des couleurs vives (« clarté », « éclairé », « rouges », « empourprée de sang ») s'oppose celui marquant l'obscurité ou l'absence de couleurs (« douteuse », « tons livides », « sombre », « pâle »). Ces effets de lumière provoquent comme des hallucinations (« avait l'air », « ressemblait », « on eût dit ») et donnent l'impression que le personnage du « chasseur » représenté sur la tapisserie prend vie et se métamorphose. L'auteur utilise plusieurs comparaisons : le chasseur est comparé à un « assassin », ses lèvres à « une bouche de vampire ».

▶ **4.** L'auteur installe une atmosphère fantastique grâce à plusieurs procédés : tout d'abord, l'emploi d'un lexique propre au récit fantastique (« revenants », « étrangement », « vampire », « effrayants », « singuliers ») ; puis l'emploi de comparaisons : celle du « ténia dans l'esprit-de-vin » qui introduit un détail insolite ou celle de « la bouche de vampire empourprée de sang » qui provoque l'effroi ; mais également les portraits des ancêtres qui semblent prendre vie, tout comme le personnage de la tapisserie. On peut noter également le choix du nom de Béelzébuth, une des appellations du diable, pour nommer le chat noir du Baron ; ainsi que la vision brouillée de l'ensemble donnée par l'éclairage : d'abord par la torche (« lueur fumeuse de la torche »), puis par la lampe de la chambre (« clarté douteuse », « lueurs intermittentes »). Enfin, la personnification du vent qui « poussait des soupirs d'orgue » achève cette description inquiétante.

Tous ces éléments contribuent ainsi à créer une atmosphère angoissante, caractéristique du genre fantastique.

INFO +
Le fantastique est un genre littéraire qui introduit dans un contexte réaliste des éléments étranges et inexpliqués relevant de l'irrationnel.

▶ **5.** Ce récit éveille plusieurs sentiments chez le lecteur : d'abord un sentiment de mélancolie, de pitié, d'empathie et de compassion à l'égard du héros et de ceux qui lui tiennent compagnie (le vieux serviteur dévoué, les animaux fidèles, dans « une sorte d'intimité triste ») ; mais ensuite un sentiment de malaise qui se transforme peu à peu en angoisse à mesure que la nuit tombe, que les lieux prennent un aspect fantastique et que des bruits inquiétants se font entendre.

▶ **6.** Le photogramme est extrait du film *La Belle et la Bête* de Jean Cocteau. L'image en noir et blanc donne à voir, sur un fond obscur, une table chargée de mets et un homme de profil. La scène est éclairée par des candélabres aux flammes vacillantes soutenus par des bras humains.

L'effet recherché est tout entier dans le contraste entre la lumière et l'obscurité qui crée une impression de mystère et d'étrangeté. De même, dans le texte de Théophile Gautier, ce sont les sources de lumière qui modifient le décor et créent des effets étranges, voire effrayants : « de grandes ombres s'entassaient dans les recoins de la cuisine », « Un reste de feu [....] colorait de reflets bizarres le groupe réuni autour de la table », « la lueur fumeuse de la torche faisait vaciller sur les murailles de l'escalier les fresques pâlies ». C'est enfin la « clarté douteuse » de la lampe qui semble animer le personnage de la tapisserie et lui donner vie.

Grammaire et compétences linguistiques

▶ **7. a)** Le verbe « devenait » peut être remplacé par les verbes « était » ou « semblait ».

b) « un être presque réel » est attribut du sujet « le chasseur ».

▶ **8.** Les trois expansions du nom « portraits » sont les suivantes :

– « enfumés » : participe passé employé comme adjectif ;

INFO +
L'attribut du sujet permet de caractériser le sujet par l'intermédiaire du verbe *être* ou d'un verbe d'état (*sembler, paraître, devenir*...).

– « de la salle à manger » : groupe nominal prépositionnel ;

– « dont les yeux noirs et fixes semblaient lancer un regard de pitié douloureuse sur leur descendant » : proposition subordonnée relative introduite par le pronom relatif « dont ».

▶ **9.** *Les modifications sont en couleur.*

« La tapisserie prenait des tons livides, et les chasseurs, sur un fond de verdure sombre, devenaient, ainsi éclairés, des êtres presque réels. Ils ressemblaient, avec leur arquebuse en joue, à des assassins guettant leur victime, et leurs lèvres rouges ressortaient plus étrangement encore [...] »

DICTÉE

POINT MÉTHODE

1 La plupart des verbes sont conjugués à l'imparfait, temps dont les terminaisons sont régulières. Attention toutefois : le verbe peut être très éloigné du sujet.

2 Ne confonds pas les participes passés en *-é* et les infinitifs en *-er*. Pour reconnaître l'infinitif, remplace-le par un verbe du 3e groupe.

3 Retiens l'orthographe des adverbes suivants : « quelquefois » en un seul mot, « tout à coup » sans traits d'union.

La nuit, je n'apercevais qu'un petit morceau du ciel et quelques étoiles. Lorsque la lune brillait et qu'elle s'abaissait à l'occident, j'en étais averti par ses rayons, qui venaient à mon lit au travers des carreaux losangés de la fenêtre. Des chouettes, voletant d'une tour à l'autre, passant et repassant entre la lune et moi, dessinaient sur mes rideaux l'ombre mobile de leurs ailes. Relégué dans l'endroit le plus désert, à l'ouverture des galeries, je ne perdais pas un murmure des ténèbres. Quelquefois, le vent semblait courir à pas légers ; quelquefois il laissait échapper des plaintes ; tout à coup, ma porte était ébranlée avec violence, les souterrains poussaient des mugissements, puis ces bruits expiraient pour recommencer encore.

RÉDACTION

Voici un exemple de rédaction sur chacun des deux sujets.
Attention, les indications entre crochets ne doivent pas figurer sur ta copie.

Sujet d'imagination

[Introduction à la promenade] Oppressé par la solitude et l'ennui, le Baron de Sigognac décida de sortir pour une dernière promenade vespérale dans le sinistre jardin qui entourait son château.

[Description de la promenade et du décor] Dans les douves, l'eau noirâtre semblait totalement opaque. S'en échappaient par intermittence les lugubres coassements des crapauds qui les avaient colonisées.

Au loin, les grilles de fer forgé se dessinaient sur le fond obscur du crépuscule comme de sombres portes de l'enfer. Les grands arbres centenaires, silhouettes massives, semblaient se pencher vers le Baron pour l'écraser à jamais sous leur ombre menaçante et projetaient vers lui leurs longs bras décharnés. La nuit promettait d'être sombre : la face blafarde de la lune disparaissait par intermittence derrière de gros nuages d'un noir d'encre. Dans la lumière vacillante des lourds flambeaux plantés çà et là, on apercevait les bustes de hautaines statues aux visages aveugles et grimaçants. Le hululement des chouettes résonnait comme d'inquiétants présages et le vent émettait des gémissements, ses soupirs devenant des plaintes puis de lugubres hurlements.

CONSEIL
Emploie des comparaisons et des personnifications pour donner vie à ta description.

On eût dit que tout se mettait en place pour un grand bal nocturne où toutes les créatures de la nuit semblaient s'être donné rendez-vous pour des ébats et des danses frénétiques.

[Fin de la promenade] Le Baron frissonna dans la fraîcheur de la nuit qui le revêtait d'un grand linceul noir. Il caressa son chien Miraut qui, à moitié aveugle, ne le quittait pas d'une semelle, tourna au coin de la grande bâtisse, passa sous la tonnelle aux roses fanées et languissantes puis revint à pas comptés pour rentrer dans le manoir et regagner sa chambre à coucher fantastique, sa chambre à revenants pour une longue nuit d'insomnie en compagnie de son chat noir Béelzébuth.

CONSEIL
N'hésite pas à reprendre des éléments du texte comme les animaux de compagnie ou des expressions de l'extrait initial.

Sujet de réflexion

[Introduction] Il est des œuvres littéraires et artistiques marquées par le surnaturel : des événements étranges font irruption dans la réalité, provoquant souvent un sentiment de malaise ou de peur. Ces œuvres à dominante fantastique me plaisent beaucoup. Plusieurs raisons expliquent mon intérêt.

[Le plaisir du frisson] Tout d'abord cette étrangeté est souvent inquiétante. Les films tirés des ouvrages de Stephen King, comme *Carrie* ou *Shining*, mettent en scène des personnages dont les pouvoirs ou la folie sont angoissants. Mais cette peur, cette émotion forte est souvent séduisante : j'aime avoir peur et frissonner, devant un film ou un livre.

[L'attrait pour la différence] Ensuite l'irruption du surnaturel est attirante, car je découvre des mondes différents, des univers qui ressemblent au mien, mais dont le fonctionnement diffère légèrement et peut paraître séduisant. Dans *Le Portrait de Dorian Gray*, l'écrivain Oscar Wilde s'intéresse à un homme éternellement beau car son portrait vieillit à sa place. Ce rêve d'éternelle jeunesse parle à de nombreux lecteurs et me touche particulièrement.

[La part de mystère] Les œuvres fantastiques, enfin, restent souvent énigmatiques. Une explication rationnelle est possible, mais le doute est maintenu jusqu'à la fin. Cette part de mystère, d'énigme, qui résiste, se retrouve dans *Le Horla* de Maupassant : le personnage a-t-il basculé dans la folie, ou a-t-il vraiment été confronté à un double malfaisant qui lui a ôté toute sa force vitale ? J'hésite à donner une explication à ce récit. On retrouve cette ambiguïté dans le tableau *Le Cri* d'Edvard Munch : est-ce le monde qui entoure le personnage qui est effrayant, ou est-ce le personnage qui est fou et qui en a cette vision horrible ?

> **CONSEIL**
> Organise tes arguments de manière progressive, en terminant par celui qui te semble le plus convaincant et qui peut donc être plus développé que les autres.

[Conclusion] On peut ne pas aimer les œuvres marquées par le surnaturel et redouter les sentiments d'inquiétude qu'elles font naître, mais, pour ma part, j'apprécie beaucoup l'étrangeté qu'elles dégagent, le plaisir palpitant qu'elles procurent ainsi que le jeu et le mystère qu'elles entretiennent entre le réel et le surnaturel, maintenant ainsi l'incertitude jusqu'au bout.

20 Centres étrangers • Juin 2021

L'arbre à poèmes

3 heures
100 points

INTÉRÊT DU SUJET • Dans ce poème en prose, l'auteur, qui a fait de la prison pour avoir parlé librement, défend le droit à la poésie. Il affirme la nécessité d'avoir une vision poétique du monde.

S'ENTRAÎNER

DOCUMENT A **Texte littéraire**

L'arbre à poèmes

Je suis l'arbre à poèmes. Les savants disent que j'appartiens à une espèce en voie de disparition. Mais personne ne s'en émeut[1] alors que des campagnes ont été lancées récemment pour sauver le panda du Népal et l'éléphant d'Afrique.

Question d'intérêt, diront certains. Question de mémoire, dirai-je. De temps en temps, la mémoire des hommes sature. Ils se délestent alors du plus encombrant, font de la place en prévision du nouveau dont ils sont si friands.

Aujourd'hui, la mode n'est plus aux vieilles essences. On invente des arbres qui poussent vite, se contentent de l'eau et du soleil qu'on leur mesure et font leur métier d'arbre en silence, sans état d'âme.

Je suis l'arbre à poèmes. On a bien essayé sur moi des manipulations, qui n'ont rien donné. Je suis réfractaire[2], maître de mes mutations. Je ne m'émeus pas à de simples changements de saison, d'époque. Les fruits que je donne ne sont jamais les mêmes. J'y mets tantôt du nectar[3], tantôt du fiel[4]. Et quand je vois de loin un prédateur, je les truffe[5] d'épines.

Parfois je me dis : Suis-je réellement un arbre ? Et j'ai peur de me mettre à marcher, parler le triste langage de l'espèce menteuse, m'emparer d'une hache et m'abattre sur le tronc du plus faible de mes voisins. Alors je m'accroche de toutes mes forces à mes racines. Dans leurs veines infinies je remonte le cours de la parole jusqu'au cri primordial. Je défais l'écheveau des langues. J'attrape le bout du fil et je tire pour libérer la musique et la lumière. L'image se rend à moi. J'en fais les bourgeons qui me plaisent et donne rendez-vous aux fleurs. Tout cela nuitamment, avec la complicité des étoiles et des rares oiseaux qui ont choisi la liberté.

Je suis l'arbre à poèmes. Je me ris de l'éphémère et de l'éternel.

Je suis vivant.

Abdellatif Laâbi, *L'Étreinte du monde*, 1993.

1. Émeut/émeus (ligne 11) : verbe *émouvoir* conjugué au présent de l'indicatif.
2. Réfractaire : qui résiste, qui refuse de se soumettre.
3. Nectar : au sens propre, boisson délicieuse ; au sens figuré, propos doux et élogieux.
4. Fiel : au sens propre, liquide amer ; au sens figuré, propos accompagnés de méchanceté.
5. Truffe : verbe *truffer*, remplir quelque chose en de nombreux endroits.

DOCUMENT B Pawel Kuczynski, *Soul*[1], 2010

Pawel Kuczynski a transformé une souche d'arbre en gramophone, un appareil qui permettait d'écouter de la musique.

1. *Soul*, en anglais, signifie « âme ».

TRAVAIL SUR LE TEXTE LITTÉRAIRE ET SUR L'IMAGE

50 POINTS • 1 h 10

Les réponses doivent être entièrement rédigées.

Compréhension et compétences d'interprétation

▶ **1.** Montrez que l'arbre est personnifié en relevant deux éléments que vous expliquerez. (*4 points*)

▶ **2.** Quels reproches l'arbre poète fait-il à l'homme ? Trois éléments de réponse sont attendus. (*6 points*)

▶ **3.** Lignes 21 à 29 : de « Alors je m'accroche de toutes mes forces… » à « Je suis vivant. »

a) Dans ce passage, relevez trois éléments qui justifient l'affirmation : « Je suis vivant. » (l. 29) (*3 points*)

b) En quoi ce passage présente-t-il une vision poétique du monde ? Justifiez votre réponse. (*4 points*)

▶ **4.** Abdellatif Laâbi a passé plusieurs années en prison parce qu'il a fait le choix de parler librement. Dans ce poème, comment le poète montre-t-il qu'il tient à défendre sa liberté ? Trois éléments de réponse sont attendus. (*6 points*)

▶ **5.** Quels liens pouvez-vous établir entre ce texte et le document iconographique ? Deux éléments de réponse sont attendus. (*5 points*)

Grammaire et compétences linguistiques

▶ **6.** « réellement » (l. 18)

a) Expliquez la formation du mot en nommant précisément les éléments qui le constituent. (*2 points*)

b) Donnez la classe grammaticale de ce mot. (*1 point*)

▶ **7.** « […] je <u>les</u> truffe d'épines. » (l. 17)

Réécrivez cette phrase en remplaçant le pronom souligné par le groupe de mots auquel il renvoie dans le texte. (*3 points*)

▶ **8.** « Ils se délestent alors du plus encombrant, font de la place en prévision du nouveau dont ils sont si friands. » (l. 6 à 8)

a) Relevez tous les verbes conjugués de cette phrase. (*3 points*)

b) En fonction du nombre de verbes, que peut-on dire sur la construction de la phrase ? (*2 points*)

▶ **9.** Réécrivez la phrase ci-dessous en remplaçant la proposition subordonnée relative par un adjectif qualificatif de même sens. (*2 points*)

« On a bien essayé sur moi des manipulations, qui n'ont rien donné. » (l. 12 et 13)

S'ENTRAÎNER

▶ **10.** Réécrivez le passage suivant en remplaçant « je » par « nous » et en conjuguant les verbes à l'imparfait de l'indicatif. Vous ferez toutes les modifications nécessaires. (*9 points*)
« Alors je m'accroche de toutes mes forces à mes racines. Dans leurs veines infinies je remonte le cours de la parole jusqu'au cri primordial. Je défais l'écheveau des langues. » (l. 21 à 23)

DICTÉE — 10 POINTS • 20 min

Le nom de l'auteur, le titre de l'œuvre et la date sont écrits au tableau.

Antoine de Saint-Exupéry
Citadelle, 1948

Tu n'as rien deviné de la joie si tu crois que l'arbre lui-même vit pour l'arbre qu'il est, enfermé dans sa gaine. Il est source de graines ailées et se transforme et s'embellit de génération en génération. Il marche, non à ta façon, mais comme un incendie au gré des vents.

Tu plantes un cèdre sur la montagne et voilà ta forêt qui lentement, au long des siècles, déambule.

Que croirait l'arbre de soi-même ? Il se croirait racines, tronc et feuillages. Il croirait se servir en plantant ses racines, mais il n'est que voie et passage. La terre à travers lui se marie au miel du soleil, pousse des bourgeons, ouvre des fleurs, compose des graines, et la graine emporte la vie, comme un feu préparé mais invisible encore.

RÉDACTION — 40 POINTS • 1 h 30

Vous traiterez au choix l'un des sujets suivants.

Sujet d'imagination

Comme dans le poème d'Abdellatif Laâbi, *L'Arbre à poèmes*, écrivez un texte poétique dans lequel vous donnerez la parole à un élément de la nature qui exprimera sa liberté et sa beauté.
Vous commencerez par « Je suis… » et vous terminerez par « Je suis vivant.e ».

Sujet de réflexion

Selon vous, faut-il résister à l'évolution du monde ?
Vous développerez votre point de vue en prenant appui sur des exemples variés issus de votre expérience personnelle, de votre culture et des œuvres étudiées lors de votre scolarité.

LES CLÉS DU SUJET

Analyser les documents

LE TEXTE

Le genre
Poème en prose extrait du recueil *L'Étreinte du monde* d'Abdellatif Laâbi, un poète marocain (né en 1942) incarcéré et persécuté pour ses idées.

Le thème
Un « arbre à poèmes » prend la parole pour clamer qu'il est vivant et prêt à résister dans un monde où le droit à la liberté d'expression est bafoué.

L'IMAGE

Le genre
Dessin de l'artiste/graphiste polonais Pawel Kuczynski (né en 1976).

Les caractéristiques clés
Ce dessin surréaliste dénonce un monde qui abat les arbres et symbolise la nature qui reprend ses droits, la beauté qui résiste au saccage.

Traiter le sujet d'imagination

Recherche d'idées

Piste 1 Commence par choisir l'élément naturel auquel tu donneras la parole : un élément liquide (eau, ruisseau, rivière, mer…), un élément minéral (roche, montagne…), un élément végétal (fleur, herbe…) ou encore un élément aérien (vent, ciel, nuage…).

Piste 2
- Tu dois personnifier l'élément choisi : trouve-lui un caractère, des sentiments, des états d'âme.
- Tu peux le faire se révolter devant le sort que lui font subir les hommes qui ne respectent pas la nature.

Conseils de rédaction

• N'oublie pas de commencer par « Je suis… » et de terminer par « Je suis vivant.e », comme l'exige le sujet. Tout ton texte doit être écrit du **point de vue de l'élément de la nature choisi.**

• Essaie de faire de ton texte un **poème en prose** en jouant :
– sur l'inégale longueur des paragraphes qui peuvent ne faire qu'une ligne à la manière d'un vers, comme dans le texte d'Abdellatif Laâbi ;
– sur la musicalité de tes phrases, en variant les rythmes et les sonorités.

Choisis par exemple des mots qui riment entre eux ou qui permettent de créer des allitérations et des assonances, c'est-à-dire la reprise de mêmes sons.

Traiter le sujet de réflexion

Recherche d'idées

Piste 1	Recherche des arguments : • ce qui te paraît bénéfique dans l'évolution du monde (progrès social, technologique...) ; • ce qui te paraît nocif dans l'évolution du monde (pollution, destruction de la planète, possibilité de sociétés totalitaires...).
Piste 2	Recherche des exemples d'œuvres littéraires, cinématographiques ou tirés d'expériences personnelles qui te permettront d'illustrer tes arguments (*Germinal* d'Émile Zola, *Antigone* de Jean Anouilh, *L'Armée des ombres* de Joseph Kessel, *1984* de George Orwell, *L'homme qui plantait des arbres* de Jean Giono...).

Conseils de rédaction

• Construis un **développement en deux parties** : arguments pour et arguments contre la nécessité de résister à l'évolution du monde.

• Emploie des **connecteurs argumentatifs** pour articuler les différentes parties et les arguments entre eux (*car, parce que, donc, si bien que, bien que, quoique, cependant, pourtant*...).

20 CORRIGÉ GUIDÉ

TRAVAIL SUR LE TEXTE LITTÉRAIRE ET SUR L'IMAGE

Compréhension et compétences d'interprétation

▶ **1.** L'arbre est personnifié : tout d'abord, il parle et il pense. Il s'interroge sur son existence : « Parfois je me dis : Suis-je réellement un arbre ? » Il est aussi doué de sentiments : « Je suis réfractaire », « j'ai peur de me mettre à marcher », « Je me ris de l'éphémère et de l'éternel ».

> **INFO+**
> Une personnification est une figure de style consistant à donner des propriétés humaines (la parole, la pensée) à des animaux ou à des objets inanimés.

▶ **2.** L'arbre poète reproche à l'homme de manquer de mémoire, de se désintéresser de la poésie, de la laisser dépérir.

Il lui reproche aussi de ne pas prendre le temps de regarder le monde : tout doit aller vite, devient rapidement obsolète.

Enfin, l'homme est une « espèce menteuse » qui s'en prend aux plus faibles.

▶ **3. a)** L'arbre est vivant : il a des racines, veines dans lesquelles circule une énergie vitale qui le ramène à son origine, à la puissance créatrice de son imagination et à une existence libre.

b) Le passage présente une vision poétique du monde : l'arbre est une métaphore du poète qui revendique une parole « qui remonte jusqu'au cri primordial », une langue originale qui fait naître des images, des rythmes et des sonorités, qui crée une œuvre et propose une autre façon de regarder le monde, de s'exprimer en toute liberté.

INFO+
Une métaphore est une figure d'analogie, comme une comparaison, mais sans mot-outil pour l'introduire (*comme, ainsi que, tel, semblable à*…).

▶ **4.** Le poète revient sur les pressions, peut-être les tortures physiques et morales qu'on lui a fait subir, « les manipulations qui n'ont rien donné ». Il clame qu'il est « réfractaire », qu'il refuse de se laisser dominer, intimider : il affirme sa force de résistance à l'oppression.

Il se sent armé contre « ses prédateurs », ceux qui en veulent à sa liberté de parole. Ce sont ses écrits qu'il « truffe d'épines », qui deviennent des armes contre les oppresseurs.

Il veut continuer à résister, si nécessaire dans la clandestinité, « nuitamment, avec la complicité des étoiles et des rares oiseaux qui ont choisi la liberté. »

▶ **5.** Le document iconographique et le texte évoquent l'un et l'autre un arbre. Dans le dessin, l'arbre a été abattu, contrairement à celui du poème qui continue à se dresser avec vigueur. Cependant l'un et l'autre résistent à ceux qui veulent leur disparition, comme en témoigne le rameau qui émerge du cornet du gramophone.

Dans les deux œuvres, les artistes ont voulu exprimer de façon concrète leur vision poétique du monde : l'arbre gramophone comme l'arbre à poèmes donnent naissance à des sons, des rythmes, de la musique, ils rendent le monde plus beau.

Grammaire et compétences linguistiques

▶ **6. a)** Le mot « réellement » est composé d'un radical, l'adjectif « réel » au féminin, et du suffixe *-ment*.

b) Il s'agit d'un adverbe.

▶ **7.** *Les modifications sont mises en couleur.*

« Je truffe d'épines les fruits que je donne. »

▶ **8. a)** Il y a trois verbes conjugués : « se délestent », « font », et « sont ».

b) Cette phrase est donc une phrase complexe.

▶ **9.** *Les modifications sont mises en couleur.*

« On a bien essayé sur moi des manipulations infructueuses. »

▶ **10.** *Les modifications sont mises en couleur.*

« Alors nous nous accrochions de toutes nos forces à nos racines. Dans leurs veines infinies, nous remontions le cours de la parole jusqu'au cri primordial. Nous défaisions l'écheveau des langues. »

INFO+
Un mot est généralement constitué d'un radical suivi d'un suffixe et peut être précédé d'un préfixe. Ici, le suffixe *-ment* permet de former un adverbe de manière.

INFO+
Une phrase qui contient un seul verbe conjugué est dite simple. Lorsqu'elle contient plusieurs verbes conjugués, elle est dite complexe.

DICTÉE

POINT MÉTHODE

1. Attention à l'accord des verbes. Identifie bien leur sujet. Dans la dictée, les deux premiers verbes sont conjugués à la deuxième personne du singulier : n'oublie pas le *s*. Tous les autres verbes sont conjugués à la troisième personne du singulier.

2. Dans l'énumération « racines, tronc et feuillages », *racines* est au pluriel car l'arbre en a plusieurs, *tronc* est au singulier car l'arbre n'en a qu'un. *Feuillages* est au pluriel mais peut aussi être écrit au singulier.

3. Attention aux homophones qui peuvent être source de confusions : *voie* (= chemin) ≠ *voix*.

Tu n'as rien deviné de la joie si tu crois que l'arbre lui-même vit pour l'arbre qu'il est, enfermé dans sa gaine. Il est source de graines ailées et se transforme et s'embellit de génération en génération. Il marche, non à ta façon, mais comme un incendie au gré des vents.

Tu plantes un cèdre sur la montagne et voilà ta forêt qui lentement, au long des siècles, déambule.

Que croirait l'arbre de soi-même ? Il se croirait racines, tronc et feuillages. Il croirait se servir en plantant ses racines, mais il n'est que voie et passage. La terre à travers lui se marie au miel du soleil, pousse des bourgeons, ouvre des fleurs, compose des graines, et la graine emporte la vie, comme un feu préparé mais invisible encore.

RÉDACTION

Voici un exemple de rédaction sur chacun des deux sujets.
Attention, les indications entre crochets ne doivent pas figurer sur la copie.

Sujet d'imagination

[Présentation] Je suis l'eau douce qui prend sa source dans la montagne.

[Origine] Au début, je ne suis qu'un minuscule filet qui glougloute tout doucement, frêle et limpide. Je me fraie mon petit chemin buissonnier entre les cailloux et les mousses qui tapissent mon berceau. J'émets un doux murmure cristallin. Je caresse de mon onde câline les herbes qui se dressent sur mon passage. Je me sens libre et je scintille dans la lumière du soleil qui me fait cligner des yeux et couvre ma robe légère de mille paillettes argentées.

CONSEIL
N'hésite pas à jouer avec les sonorités (assonances, allitérations, effets de rimes…) et à varier la longueur des paragraphes pour créer un poème en prose.

[Évolution] Je suis ma pente naturelle et deviens un jeune torrent fougueux bien décidé à explorer le monde. Parfois, la colère me prend et je me jette tête la première du sommet de hauts rochers, cascadant puis caracolant en remous mouvementés. Je gronde alors, je rugis, je me fâche mais très vite je me calme dans d'accueillantes petites vasques en douces vagues miroitantes.

[Avenir et influence nocive des hommes] Je sais le long voyage que j'entreprends vers l'inconnu : bientôt mon eau se mêlera à d'autres, des rivières me prendront dans leurs bras ; des industries me pollueront peut-être, je perdrai ma pureté, je prendrai des teintes maladives ; des fleuves sombres m'enlaceront et m'entraîneront vers la mer, la haute mer dans laquelle je me perdrai, d'où je m'évaporerai en lourds nuages… pour renaître, un jour, sous la forme d'un petit filet argenté.

Je suis l'eau douce qui prend sa source dans la montagne et qui toujours se renouvelle, toujours se réinvente.

[Phrase finale] Je suis vivante.

Sujet de réflexion

[Introduction] Faut-il accepter, accompagner l'évolution du monde ou au contraire y résister ? Vaste question !

[Éléments positifs dans l'évolution du monde] Dans un premier temps, je pense qu'il est difficile de nier que les progrès technologiques et scientifiques ont contribué à rendre la vie plus facile, en particulier dans les pays les plus riches de la planète. En effet, on vit mieux et plus longtemps ; les conditions de travail se sont grandement améliorées ; la culture, les informations sont facilement accessibles grâce à Internet ; l'Europe, sinon le monde, vit une relative période de paix comme elle n'en avait pas connu auparavant.

Comment pourrait-on dire que c'était mieux avant ? Il suffit de penser à l'existence misérable des mineurs au XIXe siècle telle que la dépeint Zola dans *Germinal* pour être persuadé du contraire.

Bien sûr, certains de ces progrès ont été acquis de haute lutte par des hommes qui ont su participer à l'évolution du monde. Ainsi le combat des mineurs raconté dans *Germinal* ou celui des résistants contre le nazisme tel qu'il nous est conté dans *L'Armée des ombres* de Joseph Kessel. Et il reste beaucoup de batailles à mener pour toujours davantage d'égalité, de liberté, de fraternité à l'échelle de la planète.

[Éléments négatifs dans l'évolution du monde] Cependant, si les progrès technologiques se révèlent bénéfiques, ils constituent également une menace pour l'humanité.

CONSEIL
Pense à employer des connecteurs argumentatifs.

Ils sont tout d'abord responsables d'une pollution alarmante qui risque de détruire notre environnement de manière irréversible, de rendre la terre invivable pour l'espèce humaine, situation envisagée dans les romans post-apocalyptiques comme *La Planète des singes* de Pierre Boulle. Dès 1953, Jean Giono dans *L'homme qui plantait des arbres* appelait déjà à prendre conscience de l'importance de l'écologie.

Ils sont aussi une menace pour notre liberté. En effet, le développement d'Internet crée le risque d'une société totalitaire qui contrôlera nos vies et nos cerveaux, comme l'imagine George Orwell dans *1984.*

[Conclusion] Si les progrès technologiques ont grandement contribué à améliorer la vie des hommes, leur développement incontrôlé constitue une grave menace pour la survie des espèces, y compris l'espèce humaine, et pour la liberté. C'est pourquoi il est nécessaire de rester vigilant, de combattre certaines dérives qui peuvent nous mener à notre perte.

Découverte olfactive d'un nouveau monde

3 heures
100 points

INTÉRÊT DU SUJET • Le texte évoque la puissance des sensations olfactives qui annoncent la proximité d'un continent bien avant qu'on ne l'aperçoive et le bonheur de retrouver la terre après une longue traversée.

DOCUMENT A Texte littéraire

Dans son roman, Jean-Christophe Rufin raconte l'expédition du chevalier de Villegagnon, parti au XVIe siècle à la conquête du Brésil.

Le sillage du vaisseau se colorait de mauve et d'indigo tandis que s'allumait dans le ciel d'orient une étoile immobile. En cette heure ultime du jour, les vents marquaient souvent une pause, les voiles s'affaissaient et le navire, baigné de silence, semblait se recueillir pour une invisible vêpre[1]. Or, tout au contraire, ce fut le moment où parvint dans le carré, assourdi par les tapisseries, un grand tumulte venu de l'avant.

Villegagnon se précipita au-dehors et les autres à sa suite. Tout l'équipage et nombre de passagers se tenaient à la proue le nez en l'air. D'autres arrivaient encore en courant, montant de l'entrepont et des cales. Villegagnon se fraya un chemin jusqu'au beaupré[2]. L'horizon devant eux était rouge à l'endroit où le soleil finissait de disparaître. On ne voyait aucune terre ni, quand le ciel s'assombrit, aucun feu. Les vigies, d'ailleurs, n'avaient pas crié. À vrai dire, rien n'était perceptible sauf une odeur étrange, tout à la fois faible et immense. Faible parce qu'il fallait concentrer toute son attention pour en discerner la pointe dans l'air tiède ; immense parce qu'elle envahissait toutes les directions, entourait le bateau et paraissait s'étendre sur toute la surface de la mer.

Pourtant, elle ne lui appartenait pas. Le nez, de science aussi certaine que la vue ou l'ouïe, affirmait que c'était bien une senteur de terre.

Il est des terres qui exhalent l'herbe, le bétail, la pourriture, les labours. Cette odeur-là n'évoquait rien de tel. Elle était acidulée, juteuse, turgescente[3], printanière. En fermant les yeux, on avait envie de dire qu'elle était colorée, rouge, peut-être orangée.

Soudain quelqu'un découvrit le mot juste et cria que cela sentait le fruit.

En effet, c'était bien une essence subtile de pulpe qui se répandait en vapeur sur toute l'étendue de la mer, une immense odeur de fruit mûr. Une île se voit mais elle n'a pas ce parfum lointain et puissant. Seul un continent peut jeter aussi loin sur la mer ses fragrances végétales, tout comme l'océan envoie dans la profondeur du littoral ses embruns salés et ses senteurs de varech[4].

Villegagnon pleurait de joie dans son poing fermé et tous, autour de lui, s'embrassaient.

Il leur fallut encore naviguer deux jours pour être en vue de la côte.

Trois mois et demi s'étaient écoulés depuis leur départ du Havre.

Jean-Christophe Rufin, *Rouge Brésil*, 2001,

1. Vêpre : prière du soir. 2. Beaupré : mât de beaupré ; l'un des principaux mâts d'un navire, situé à l'avant. 3. Turgescente : enflée, vive, puissante. 4. Varech : mélange d'algues déposé par la marée.

DOCUMENT B **Georg Flegel, *Nature morte de desserts*, entre 1585 et 1638**

Peinture sur bois. Ancienne Pinacothèque, musée de Munich.

TRAVAIL SUR LE TEXTE LITTÉRAIRE ET SUR L'IMAGE

50 POINTS • 1 h 10

Les réponses doivent être entièrement rédigées.

Grammaire et compétences linguistiques

▶ **1. a)** Lignes 35-39 : relevez les verbes conjugués et identifiez les trois temps verbaux. (*1,5 point*)
b) Indiquez la valeur de chacun de ces temps. (*1,5 point*)

▶ **2.** Réécrivez le passage suivant en mettant le mot « odeur » au pluriel et faites toutes les modifications nécessaires :
« À vrai dire, rien n'était perceptible sauf une odeur étrange, tout à la fois faible et immense. Faible parce qu'il fallait concentrer toute son attention pour en discerner la pointe dans l'air tiède ; immense parce qu'elle envahissait toutes les directions, entourait le bateau et paraissait s'étendre sur toute la surface de la mer ». (*10 points*)

▶ **3.** Lignes 4 à 7 : « le navire, baigné de silence, semblait se recueillir pour une invisible vêpre. <u>Or</u>, tout au contraire, ce fut le moment où parvint dans le carré, assourdi par les tapisseries, un grand tumulte venu de l'avant. »
a) Quelle est la classe grammaticale du mot souligné ? (*1 point*)
b) Quel lien logique exprime-t-il ? (*1,5 point*)

▶ **4.** Lignes 29 et 30 : « En effet, c'était bien une essence subtile de pulpe qui se répandait en vapeur sur toute l'étendue de la mer […] ». Relevez toutes les expansions du nom « essence » et identifiez leur classe grammaticale. (*4,5 points*)

Compréhension et compétences d'interprétation

▶ **5. a)** Depuis combien de temps les personnages ont-ils embarqué ? (*1 point*)
b) Comment le premier paragraphe met-il en relief leur attente ? Vous vous appuierez sur trois éléments du texte. (*3 points*)

▶ **6.** « Villegagnon se précipita au-dehors et les autres à sa suite » (l. 8). Pourquoi les personnages réagissent-ils ainsi ? (*2 points*)

▶ **7.** En vous appuyant sur le texte, précisez les deux émotions successives que ressentent Villegagnon et son équipage. (*4 points*)

▶ **8. a)** « Le nez, de science aussi certaine que la vue ou l'ouïe, affirmait que c'était bien une senteur de terre » (l. 20 à 22). Comment le mot « nez » est-il mis en valeur dans cette phrase ? (*2 points*)

b) Identifiez le champ lexical dominant dans les lignes 23 à 34 : vous relèverez quatre mots. (*3 points*)

▶ **9.** Lignes 23 à 26 : « Il est des terres qui exhalent l'herbe, le bétail, la pourriture, les labours. Cette odeur-là n'évoquait rien de tel. Elle était acidulée, juteuse, turgescente, printanière. En fermant les yeux, on avait envie de dire qu'elle était colorée, rouge, peut-être orangée. »
En quoi cette évocation revêt-elle une dimension poétique ? Vous appuierez votre réponse sur des relevés précis, que vous commenterez. (*7 points*)

▶ **10.** Observez le tableau de Georg Flegel, *Nature morte de desserts*.
a) Quels effets l'évocation des sens produit-elle sur le spectateur du tableau ? (*5 points*)
b) Le lecteur du texte ressent-il les mêmes émotions selon vous ? (*3 points*)

DICTÉE — 10 POINTS • 20 min

Le nom de l'auteur, le titre de l'œuvre, ainsi que « Madagascar » et « entrelacs » sont écrits au tableau.

Jean-Christophe Rufin
Le tour du monde du roi Zibeline, 2017.
© Éditions Gallimard, www.gallimard.fr

La nuit résonnait de cris. Des oiseaux invisibles s'appelaient. Des insectes grimpaient sur les cloisons en faisant autant de bruit que des chats. Et très loin, atténué par la distance et l'entrelacs des plantes, parvenait régulier, comme un inexorable balancier liquide, le bruit du ressac.

Ils avaient tant rêvé à ce moment ! Ce n'était pas seulement la parole donnée qui les avait fait revenir. Madagascar était devenue pour eux un remède à toutes les épreuves, un viatique, un abri mental qui les protégeait des humiliations, des tourments de l'exil, des tristesses quotidiennes.

Et voilà que, maintenant, ils y étaient revenus.

RÉDACTION — 40 POINTS • 1 h 30

Vous traiterez au choix un des deux sujets de rédaction suivants. Votre travail fera au moins deux pages (soit une cinquantaine de lignes).

Sujet d'imagination

Rédigez le journal de bord de Villegagnon : il raconte l'arrivée de son équipage sur les côtes brésiliennes et leurs premières explorations dans ce nouveau monde.
Vous insisterez sur les réactions et les émotions des personnages face à cette terre exotique.

Sujet de réflexion

« Le nez, de science aussi certaine que la vue ou l'ouïe, affirmait que c'était bien une senteur de terre. »
Selon vous, peut-on explorer le monde autrement que par la vue ?
Vous répondrez à cette question en vous appuyant sur votre expérience, sur les textes étudiés en classe ainsi que sur votre culture personnelle, littéraire et artistique (poésie, cinéma, musique et peinture notamment).

S'ENTRAÎNER

LES CLÉS DU SUJET

Analyser les documents

LE TEXTE

Le genre
Roman historique de Jean-Christophe Rufin (2001) qui a reçu le prix Goncourt.

Le thème
Récit de l'expédition du chevalier de Villegagnon parti fonder une colonie au Brésil au XVIe siècle.

L'IMAGE

Le genre
Nature morte (représentation d'éléments inanimés) peinte sur bois de Georg Flegel (XVIIe siècle) qui a une valeur symbolique.

Le thème
Composition de desserts – pâtisseries et fruits – accompagnés d'un verre de vin et de la représentation d'animaux.

Traiter le sujet d'imagination

Recherche d'idées

Piste 1
- Imagine l'arrivée de Villegagnon et des passagers du bateau sur cette terre nouvelle et leurs premières découvertes : lieu, faune et flore, premiers contacts avec les habitants…
- Les impressions peuvent être olfactives (comme dans l'extrait), visuelles, sonores…

Piste 2
Quels sont les premiers sentiments des voyageurs : excitation, curiosité, appréhension, méfiance, surprise, émerveillement, stupéfaction… ?

Conseils de rédaction

Tu dois écrire le journal de bord de Villegagnon :
- récit à la première personne (je = Villegagnon ; nous = Villegagnon et ses compagnons) ;
- emploi des temps de l'énonciation (présent, futur, passé composé…) ;
- précision de la date de rédaction des pages du journal.

Traiter le sujet de réflexion

Recherche d'idées

Piste 1 Comment explores-tu le monde qui t'entoure ? Est-ce uniquement par la vue ? Quels sens utilises-tu lorsque tu visites un pays étranger, lorsque tu te retrouves face à un aliment que tu ne connais pas, lorsque tu écoutes un air de musique, que tu lis un poème… ?

Piste 2 Recherche dans les textes étudiés en classe ceux qui pourraient illustrer ton propos (poèmes, romans…). Tu peux aussi prendre des exemples dans le cinéma, la peinture, la musique…

Conseils de rédaction

Emploie un lexique sensoriel riche et varié : vue, image, forme, couleur, odorat, odeur, senteur, parfum, ouïe, bruit, son, musique, chant, cri, toucher, rugueux, lisse, satiné, doux, matière, goût, saveur, sensation…

21 CORRIGÉ GUIDÉ

TRAVAIL SUR LE TEXTE LITTÉRAIRE ET SUR L'IMAGE

Les réponses doivent être entièrement rédigées.

Grammaire et compétences linguistiques

▶ **1. a)** Les trois temps employés sont l'imparfait de l'indicatif (« pleurait », « s'embrassaient »), le passé simple de l'indicatif (« fallut ») et le plus-que-parfait (« s'étaient écoulés »).

b) Ce sont des temps du passé. L'imparfait exprime des actions en cours d'accomplissement, le passé simple une action ponctuelle et le plus-que-parfait un fait antérieur à ceux exprimés aux deux temps simples.

▶ **2.** *Les modifications sont en couleur.*

À vrai dire, rien n'était perceptible sauf des odeurs étranges, tout à la fois faibles et immenses. Faibles parce qu'il fallait concentrer toute son attention pour en discerner la pointe dans l'air tiède ; immenses parce qu'elles envahissaient toutes les directions, entouraient le bateau et paraissaient s'étendre sur toute la surface de la mer.

▶ **3. a)** *Or* est une conjonction de coordination.

b) Elle exprime une opposition.

INFO +
Les conjonctions de coordination sont *mais, ou, et, donc, or, ni, car*.

▶ **4.** • « subtile » : adjectif qualificatif épithète.

• « de pulpe » : nom précédé d'une préposition (complément du nom).

• « qui se répandait en vapeur sur toute l'étendue de la mer » : proposition subordonnée relative.

INFO+
Les conjonctions de coordination peuvent jouer le rôle de connecteur entre des propositions ou des phrases en mettant en évidence un rapport logique (cause, conséquence, opposition).

Compréhension et compétences d'interprétation

▶ **5. a)** Le voyage a commencé trois mois et demi auparavant.

b) L'attente des personnages est mise en relief par les procédés suivants : l'emploi de l'adverbe « souvent » ; l'imparfait de répétition qui montre la monotonie du voyage ; l'emploi des connecteurs « or » et « au contraire » qui vient marquer une rupture dans cette longue attente.

▶ **6.** Les personnages se précipitent dehors, car ils ont entendu « un grand tumulte venu de l'avant » : il s'agit des réactions de l'équipage qui a senti une odeur de terre après des mois de mer.

▶ **7.** La première émotion ressentie est la curiosité devant l'inconnu et le mystère de cette odeur : « En fermant les yeux, on avait envie de dire qu'elle était colorée, rouge, peut-être orangée. » ; « Soudain quelqu'un découvrit le mot juste et cria que cela sentait le fruit. »

Vient ensuite la joie d'être arrivés : « Villegagnon pleurait de joie dans son poing fermé et tous, autour de lui, s'embrassaient. »

▶ **8. a)** Le mot « nez » est mis en évidence : il y a une sorte de personnification. C'est le nez qui agit, qui sait, comme si le sens de l'odorat prenait le pouvoir.

b) Le champ lexical dominant est celui de l'odeur : « exhalent », « odeur », « sentait », « essence », « parfum », « flagrances », « senteurs ».

▶ **9.** Cette évocation revêt une dimension poétique. Tout d'abord, la construction « il est des terres » à la place de « il y a des terres » et le verbe « exhaler » appartiennent à un registre de langue soutenu, littéraire. Ensuite, les énumérations répétées de noms et d'adjectifs, sans emploi de la conjonction *et* pour les clore évoquent des images suggestives, aussi bien visuelles que gustatives ou olfactives.

▶ **10. a)** Le tableau de Georg Flegel est une nature morte représentant des desserts. Par la peinture, l'artiste cherche à évoquer chez le spectateur aussi bien la texture que les odeurs ou les saveurs des pâtisseries et fruits représentés. Il cherche à éveiller tous les sens à l'exception de l'ouïe : la vue, le toucher, l'odorat et bien sûr le goût. On remarque les animaux (coq, souris et insectes) qui apportent une note insolite au tableau.

S'ENTRAÎNER

b) Le lecteur du texte est invité à ressentir les mêmes émotions et même plus. L'odeur évoque des saveurs (« acidulée », « juteuse »), des couleurs (« colorée », « rouge », « orangée ») et des formes (« turgescente »). Les sonorités du texte éveillent aussi des impressions poétiques. Tous les sens sont stimulés.

DICTÉE

POINT MÉTHODE

1 Attention à l'accord des verbes.

• **Lorsque le sujet est le pronom relatif *qui* :**

un remède [...], un viatique, un abri mental qui les protégeait.
antécédent S

Note que les 3 GN évoquent la même chose (un remède = un viatique = un abri), d'où le verbe au singulier.

• **Lorsque le sujet est inversé** (placé après le verbe) :

Et de très loin [...] parvenait régulier [...] le bruit du ressac.
sujet inversé

2 Veille à l'accord des participes passés.

• Employé avec l'auxiliaire *être*, le participe passé s'accorde avec le sujet :

Madagascar (l'île) était devenue — S
Ils y étaient revenus — S

• Employé avec l'auxiliaire *avoir*, le participe passé s'accorde avec le COD s'il est placé avant. Sinon, il ne s'accorde pas.

Ils avaient tant rêvé à ce moment ! (pas de COD, donc pas d'accord)

La nuit résonnait de cris. Des oiseaux invisibles s'appelaient. Des insectes grimpaient sur les cloisons en faisant autant de bruit que des chats. Et très loin, atténué par la distance et l'entrelacs des plantes, parvenait régulier, comme un inexorable balancier liquide, le bruit du ressac.

Ils avaient tant rêvé à ce moment ! Ce n'était pas seulement la parole donnée qui les avait fait revenir. Madagascar était devenue pour eux un remède à toutes les épreuves, un viatique, un abri mental qui les protégeait des humiliations, des tourments de l'exil, des tristesses quotidiennes.

Et voilà que, maintenant, ils y étaient revenus.

RÉDACTION

Sujet d'imagination

30 novembre 1555 : premier jour sur l'île.

[Découverte de la flore] Le moment est solennel : nous allons découvrir une terre nouvelle ! L'excitation de mes compagnons a fait place à un silence religieux. Je sens de la curiosité, mais aussi de l'appréhension chez ceux qui ont accompli ce long voyage et qui ont enfin atteint leur destination. Qu'allons-nous découvrir sur cette île ? En tant que chef de l'expédition, je suis le premier à poser le pied sur ce nouveau rivage, suivi par le reste des hommes... Une longue plage de sable nous accueille. Plus loin, une flore constituée d'arbres exotiques porte des fruits étranges aux odeurs entêtantes. Quelques matelots les cueillent puis les observent hésitant à y planter les dents malgré leur aspect appétissant, juteux et gorgé de soleil : sont-ils comestibles ? Mais l'envie est la plus forte après les privations et la nourriture monotone des trois mois en mer. C'est un festin de roi : nous nous gorgeons du jus sucré de ces fruits inconnus.

Deuxième jour sur l'île.

[Découverte de la faune] Après une courte nuit, je décide de pousser plus loin l'exploration de nos nouvelles terres. Armés de machettes, nous progressons lentement dans une végétation dense. Nous entendons des cris d'animaux et en apercevons, à la cime des hauts arbres, qui se balancent au bout de lianes : ce sont des singes, je le sais, mais la plupart de mes compagnons n'en ont jamais vus et s'émerveillent de leur caractère joueur et facétieux.

> **CONSEIL**
> Pour éviter les anachronismes (l'expédition a lieu au XVIe siècle), tu peux indiquer : « premier jour sur l'île », « deuxième jour sur l'île », etc.

Troisième jour sur l'île.

[Découverte des habitants] Aujourd'hui, nous avons rencontré pour la première fois les hommes qui habitent ces terres. J'étais un peu inquiet : quel accueil allaient-ils nous offrir ? Allaient-ils nous considérer comme des intrus ou comme des invités ? Mes compagnons étaient méfiants et intrigués aussi par les peintures qui recouvraient leurs corps, mais ces hommes nous ont montré une grande gentillesse : je pense que nous sommes aussi exotiques pour eux qu'ils le sont pour nous. Ils ont tendu des mains curieuses vers nos vêtements d'Européens, en ont palpé les étoffes. Ils ont ri et échangé entre eux dans une langue aux sonorités étranges. Mes compagnons se sont enhardis et les premiers échanges ont eu lieu. Je pense que les jours qui vont suivre seront encore pleins d'heureuses surprises : j'ose croire que cette expédition sera une réussite.

Sujet de réflexion

[Introduction] Peut-on explorer le monde autrement que par la vue ?

[Voyager, découvrir la faune, la flore ou une civilisation étrangère] Explorer un pays étranger, c'est mettre tous ses sens en éveil pour appréhender ce qui nous est inhabituel, inconnu, étranger : des sons, des musiques, des langues étrangères, des couleurs, des formes, des odeurs. Découvrir la faune ou la flore d'un pays, c'est observer, écouter, toucher, humer : c'est faire appel à la vue, à l'ouïe, au toucher, à l'odorat, au goût. Par exemple, on regarde un fruit, sa forme, sa couleur, on le touche pour en découvrir la texture, on le sent pour en explorer les odeurs, on le mange pour en connaître le goût.

[Évoquer des lieux, des êtres chers] Le souvenir des lieux et des êtres est souvent lié à un parfum, au son d'une voix, parfois à un air de musique… Dans *À la recherche du temps perdu* de Marcel Proust, c'est la saveur d'une madeleine qui fait ressurgir du fond de la mémoire du narrateur un souvenir enfoui.

[La poésie] Selon Rimbaud, pour explorer le monde, le poète « se fait *voyant* par un long, immense et raisonné *dérèglement de tous les sens* ». Dans *Correspondances*, Baudelaire évoque la façon dont se conjuguent impressions olfactives, visuelles et auditives : « Les parfums, les couleurs et les sons se répondent. » Les mots des poèmes font naître à la fois des formes, des couleurs, des images, des sonorités qui éveillent notre imaginaire. La poésie nous conduit à explorer le monde autrement.

[La musique] De même, écouter de la musique, c'est entendre des sons, des notes, mais c'est aussi produire des images mentales, créer tout un univers visuel, sonore, sensible : c'est inventer un monde.

[Conclusion] Helen Keller dont la vie a été mise en scène dans le film *Miracle en Alabama* d'Arthur Penn était sourde et aveugle, et pourtant elle a su sortir de son enfermement et explorer le monde en valorisant des sens que nous négligeons trop souvent. C'est une magnifique leçon de vie qui nous engage à mettre en éveil et à aiguiser tous nos sens pour découvrir pleinement les univers qui nous entourent.

Voyage en train

3 heures
100 points

INTÉRÊT DU SUJET • Le poème de Valérie Rouzeau et le tableau d'Edward Hopper évoquent l'un et l'autre ce moment particulier que représente un voyage en train : une sorte de périple intérieur.

DOCUMENT A Texte littéraire

Je pars le cœur tapant prendre le train en marche
Pile au signal sonore monterai mon bagage avec ma vie entière
Sur les rails je penserai à toute vitesse au bonheur étrange de sentir mon poids de chagrin lancé par des plaines jamais vues
J'apercevrai peut-être un vrai oiseau dont on me dira plus tard que c'était un hiatus[1]
Tant de vide où se jeter qu'on parle de ciel pour remettre les choses à leur place qu'on croit
Un vrai oiseau une authentique joie ça va où
Nous serons bien avancés quand j'aurai posé pour moi cette question waouh
Et cette question de ma peine et des plaines pleines de ma peine et de vent je la laisse en suspens
On m'attendra sur le quai à l'heure exacte je saluerai coucou par la fenêtre j'aurai fait bon voyage
La nourriture sera bonne le lit confortable je n'aurai ni faim ni sommeil mais je ferai comme si parce que ça ne mange pas de pain[2] contrairement aux oiseaux
Puis je repartirai le cœur en miettes toujours tapant et éperdu

pour Cabou

Valérie Rouzeau, *Va où*, 2015,
© Éditions de La Table ronde.

1. Hiatus : succession de deux voyelles appartenant à des syllabes différentes à l'intérieur d'un mot. C'est le cas, ici, de « vrai oiseau ».
2. Ça ne mange pas de pain : expression qui signifie « ça ne nécessite pas de grande dépense ou de grands efforts, cela ne peut nuire ou cela ne fait pas prendre de grands risques ».

DOCUMENT B **Edward Hopper, *Compartiment C, voiture 293*, 1938**

Collection IBM, Armonk, New York.

TRAVAIL SUR LE TEXTE LITTÉRAIRE ET SUR L'IMAGE

50 POINTS • 1 h 10

Les réponses doivent être entièrement rédigées.

Grammaire et compétences linguistiques

▶ **1.** Remplacez « je » par « nous », et les verbes qui sont conjugués au présent et au futur par le passé composé, dans le passage suivant. *(10 points)*

« Je pars le cœur tapant prendre le train en marche
Pile au signal sonore monterai mon bagage avec ma vie entière
Sur les rails je penserai à toute vitesse au bonheur étrange de sentir mon poids de chagrin lancé par des plaines jamais vues » (vers 1 à 3)

▶ **2.** « On me dira plus tard que c'était un hiatus. » (vers 4)

a) Quelle est la classe grammaticale de « que » ? *(2 points)*

b) De laquelle des deux constructions suivantes pouvez-vous rapprocher le vers de Valérie Rouzeau ? Justifiez votre réponse. *(2 points)*

A. Je pense que les voyages forment la jeunesse.

B. Les voyages que j'ai faits m'ont ouvert l'esprit.

▶ **3.** Relevez deux expressions relevant de la langue orale plutôt que de la langue écrite et justifiez votre réponse. *(4 points)*

▶ **4.** « Je la laisse en suspens » (vers 8)
a) De quel verbe vient le terme « suspens » ? *(1 point)*
b) Quel mot est repris par le pronom personnel « la » ? *(1 point)*
c) À partir des deux réponses précédentes, quel sens donnez-vous à l'expression « Je la laisse en suspens » ? *(2 points)*

Compréhension et compétences d'interprétation

▶ **5.** De quoi ce texte nous parle-t-il ? Relevez et nommez le champ lexical correspondant. *(2 points)*

▶ **6.** À quel genre appartient ce texte ? Trouvez trois justifications. *(4 points)*

▶ **7. a)** Quelles sont les deux émotions opposées évoquées par le personnage ? *(2 points)*
b) Pour quelles raisons les évoque-t-il ? *(4 points)*

▶ **8.** « Et cette question de ma peine et des plaines pleines de ma peine » (vers 8)
a) Laquelle des deux émotions est exprimée ici ? *(1 point)*
b) Par quels procédés d'écriture cette émotion est-elle mise en valeur ? *(4 points)*

▶ **9.** « Je pars le cœur tapant prendre le train en marche » (vers 1)
« Puis je repartirai le cœur en miettes toujours tapant et éperdu » (vers 11)
Comparez le premier vers et le dernier vers du texte. Que montrent-ils du voyage ? *(3 points)*

▶ **10.** Quel lien percevez-vous entre le titre *Va où* et le texte ? *(2 points)*

▶ **11. a)** Quels rapprochements pouvez-vous faire entre le tableau d'Edward Hopper et ces vers d'Hubert-Félix Thiéfaine ? Justifiez votre réponse. *(3 points)*

« ton compartiment
reflète sans passion
ton comportement
de femme de salon
voyageuse solitaire
entourée de mystère »

Hubert-Félix Thiéfaine, « Compartiment C voiture 293 »,
Suppléments de mensonge, 2011.

S'ENTRAÎNER

b) Selon vous, la femme représentée dans le tableau d'Edward Hopper pourrait-elle être la voyageuse du texte de Valérie Rouzeau ? Expliquez. *(3 points)*

DICTÉE 10 POINTS • 20 min

Les mots « Orient-Express » et « Sud-Brenner-Bahn », ainsi que le titre et le nom de l'auteur sont écrits au tableau.

Valéry Larbaud
« Ode », in *Les Poésies de A.O. Barnabooth*

[…] Prêtez-moi, ô Orient-Express, Sud-Brenner-Bahn, prêtez-moi
Vos miraculeux bruits sourds et
Vos vibrantes voix de chanterelle ;
Prêtez-moi la respiration légère et facile
Des locomotives hautes et minces, aux mouvements
Si aisés, les locomotives des rapides,
Précédant sans effort quatre wagons jaunes à lettres d'or
Dans les solitudes montagnardes de la Serbie,
Et, plus loin, à travers la Bulgarie pleine de roses…

Ah ! il faut que ces bruits et que ce mouvement
Entrent dans mes poèmes et disent
Pour moi ma vie indicible, ma vie
D'enfant qui ne veut rien savoir, sinon
Espérer éternellement des choses vagues.

RÉDACTION 40 POINTS • 1 h 30

Vous traiterez au choix l'un des deux sujets suivants.

Sujet d'imagination

Vous effectuez un voyage. Dans un texte poétique (en prose ou en vers libres comme dans *Va où*), vous raconterez le trajet qui a provoqué en vous des sentiments et émotions variés. Vous vous efforcerez de faire percevoir à votre lecteur en quoi cette expérience était unique. Comme dans le texte de Valérie Rouzeau, vous veillerez à proposer une langue imagée.

Sujet de réflexion

À votre avis, pour quelles raisons peut-on dire que le voyage est enrichissant et formateur ?
Vous répondrez à cette question en vous appuyant sur votre expérience, vos lectures, votre culture artistique et personnelle.

LES CLÉS DU SUJET

Analyser les documents

LE TEXTE

Le genre
Poème de Valérie Rouzeau (2015) qui évoque un voyage en train.

Les caractéristiques clés
Vers libres, absence de ponctuation, jeux avec les mots, la syntaxe et les sonorités.

L'IMAGE

Le genre
Tableau du peintre réaliste américain Edward Hopper (XXe siècle).

Le thème
Portrait empreint de mystère et de mélancolie d'une voyageuse assise dans un compartiment de train.

Traiter le sujet d'imagination

Recherche d'idées

Piste 1
- Commence par définir quels vont être ta destination et ton moyen de transport : train, avion, voiture, vélo…
- Imagine le lieu de départ (aéroport, gare…) et les paysages traversés.

Piste 2
- Choisis les sentiments et sensations que tu vas évoquer : excitation, angoisse de l'inconnu, plaisir de la vitesse, étonnement, joie de la découverte…
- Recherche des images expressives, des comparaisons ou des métaphores.

Conseils de rédaction

- Écris en prose ou en vers libres. La prose, c'est un texte qui n'est pas en vers. Il existe des poèmes en prose. Quant aux vers libres, ce sont des vers de longueurs différentes, contrairement aux vers réguliers.
- Tu n'es pas obligé de faire des phrases. Tu peux employer des groupes nominaux, des interjections, ne pas mettre de ponctuation : c'est la grande liberté qu'offre la poésie. Mais il ne faut pas pour autant écrire n'importe quoi !

Traiter le sujet de réflexion

Recherche d'idées

Piste 1 Les voyages forment la jeunesse, dit-on. Oui, mais comment ?

Piste 2 Quels bénéfices peut-on en tirer ?

■ **Conseils de rédaction**

• Organise ton texte en plusieurs paragraphes qui correspondront chacun à un argument :
– les voyages nous apportent de nouvelles connaissances sur le monde et aiguisent notre curiosité ;
– ils nous font prendre conscience de la beauté, mais aussi de la fragilité de notre planète ;
– ils nous font découvrir des modes de vie différents des nôtres et nous sortent de notre égoïsme et de notre routine quotidienne ;
– ils enrichissent notre imagination.
Tu peux en trouver d'autres encore…
• Pense à employer des connecteurs pour introduire tes différents paragraphes : « tout d'abord », « ensuite », « aussi », « également », « enfin »…

22 CORRIGÉ **GUIDÉ**

TRAVAIL SUR LE TEXTE LITTÉRAIRE ET SUR L'IMAGE

Grammaire et compétences linguistiques

▶ **1.** *Les modifications sont en couleur.*

« Nous sommes partis le cœur tapant prendre le train en marche

Pile au signal sonore avons monté notre bagage avec notre vie entière

Sur les rails nous avons pensé à toute vitesse au bonheur étrange de sentir notre poids de chagrin lancé par des plaines jamais vues ».

▶ **2. a)** « Que » est une conjonction de subordination.

b) On peut rapprocher le vers de Valérie Rouzeau de la construction suivante : *A. Je pense que les voyages forment la jeunesse.* En effet, « que », dans les deux cas, introduit une proposition conjonctive complétive, alors que dans la seconde construction (*B. Les voyages que j'ai faits m'ont ouvert l'esprit*), « que » est un pronom relatif mis pour l'antécédent « les voyages ».

▶ **3.** « Un vrai oiseau une authentique joie <u>ça va où</u> » et « Nous serons bien avancés quand j'aurai posé pour moi cette question <u>waouh</u> » sont des expressions qui appartiennent à la langue parlée. « ça va où » est une construction familière et « waouh » une interjection.

▶ **4. a)** « Suspens » vient du verbe « suspendre ».

b) Le mot repris par le pronom personnel « la » est « question ».

c) Cette expression signifie, selon moi, que la narratrice laisse la question en attente de réponse.

Compréhension et compétences d'interprétation

▶ **5.** Le poème nous parle de voyage, et plus précisément d'un voyage en train. Les mots qui appartiennent à ce champ lexical sont les suivants : « pars », « train », « en marche », « bagage », « rails », « vitesse », « quai », « voyage », « repartir ».

INFO +
Un « champ lexical » désigne tous les mots qui appartiennent à un même thème. Ce peut être aussi bien des noms, des verbes, des adjectifs ou encore des adverbes.

▶ **6.** Le texte appartient au genre poétique. Il est écrit en vers libres, sans ponctuation et prend des libertés avec la syntaxe. Il repose sur des images originales et une grande musicalité.

▶ **7. a)** Les deux émotions contradictoires évoquées sont le bonheur et le chagrin.

b) La narratrice les exprime pour s'épancher, essayer de les comprendre et les partager avec le lecteur comme dans tout poème lyrique.

▶ **8. a)** C'est le chagrin qui est ici exprimé.

b) Valérie Rouzeau met cette émotion en valeur en jouant avec la répétition du mot « peine », avec l'homophonie de « pleine » et « plaine » et avec les assonances et les allitérations :

« Et cette question de ma **p**eine et des **pl**aines **pl**eines de ma **p**eine ».

INFO +
Une assonance est la répétition d'un même son voyelle ; une allitération, la répétition d'un même son consonne.

▶ **9.** Le premier et le dernier vers se répondent : ils encadrent le poème. Ils montrent que les voyages, ce sont toujours de nouveaux départs, de nouveaux adieux. Où qu'on aille, on emporte sa peine. On part plein d'espoir, « le cœur tapant » mais on repart « le cœur en miettes toujours tapant ».

▶ **10.** Le titre évoque un voyage en suspens, puisque la phrase est incomplète et sans ponctuation. On peut rapprocher le titre du vers suivant, ce qui l'éclaire un peu : « Un vrai oiseau une authentique joie ça va où ». La voyageuse se demande où aller pour être heureuse, où trouver une joie vraie et authentique.

S'ENTRAÎNER

▶ **11. a)** Les vers d'Hubert-Félix Thiéfaine évoquent la jeune femme du tableau, comme l'indique le titre du poème qui est la reprise exacte de celui de la peinture. Le poète s'adresse à la voyageuse peinte par Hopper, une femme élégante, solitaire et mystérieuse, dont le visage reste dans l'ombre de son grand chapeau.

b) La femme du tableau est bien différente de celle du poème de Valérie Rouzeau : si la première ne laisse pas transparaître ses sentiments et semble impassible, voire indifférente, à ce qui l'entoure, la seconde est tout entière à ses impressions et à ses émotions.

DICTÉE

POINT MÉTHODE

1 Ne confonds pas les terminaisons de l'impératif (*prêtez*) et de l'infinitif (*espérer*) pour les verbes du 1er groupe. Pour distinguer les deux, remplace le verbe du 1er groupe par un verbe d'un autre groupe :

- *Prêtez-moi → Offrez-moi = impératif.*
- *Espérer éternellement → vouloir éternellement = infinitif.*

2 Attention aux accords, ils sont très nombreux dans ce poème ! N'oublie pas les marques du pluriel (*s*, *x*, *ent*).

Prêtez-moi, ô Orient-Express, Sud-Brenner-Bahn, prêtez-moi
Vos miraculeux bruits sourds et
Vos vibrantes voix de chanterelle ;
Prêtez-moi la respiration légère et facile
Des locomotives hautes et minces, aux mouvements
Si aisés, les locomotives des rapides,
Précédant sans effort quatre wagons jaunes à lettres d'or
Dans les solitudes montagnardes de la Serbie,
Et, plus loin, à travers la Bulgarie pleine de roses…

Ah ! il faut que ces bruits et que ce mouvement
Entrent dans mes poèmes et disent
Pour moi ma vie indicible, ma vie
D'enfant qui ne veut rien savoir, sinon
Espérer éternellement des choses vagues.

RÉDACTION

Voici un exemple de rédaction sur chacun des deux sujets.
Attention les indications entre crochets ne doivent pas figurer sur ta copie.

Sujet d'imagination

[Départ]

Brouhaha
Appel et annonces qu'on ne comprend pas
Bousculade
La main serrée fort
Pour ne pas se perdre
Les valises s'entrechoquant
Excitation et angoisse du départ
Agitation quai 12
Le train long serpent qui attend
Voyageurs en partance

[Le voyage]

Portières qui claquent
Sifflets du chef de gare
Le paysage à rebours
Nous sommes partis
Au bout des rails l'inconnu
Un ailleurs tant rêvé
Venise et ses palais mouillés
Son grand canal ses gondoliers
Dans le compartiment nous nous couchons
Bientôt il fera nuit
Le train me berce doucement
Je voyage en dormant

[Arrivée]

Au réveil m'accueille la lagune
Encore ensommeillée
Je rêve aux palais dorés
Et au chant des gondoliers

CONSEIL
Tu peux insérer des comparaisons ou des métaphores, comme ici où le train est comparé à un long serpent.

Sujet de réflexion

[Introduction : présentation de la question posée] « Les voyages forment la jeunesse ». Ce proverbe, qui ne le connaît pas ? Mais qu'entend-on par « former » ? En quoi les voyages peuvent-ils être une source d'enrichissement ?

[Élargir son horizon, faire de nouvelles découvertes] Voyager, c'est tout d'abord changer d'horizon, aller vers l'inconnu, faire de nouvelles découvertes. De tout temps des hommes se sont faits explorateurs, au risque de leur vie – Marco Polo, Christophe Colomb, Vasco de Gama, Neil Armstrong – et sont partis à la découverte d'autres pays, d'autres continents, d'autres civilisations et même de la Lune. De nos jours, l'exploration spatiale se poursuit vers d'autres planètes, repoussant toujours plus loin les frontières de notre monde connu.

[Prendre conscience de la fragilité de notre Terre] Voyager, c'est aussi prendre conscience de la beauté et de la richesse de notre planète aux paysages si variés – la forêt vierge, le désert, la montagne, la banquise – mais aussi de sa fragilité et de l'urgence de la protéger.

[Découvrir d'autres modes de vie] Voyager, c'est également se confronter à d'autres civilisations, d'autres modes de vie. Cela permet d'abandonner ses préjugés et ses œillères, de lutter contre le racisme et la xénophobie, de sortir de sa zone de confort et de prendre conscience de son existence privilégiée, lorsque l'on se trouve au contact de la pauvreté ou des difficultés que rencontrent d'autres populations dans le monde.

[Enrichir son imaginaire] Voyager, ce n'est pas nécessairement aller loin, prendre un train, un avion : il suffit parfois de tourner un coin de rue, d'explorer un autre quartier pour être confronté à l'inconnu ; il suffit parfois d'ouvrir un livre pour vivre des aventures exaltantes, comme celles que nous font partager les récits de Jules Verne – *Voyage au centre de la Terre, Le Tour du monde en quatre-vingts jours* – ou encore *L'Île au trésor* de Stevenson. Voyager, ce peut être tout simplement fermer les yeux et se laisser aller au gré de son imagination.

[Conclusion] Les voyages sont donc une merveilleuse source d'enrichissement : ils nous font grandir, découvrir d'autres paysages, d'autres civilisations, nous sortent de notre quotidien et aiguisent notre curiosité. Ils nous rendent moins égoïstes et plus responsables. Encore faut-il sortir des sentiers battus et des voyages organisés pour explorer le monde en toute liberté.

23 Centres étrangers • Juin 2019

Globalia, un monde totalitaire

3 heures
100 points

INTÉRÊT DU SUJET • Le texte et la bande dessinée évoquent l'un et l'autre un acte de résistance contre un pouvoir totalitaire qui impose une pensée uniformisée.

S'ENTRAÎNER

DOCUMENT A **Texte littéraire**

Baïkal et Kate sont sortis clandestinement de « Globalia », le monde dans lequel ils vivent. Ils se retrouvent dans la « non-zone » qu'ils ne connaissent pas.

– Tu ne comprends pas, Kate, je te l'ai souvent répété. Ce sera partout la même chose. Partout nous serons en Globalia. Partout, nous retrouverons cette civilisation que je déteste.

– Évidemment, puisqu'il n'y en a qu'une ! Et c'est heureux. Aurais-tu la nostalgie du temps où il y avait des nations différentes qui n'arrêtaient pas de se faire la guerre ?

Baïkal haussa les épaules. Kate poussa son avantage.

– Il n'y a plus de frontières, désormais. Ce n'est tout de même pas plus mal ?

– Bien sûr que non, Kate. Tu me récites la propagande que tu as apprise comme nous tous. Globalia, c'est la liberté ! Globalia, c'est la sécurité ! Globalia, c'est le bonheur !

Kate prit l'air vexé. Le mot de propagande était blessant. Il ne s'agissait ni plus ni moins que de la vérité.

– Tu te crois certainement plus malin que moi, mais tu ne peux tout de même pas nier qu'on peut aller partout. Ouvre ton multifonction[1], sélectionne une agence de voyages et tu pars demain dans n'importe quel endroit du monde…

– Oui, concéda Baïkal, tu peux aller partout. Mais seulement dans les zones sécurisées, c'est-à-dire là où on nous autorise à aller, là où tout est pareil.

– Mais tout Globalia est sécurisé ! L'Europe, l'Amérique, la Chine… Le reste, c'est le vide, ce sont les non-zones.

Baïkal reprit d'un ton passionné et s'écria :

– Moi, je continue à croire qu'existe un ailleurs.

Kate soupira.

– C'est ce que tu m'as expliqué et c'est pour cela que je t'ai suivi. Mais rends-toi à l'évidence. L'ailleurs est dans tes rêves, mon amour. Il n'y a que quelques endroits pourris aux confins du monde, des réserves, des friches.

– Depuis six mois je recoupe les informations, insista Baïkal en secouant la tête – mais on sentait le désespoir éteindre sa voix. Je suis sûr que toutes ces non-zones sont en continuité. On peut sortir d'ici et rejoindre la mer, il doit y avoir des déserts, des villes peut-être. J'ai fait l'impossible pour obtenir des plans. J'ai soudoyé[2] un type dont le grand-père était botaniste[3]. Il avait effectué des missions dans les non-zones. Il m'a vendu ce logiciel cartographique, mais il est sans doute dépassé : on ne reconnaît plus rien.

Kate le sentait au bord des larmes. Elle passa sa main dans ses cheveux, lissa ses éternels épis couleur de jais[4] qui se redressaient aussitôt.

– Rentrons maintenant, souffla-t-elle. Nous raconterons que nous nous sommes perdus, que la porte était ouverte, que nous avons voulu être seuls dans la montagne. Cela n'ira pas bien loin. Une amende peut-être.

– Non, dit Baïkal en secouant la tête. Je ne retournerai pas là-bas. Ce monde est une prison.

Jean-Christophe Rufin, *Globalia*, 2004, © Éditions Gallimard.

1. Multifonction : ordinateur.
2. Soudoyer : payer quelqu'un pour obtenir quelque chose de défendu.
3. Botaniste : scientifique qui étudie les plantes, les fleurs et les arbres.
4. Jais : de couleur noire.

DOCUMENT B **Quino, *Y a un truc !*, 1981**

Quino, scénariste et auteur de bandes dessinées argentin, porte un regard critique sur la société, notamment celle de son pays.

TRAVAIL SUR LE TEXTE LITTÉRAIRE ET SUR L'IMAGE

50 POINTS • 1 h 10

Les réponses doivent être entièrement rédigées.

Grammaire et compétences linguistiques

▶ **1.** « Globalia » (l. 2)

a) À partir de quel mot ce terme est-il formé ? (*1 point*)

b) Expliquez le sens de « Globalia ». (*1 point*)

▶ **2.** « […] là où on nous autorise à aller » (l. 20), « mais on sentait le désespoir éteindre sa voix » (l. 32), « on peut sortir d'ici et rejoindre la mer » (l. 33-34).

a) Quelle est la classe grammaticale du mot « on » ? (*1 point*)

b) Identifiez ce que désigne chacun des trois mots soulignés. (*3 points*)

▶ **3.** « Nous raconterons que nous nous sommes perdus, que la porte était ouverte, que nous avons voulu être seuls dans la montagne. » (l. 42-44)
Comment les paroles du personnage sont-elles rapportées ? (*1 point*)

▶ **4.** « Globalia, c'est la liberté ! Globalia, c'est la sécurité ! Globalia, c'est le bonheur ! » (l. 11-12)
Identifiez une figure de style employée dans ce passage. (*1 point*)

▶ **5.** « Mais rends-toi à l'évidence. » (l. 28)

a) Quel mode est employé dans cette phrase ? *(1 point)*

b) Expliquez l'emploi de ce mode. (*1 point*)

▶ **6.** « Je ne retournerai pas là-bas. Ce monde est une prison. » (l. 46-47)

a) Nommez la relation logique qui unit les deux phrases. (*1 point*)

b) Réécrivez-les en utilisant une conjonction de subordination qui exprime la même relation logique. (*1 point*)

▶ **7.** « Tu ne comprends pas, Kate, je te l'ai souvent répété. Ce sera partout la même chose. Partout nous serons en Globalia. Partout, nous retrouverons cette civilisation que je déteste. » (l. 1-3)
Réécrivez ce passage en commençant par : « Baïkal explique à Kate qu'elle… » (*10 points*)

Compréhension et compétences d'interprétation

▶ **8.** Quel est le sujet central de la conversation entre Kate et Baïkal ? (*2 points*)

▶ **9. a)** Que pense Kate de Globalia ? (*2 points*)

b) Reformulez deux arguments qu'avance Kate pour défendre son opinion. Vous illustrerez votre réponse à l'aide de deux citations. (*4 points*)

c) Dans les lignes 4 à 18, nommez un procédé qu'elle utilise pour convaincre Baïkal. Justifiez-le à l'aide d'un exemple issu du texte. (*2 points*)

▶ **10. a)** Quelle vision Baïkal a-t-il de Globalia ?
Relevez deux arguments. (*3 points*)
b) Quel est son projet ? Justifiez votre réponse. (*3 points*)

▶ **11.** Quelle proposition Kate formule-t-elle à la fin de l'extrait ?
Pour quelle raison ? (*2 points*)

▶ **12.** En vous appuyant sur les réponses précédentes et votre lecture du texte, que pensez-vous de Globalia ? Développez votre réponse de manière argumentée. (*4 points*)

▶ **13. a)** Quelles sont les caractéristiques de la société représentée par Quino dans cette planche de bande dessinée ? (*3 points*)
b) Quels liens établissez-vous avec le texte *Globalia* ? (*3 points*)

DICTÉE — 10 POINTS • 20 min

Le nom de l'auteur, le titre de l'œuvre, ainsi que « Baïkal », « Kate », « glauque » et « biais » sont écrits au tableau.

Jean-Christophe Rufin
Globalia, 2004

Tout à coup, emportés par leur élan, ils butèrent contre la vitre qui courait à mi-pente. Elle rendit un son vibrant quand ils la heurtèrent. Ils étaient tombés accroupis, emmêlés. Baïkal se redressa, couvert d'aiguilles sèches. Il aida Kate à se relever. Elle n'osait pas toucher la vitre. C'était la première fois qu'elle approchait des limites. Le mur lisse et brillant était transparent de près mais prenait un ton vert glauque à mesure qu'il s'éloignait et qu'on le voyait de biais. […] La pente qu'ils avaient dégringolée était si raide qu'il semblait impossible de la remonter.

RÉDACTION — 40 POINTS • 1 h 30

Vous traiterez au choix un des deux sujets de rédaction suivants. Votre travail fera au moins deux pages (soit une cinquantaine de lignes).

Sujet d'imagination

Kate rentre seule à Globalia. Imaginez une situation qui lui ouvre les yeux, l'amenant à considérer Globalia comme une prison et à partager le point de vue de Baïkal sur ce monde. Vous respecterez les caractéristiques de la narration et du cadre spatio-temporel du texte. Vous intégrerez dans votre récit les pensées et les sentiments de Kate.

Sujet de réflexion

Comment l'expression artistique (la littérature, la peinture, le cinéma, la musique…) permet-elle de dénoncer le totalitarisme ? Vous vous appuierez sur vos lectures, vos connaissances personnelles et culturelles.

LES CLÉS DU SUJET

Analyser les documents

LE TEXTE

- **Le genre** : Roman d'anticipation de J.-C. Rufin, qui prend la forme d'une dystopie (2004).
- **Le thème** : Le jeune héros, Baïkal Smith, cherche à sortir clandestinement de Globalia, un état mondial sécurisé et uniformisé.

L'IMAGE

- **Le genre** : Bande dessinée de Quino, dessinateur et scénariste argentin surtout connu pour sa série de bandes dessinées *Mafalda*.
- **Le thème** : Dénonciation d'une pensée unique imposée par une idéologie totalitaire et affirmation de la nécessité d'y résister.

Traiter le sujet d'imagination

Recherche d'idées

Piste 1	Imagine un événement (rencontre, confrontation, fait, incident) qui va provoquer une prise de conscience chez Kate.
Piste 2	Kate peut réaliser que Globalia n'est pas le monde parfait qu'elle pense, que la propagande n'est pas la vérité, qu'elle n'est pas si libre qu'elle le croit, que tout est peut-être trop uniforme et laisse peu de place à l'imagination, au droit à la différence…

Conseils de rédaction

• Reprends les caractéristiques de la narration : récit à la troisième personne et au passé.

• Respecte aussi le cadre spatio-temporel.

– Le lieu : à Globalia, un État totalitaire où règnent la propagande et l'uniformité de la pensée imposée.

– Le moment : dans un futur indéterminé, peu de temps après le retour de Kate de son escapade secrète avec Baïkal.

• Intègre dans ton récit les pensées et les sentiments de Kate.

– Imagine, par exemple, un court dialogue intérieur.

– Fais appel au lexique des sentiments pour évoquer ses doutes, ses désirs, ses révoltes.

Traiter le sujet de réflexion

Recherche d'idées

Piste 1

Recherche les différentes façons dont les artistes peuvent combattre le totalitarisme (les dictatures) :
– le rire, l'ironie ;
– l'art de persuader, d'émouvoir, de se révolter ;
– l'appel à la résistance ;
– les récits d'anticipation, les dystopies.

Piste 2

Choisis des exemples précis parmi des œuvres littéraires, picturales, cinématographiques ou encore musicales. N'oublie pas de citer aussi le roman de Jean-Christophe Rufin.

Conseils de rédaction

• Présente tout d'abord la question dans ton introduction.

• Construis ensuite ton développement en plusieurs paragraphes, chacun correspondant à un moyen d'agir contre le totalitarisme. Introduis chaque paragraphe avec un connecteur : « tout d'abord », « ensuite », « mais aussi », « enfin »…

• N'oublie pas de conclure par une rapide synthèse et en élargissant ta réflexion : par exemple, évoque l'importance de l'expression artistique et les risques encourus par les artistes dans un monde muselé par la censure.

23 CORRIGÉ GUIDÉ

TRAVAIL SUR LE TEXTE LITTÉRAIRE ET SUR L'IMAGE

Grammaire et compétences linguistiques

▶ **1. a)** Le nom propre « Globalia » est formé à partir de l'adjectif « global ».

b) Globalia est une sorte d'état mondial où les habitants sont englobés dans une même uniformité politique, sociale et intellectuelle.

▶ **2. a)** « On » est un pronom personnel sujet.

b) • « là où on nous autorise à aller » : « on » désigne ceux qui gouvernent.

• « mais on sentait le désespoir éteindre sa voix » : « on » désigne ici Kate, le narrateur, les lecteurs, ceux qui écoutent Baïkal.

• « on peut sortir d'ici et rejoindre la mer » : « on » désigne cette fois « nous » (Kate et Baïkal).

▶ **3.** Les paroles sont rapportées au discours indirect.

▶ **4.** La figure de style employée est une anaphore.

INFO +
Une anaphore consiste à répéter le même mot ou la même construction au début de plusieurs phrases ou vers.

▶ **5. a)** Le mode employé est l'impératif.

b) Il exprime une invitation pressante, un ordre, une exhortation.

▶ **6. a)** La relation logique est une relation de cause. Elle est implicite, sous-entendue.

b) Je ne retournerai pas là-bas parce que ce monde est une prison.

▶ **7.** *Les modifications sont en couleur.*

« Baïkal explique à Kate qu'elle ne comprend pas, qu'il le lui a souvent répété, que ce sera toujours la même chose, que partout ils seront en Globalia, que partout ils retrouveront cette civilisation qu'il déteste. »

Compréhension et compétences d'interprétation

▶ **8.** Le sujet central de la conversation entre Kate et Baïkal est la possibilité qu'il existe un autre monde au-delà des frontières de cet univers globalisé et uniformisé dans lequel ils vivent.

▶ **9. a)** Kate a une opinion très positive de Globalia : elle considère que c'est un monde où l'on est heureux.

b) Elle apporte deux arguments. Tout d'abord, il s'agit d'un monde sans guerre : « Aurais-tu la nostalgie du temps où il y avait des nations différentes qui n'arrêtaient pas de se faire la guerre ? » Ensuite, c'est un monde sans frontières dans lequel on peut se déplacer librement : « Tu ne peux tout de même pas nier qu'on peut aller partout. »

c) Pour tenter de convaincre Baïkal, Kate emploie des questions rhétoriques : « Il n'y a plus de frontières désormais. *Ce n'est tout de même pas plus mal ?* »

INFO +
Une question rhétorique est une question à laquelle on n'attend pas de réponse, dont on connaît d'avance la réponse.

▶ **10. a)** Baïkal a une vision très critique de Globalia : c'est un monde totalitaire, où la liberté de penser et de se déplacer n'est qu'apparente, où tous les habitants sont amenés à penser de la même manière. Il voit Globalia comme une prison, physique et morale.

b) Baïkal souhaite s'évader de cet univers, partir à la recherche d'un ailleurs. Cela fait des semaines qu'il enquête sur les « non-zones ». Il s'est procuré un logiciel cartographique. Il est persuadé qu'il y a un autre monde hors de Globalia.

▶ **11.** Kate tente de le convaincre de regagner Globalia. Elle a peur de l'inconnu qui les attend et elle voit Baïkal perdu, au bord des larmes.

▶ **12.** Je pense comme Baïkal que Globalia est un monde totalitaire qui semble offrir le bonheur et la paix, mais au détriment de la liberté de penser, de se déplacer. Les esprits y sont uniformisés, en proie à la propagande. Il n'y a plus de libre-arbitre. C'est un monde aseptisé, sans surprise, sans différences. On peut y voyager à sa guise, mais à quoi bon puisqu'il n'y a plus qu'une civilisation unique ?

▶ **13. a)** La société représentée par Quino sur sa planche de bande dessinée est une société où tout le monde pense de manière identique, ce qui est symbolisé par des carrés. La résistance à cette pensée totalitaire consiste à se procurer clandestinement un instrument subversif, un compas, qui permettra de réaliser des ronds, c'est-à-dire de penser et s'exprimer autrement.

b) Le monde de Globalia et celui de la bande dessinée ont les mêmes caractéristiques : ils imposent à leurs habitants une pensée unique. Baïkal ressemble à ce personnage qui se procure un compas : il veut échapper à cette dictature de la pensée, découvrir d'autres horizons.

S'ENTRAÎNER

DICTÉE

POINT MÉTHODE

Attention aux règles d'accord du participe passé.

1 Le participe passé employé avec l'auxiliaire *être* s'accorde avec le sujet : *Ils étaient tombés accroupis, emmêlés.*

2 Le participe passé employé avec l'auxiliaire *avoir* s'accorde avec le COD si celui-ci est placé avant le verbe : *La pente qu'il avait dégringolée était si raide*.

3 Le participe passé employé comme adjectif s'accorde avec le nom ou le pronom qu'il qualifie : *Tout à coup, emportés par leur élan, ils butèrent contre la vitre.*

Tout à coup, emportés par leur élan, ils butèrent contre la vitre qui courait à mi-pente. Elle rendit un son vibrant quand ils la heurtèrent. Ils étaient tombés accroupis, emmêlés. Baïkal se redressa, couvert d'aiguilles sèches. Il aida Kate à se relever. Elle n'osait pas toucher la vitre. C'était la première fois qu'elle approchait des limites. Le mur lisse et brillant était transparent de près mais prenait un ton vert glauque à mesure qu'il s'éloignait et qu'on le voyait de biais. [...] La pente qu'ils avaient dégringolée était si raide qu'il semblait impossible de la remonter.

RÉDACTION

Voici un exemple de rédaction sur chacun des deux sujets.

Attention les indications entre crochets ne doivent pas figurer sur ta copie.

Sujet d'imagination

[Introduction] Kate laissa Baïkal derrière elle et réintégra discrètement Globalia, soulagée, mais aussi inquiète pour son jeune compagnon affrontant seul les dangers des non-zones, s'y perdant peut-être pour toujours. Elle s'en voulait de l'avoir ainsi abandonné, mais elle ne se sentait pas capable de quitter le cocon protecteur du seul monde qu'elle connaissait.

[Élément déclencheur] Soudain, Kate sentit une odeur lui chatouiller les narines, un léger arôme un peu entêtant, à la fois étrange et familier : cela sentait quelque chose de doux, de subtil et de sauvage en même temps, quelque chose qui éveillait en elle une sorte de nostalgie, une impression de poésie… Elle plongea la main dans sa poche et en sortit une petite poignée de quelque chose qui sentait la terre, l'humus. Cela avait dû s'y glisser alors qu'elle suivait son jeune ami.

[Prise de conscience] Il n'y avait rien de tel à Globalia : les odeurs étaient proscrites, chassées. Tout était désodorisé, aseptisé, fade. Tout ce qui pouvait éveiller des élans de poésie, des désirs, des envies était formellement interdit. Kate, déjà, remarquait quelques regards désapprobateurs et suspicieux. Elle se hâta de s'éloigner de peur d'être soupçonnée de quelque pratique prohibée.

Malgré elle, sa main tâta précautionneusement le fond de sa poche : c'était doux, un peu friable… Elle jeta un coup d'œil rapide à la petite poignée de terre ocre qu'elle venait d'extraire du bout de ses doigts. Elle ne put s'empêcher de porter ces quelques grains à ses narines et huma profondément. Cela lui donna envie de chantonner, même si c'était interdit, à l'exception des chants patriotiques. Comme tout lui semblait terne, insipide, monotone tout à coup. Était-ce cette vie-là qu'elle considérait encore comme heureuse, idéale, quelques heures auparavant ?

[Conclusion] Elle cacha la petite poignée de terre bien profondément dans les plis de sa poche et ressentit le violent désir de fuir cette prison mentale qu'était devenu pour elle, en quelques instants, Globalia. Elle ne souhaitait plus qu'une chose : rejoindre Baïkal et explorer avec lui les espaces inconnus. Mais saurait-elle le retrouver ?

Sujet de réflexion

[Introduction] L'expression artistique (la littérature, la peinture, le cinéma, la musique…) est un moyen de lutte contre le totalitarisme. Mais de quelle façon une œuvre d'art peut-elle se révéler une arme efficace ?

[Combattre en se moquant] Certains artistes ont choisi l'ironie, la dérision comme arme. Ainsi, Charlie Chaplin dans son film *Le Dictateur* (1940) use-t-il du rire pour mettre en évidence la folie des grandeurs et la mégalomanie d'un chef d'État qui ressemble étrangement à Hitler.

[Combattre en indignant et en frappant les esprits] Une œuvre d'art peut aussi agir en frappant les esprits. S'il est un tableau qui symbolise la barbarie, c'est *Guernica* de Picasso (1937) qui met en scène le martyr de la population de cette petite ville bombardée par les aviations fasciste et nazie lors de la guerre d'Espagne. Cette œuvre est un terrible manifeste contre les horreurs de la guerre et de la dictature.

[Combattre en appelant à la résistance] Une œuvre peut aussi être un appel à la résistance. Ainsi, dans son poème *Courage* (1944), Éluard exhorte les Parisiens à s'élever contre le nazisme. Quant au célèbre *Chant des partisans*, c'est l'hymne de la Résistance française contre l'occupant allemand.

[Alerter sur des dangers futurs] Enfin, des romanciers ont choisi de faire des récits d'anticipation, de dystopies pour alerter leurs lecteurs sur les risques que courent nos sociétés de sombrer dans des régimes totalitaires. Citons par exemple *Le Meilleur des mondes* d'Aldous Huxley (1932), *1984,* de George Orwell (1949), *La Servante écarlate* de Margaret Atwood (1985) ou encore *Globalia* de Jean-Christophe Rufin (2004).

[Conclusion] La création artistique offre donc des formes variées de lutte contre les totalitarismes : l'ironie et le rire, le pouvoir d'émouvoir, de persuader, d'appeler à la résistance ou encore de rendre vigilant et critique face à l'avenir. C'est sous les dictatures que l'expression artistique est la plus essentielle et la plus risquée, lorsqu'on cherche à la museler, preuve qu'elle constitue une arme efficace contre le totalitarisme.

S'ENTRAÎNER

24 Sujet inédit

Paris en 2050

3 heures
100 points

INTÉRÊT DU SUJET • Les mondes imaginés par les auteurs de science-fiction sont parfois très proches du devenir probable de nos sociétés. Fiction et réalité à venir se rejoignent alors.

DOCUMENT A Texte littéraire

Dans ce roman qui se déroule en 2050, Barjavel imagine une ville où certains principes architecturaux de Le Corbusier ont été appliqués, parfois de manière extrême.

Les studios de Radio-300 étaient installés au 96e étage de la Ville Radieuse, une des quatre Villes Hautes construites par Le Cornemusier[1] pour décongestionner Paris. La Ville Radieuse se dressait sur l'emplacement de l'ancien quartier du Haut-Vaugirard, la Ville Rouge sur l'ancien bois de Boulogne, la Ville Azur sur l'ancien bois de Vincennes, et la Ville d'Or sur la Butte-Montmartre. [...]

Quelques érudits[2], amoureux du vieux Paris, se sont penchés sur les souvenirs du Montmartre disparu, et nous ont dit ce qu'était cet étrange quartier de la capitale. À l'endroit même où devait plus tard s'élancer vers le zénith la masse dorée de la Ville Haute, un entassement de taudis abritait autrefois une bien pittoresque population. Ce quartier sale, malsain, surpeuplé, se trouvait être, paradoxalement, le « lieu artistique » par excellence de l'Occident. Les jeunes gens qui, à Valladolid, Munich, Gênes ou Savigny-sur-Braye, sentaient s'éveiller en eux la passion des beaux-arts savaient qu'il se trouvait une seule ville au monde et, dans cette ville, un seul quartier – Montmartre – où ils eussent quelque chance de voir s'épanouir leur talent. Ils y accouraient, sacrifiaient considération, confort, à l'amour de la glaise ou de la couleur. Ils vivaient dans des ateliers, sortes de remises ou de greniers dont les vitres fêlées remplaçaient un mur, parfois le plafond. [...] Ce vieux quartier fut rasé. Un peuple d'architectes et de compagnons édifia la Ville d'Or. [...]

François Deschamps, restauré, prit le chemin de son domicile. Montparnasse sommeillait, bercé d'un océan de bruits. L'air, le sol, les murs vibraient d'un bruit continu, bruit des cent mille usines qui tournaient nuit et jour, des millions d'autos, des innombrables avions qui parcouraient le ciel, des panneaux hurleurs de la publicité parlante, des postes de radio qui versaient par toutes les fenêtres ouvertes leurs chansons, leur musique et les voix enflées des *speakers*. Tout cela composait un grondement énorme et confus auquel les oreilles s'habituaient vite, et qui couvrait les simples bruits de vie, d'amour et de mort des vingt-cinq millions d'êtres humains entassés dans les maisons et dans les rues. Vingt-cinq millions, c'était le chiffre donné par le dernier recensement de la population de la capitale. [...] À Paris sévissait une crise du logement que la construction des quatre Villes Hautes n'avait pas conjurée. Le Conseil de la ville avait décidé d'en faire construire dix autres pareilles.

René Barjavel, *Ravage*, 1943, © Éditions Denoël.

1. Le Cornemusier : déformation volontaire du nom de l'architecte Le Corbusier.
2. Érudits : personnes très cultivées.

DOCUMENT B Le Corbusier, *Plan pour la reconstruction de Paris*

Ce plan, appelé « plan Voisin » 1925, vise à répondre aux besoins de logements de la population active. L'architecte le présente ainsi : « Ce plan s'attaque aux quartiers les plus infects, aux rues les plus étriquées... Il ouvre au point stratégique de Paris un étincelant réseau de communication. »

TRAVAIL SUR LE TEXTE LITTÉRAIRE ET SUR L'IMAGE

50 POINTS • 1 h 10

Les réponses doivent être entièrement rédigées.

Grammaire et compétences linguistiques

▶ **1. a)** Quel est le temps majoritairement employé ? Pourquoi est-il utilisé ? *(4 points)*
b) « Quelques érudits [...] capitale » (lignes 7 à 9). Comment expliquez-vous l'emploi du passé composé dans cette phrase ? *(4 points)*

▶ **2.** « des innombrables avions qui parcouraient le ciel » (lignes 26-27).
a) Expliquez la formation du mot « innombrable », en nommant les différentes parties qui le composent. *(3 points)*
b) Que signifie ce terme ? *(2 points)*
c) De quels autres mots employés dans le texte peut-on le rapprocher ? *(3 points)*

▶ **3.** « Les jeunes gens qui, à Valladolid, Munich, Gênes ou Savigny-sur-Braye, sentaient s'éveiller en eux la passion des beaux-arts savaient qu'il se trouvait une seule ville au monde et, dans cette ville, un seul quartier – Montmartre – où ils eussent quelque chance de voir s'épanouir leur talent. » Réécrivez ce passage en remplaçant *Les jeunes gens* par *Le jeune homme*, et en conjuguant tous les verbes au présent de l'indicatif. Vous ferez toutes les modifications nécessaires. *(10 points)*

Compréhension et compétences d'interprétation

▶ **4.** Quels sont les deux lieux et les deux époques qui s'opposent dans ce texte ? Comment l'un et l'autre sont-ils connotés ? *(6 points)*

▶ **5.** Selon vous, quel rapport ce texte entretient-il avec la réalité ? Que pouvez-vous en déduire sur le genre de l'œuvre dont il est extrait ? *(6 points)*

▶ **6.** Aimeriez-vous vivre dans la ville décrite par Barjavel ? Pourquoi ? *(4 points)*

▶ **7.** Quelle impression produit sur vous la photographie ? *(4 points)*

▶ **8.** Comment peut-on rapprocher la photographie et le texte ? *(4 points)*

DICTÉE

10 POINTS • 20 min

Le titre et la source de l'extrait et « Villes Hautes » sont écrits au tableau.

René Barjavel
Ravage, 1943

Les lumières de la nuit

Les grands boulevards, les rues étroites des quartiers centraux, réservés aux magasins et aux lieux de plaisir, palpitaient de mille couleurs changeantes, composaient un réseau de feu que voilait légèrement une brume lumineuse. Des toits vivement éclairés des quatre Villes Hautes montaient vers le ciel des gerbes multicolores. Les avions qui prenaient l'air la nuit devaient garder leurs cabines éclairées, et c'était autant de bulles roses, bleues, vertes, blanches, dorées, mauves, grosses comme des points lumineux à leur départ, qui montaient en grossissant vers le ciel nocturne.

RÉDACTION

40 POINTS • 1 h 30

Vous traiterez au choix l'un des deux sujets. Votre rédaction sera d'une longueur minimale d'une soixantaine de lignes (300 mots environ).

Sujet d'imagination

Âgé d'une cinquantaine d'années, vous vivez dans le Paris de 2050 décrit par Barjavel. Interrogé par votre petit-neveu, vous lui décrivez le monde dans lequel vous avez vécu, enfant. Votre texte fera alterner passages narratifs et passages dialogués.

Sujet de réflexion

Le texte de Barjavel oppose la modernité des quatre Villes Hautes au vieux quartier de Montmartre. À votre avis, quels peuvent être les avantages et les inconvénients d'une ville moderne, par rapport à une ville plus traditionnelle ? Vous présenterez votre réflexion dans un développement argumenté et organisé.

LES CLÉS DU SUJET

Analyser les documents

LE TEXTE

Le genre
En 1943, Barjavel imagine le monde de 2050. Les innovations techniques sont importantes dans tous les domaines.

Le thème
François, le héros, arrive à Paris : la surpopulation urbaine a conduit à de grands bouleversements.

L'IMAGE

Le thème
Dans ses projets, l'architecte Le Corbusier réfléchit à l'organisation des villes et propose des bouleversements radicaux.

Les caractéristiques clés
L'édification de villes en hauteur devait, à son avis, permettre de répondre aux problèmes de la pénurie des logements.

Traiter le sujet d'imagination

Recherche d'idées

Tu dois décrire le monde actuel, mais en te projetant trente ans plus tard. Il faut donc insister sur les domaines susceptibles d'avoir beaucoup évolué dans ce laps de temps : les moyens de locomotion, les sources d'énergie, les modes de communication ou d'alimentation actuels pourront, par exemple, paraître exotiques ou curieux à un enfant de 2050.

Conseils de rédaction

- Tu dois écrire un texte à la première personne. Précise d'abord le cadre de la conversation (moment, lieu), avant de commencer le dialogue.
- C'est l'adulte qui parle le plus dans l'échange. Les interventions de l'enfant peuvent dénoter l'étonnement (avec des adjectifs comme « ahuri », « incrédule », « ébahi ») ou l'amusement (avec des expressions comme « se réjouir », « trouver divertissant »).

Traiter le sujet de réflexion

Recherche d'idées

Piste 1 Le sujet te demande d'envisager les aspects positifs et négatifs d'une ville moderne. Comme avantages, tu peux mentionner la résolution du problème de la crise du logement, la disparition des quartiers insalubres, une circulation plus fluide.

Piste 2 Comme inconvénients, pense à la trop grande concentration humaine ainsi créée, à la disparition de certains quartiers historiques et symboliques, à l'uniformisation des habitations, à la difficulté de végétalisation, etc.

■ **Conseils de rédaction**

• Rappelle le thème du devoir l'introduction.

• Consacre ensuite un paragraphe aux avantages et un paragraphe aux inconvénients, dans l'ordre que tu veux.

• Si tu as un avis tranché sur la question, attends la fin du devoir pour le mentionner.

24 CORRIGÉ GUIDÉ

TRAVAIL SUR LE TEXTE LITTERAIRE ET SUR L'IMAGE

Grammaire et compétences linguistiques

▶ **1. a)** Le temps majoritairement employé dans le texte est l'imparfait, temps de la description.

b) Le passé composé exprime une action passée, mais qui s'interprète par rapport au présent du narrateur : celui-ci en effet interrompt son récit pour faire un commentaire personnel (« nous ont dit »). Cette phrase est donc ancrée dans la situation d'énonciation. Le reste du récit, lui, est coupé de cette situation.

▶ **2. a)** L'adjectif *innombrables* est formé du préfixe privatif *in-*, du radical *nombr-*, suivi du suffixe *-able* (qui indique l'idée de possibilité).

b) Est *innombrable* ce qui ne peut pas être compté, car présent en trop grand nombre. Dans le texte, les avions sont trop nombreux pour être comptés.

c) On peut rapprocher ce terme de tous les autres nombres présents dans ce paragraphe, qui vont en augmentant : « cent mille » (usines), « millions » (d'autos), « vingt-cinq millions » (d'êtres humains).

▶ **3.** *Les modifications sont mises en couleur.*

« Le jeune homme qui, à Valladolid, Munich, Gênes ou Savigny-sur-Braye, sent s'éveiller en lui la passion des beaux-arts sait qu'il se trouve une seule ville au monde et, dans cette ville, un seul quartier – Montmartre – où il a quelque chance de voir s'épanouir son talent. »

ZOOM
La forme *eussent*, qui peut te paraître compliquée, correspond au subjonctif imparfait du verbe... *avoir*, que tu sais sans problème conjuguer au présent de l'indicatif.

Compréhension et compétences d'interprétation

▶ **4.** Les nouveaux immeubles, baptisés « Villes hautes », s'opposent aux anciens quartiers de Paris, sales et malsains, comme Montmartre. Les vieux quartiers correspondent à l'époque de publication du texte, soit la première moitié du XXe siècle. Les villes hautes sont présentées comme des innovations technologiques de 2050, et bénéficient de noms connotés positivement (« masse dorée, ville radieuse »). Pour les anciens quartiers décrits, comme Montmartre ou Montparnasse, les connotations péjoratives semblent l'emporter : « océan de bruit, grondement énorme et confus ».

▶ **5.** Publié en 1943, le roman de Barjavel décrit le monde un siècle plus tard. Il s'agit donc d'un roman d'anticipation. Les progrès scientifiques et technologiques sont un thème essentiel de ce genre littéraire. Ici, les progrès mentionnés ont un caractère parfaitement plausible.

▶ **6.** Le Paris du futur imaginé par Barjavel peut sembler moderne et plaisant. Cependant, l'auteur laisse entendre que plusieurs problèmes se posent. La très forte concentration humaine, par exemple, est effrayante (« vingt-cinq millions d'êtres humains entassés »). En outre, le progrès s'accompagne d'une certaine déshumanisation : le vacarme couvre « les simples bruits de vie, d'amour et de mort ».

INFO +
Le titre *Ravage* laisse à penser qu'il est impossible que la société décrite dans les premières pages du roman puisse perdurer sans conduire l'humanité à sa perte.

▶ **7.** La photographie nous montre une maquette de Le Corbusier où de nombreux gratte-ciel sont répartis très géométriquement dans la ville de Paris. La photographie, qui rappelle le quartier de Manhattan à New York, peut provoquer une impression positive de modernité et de confort.

▶ **8.** Le texte nous dévoile une ville où les principes de l'architecte (dont le nom est très reconnaissable) ont été appliqués. Mais l'auteur choisit de présenter cette application sous un jour déplaisant, car le progrès s'accompagne d'une certaine déshumanisation : « la passion », « le talent » et « l'amour » de l'art semblent absents de cette ville.

DICTÉE

POINT MÉTHODE

1 Le texte comporte dix-huit adjectifs qualificatifs : souviens-toi que chacun se rapporte à un nom dont il prend les marques de genre et de nombre. Ici les adjectifs sont généralement proches des noms qu'ils qualifient ; mais il arrive toutefois que l'adjectif soit séparé du nom par un adverbe.

2 Les verbes sont conjugués à l'imparfait. Attention : deux phrases sont construites avec des sujets inversés. Pose la question « qui est-ce qui ? » ou « qu'est-ce qui ? » suivie des verbes *voiler* et *monter* pour trouver leur sujet.

3 N'oublie pas que *quatre* et *mille* sont invariables.

Les grands boulevards, les rues étroites des quartiers centraux, réservés aux magasins et aux lieux de plaisir, palpitaient de mille couleurs changeantes, composaient un réseau de feu que voilait légèrement une brume lumineuse. Des toits vivement éclairés des quatre Villes Hautes montaient vers le ciel des gerbes multicolores. Les avions qui prenaient l'air la nuit devaient garder leurs cabines éclairées, et c'était autant de bulles roses, bleues, vertes, blanches, dorées, mauves, grosses comme des points lumineux à leur départ, qui montaient en grossissant vers le ciel nocturne.

RÉDACTION

Voici un exemple de rédaction sur chacun des deux sujets.
Attention les titres en couleur ne doivent pas figurer sur ta copie.

Sujet d'imagination

[Passage narratif : présentation du cadre] Lundi dernier, j'ai dû aller chercher Sam, mon petit-neveu à la sortie de l'école. Ses parents, qui rentraient tard, m'avaient demandé de le garder.

[Début du dialogue] « Salut, m'a-t-il dit lorsqu'il m'a aperçu.

– Bonjour petit. Comment s'est passée ta journée ?

– Pas très bien ; j'ai raté un exercice de code. Mais je ne sais pas si tu peux comprendre…

CONSEIL
Limite-toi à la description de deux ou trois domaines. Dans cette conversation, trois domaines sont abordés : l'école, l'alimentation, les transports.

– J'ai beau être plus âgé que toi, j'ai quand même entendu parler du code informatique ! Mais il est vrai que lorsque j'étais petit, on nous apprenait surtout à écrire et à compter.

– Mais pour quoi faire ? m'a interrompu Sam, amusé. Vous n'aviez pas de logiciels de correction et de calcul ?

– Cela existait, bien sûr, mais l'essentiel de l'apprentissage se faisait de manière manuscrite : on recopiait des leçons, on écrivait des textes, on posait des opérations. Et il fallait attendre la sonnerie pour avoir le droit de parler, pendant un petit quart d'heure, avant de repartir pour une heure de cours.

– Tu veux dire que vous étiez obligés de rester assis et silencieux pendant toute une heure ? » m'a demandé Sam, incrédule.

[Passage narratif : commentaires du narrateur] Son air ahuri m'a fait rire. J'ai eu envie de lui décrire le monde de mon enfance de manière encore plus noire pour lui, en lui parlant de privation d'ordinateur et de téléphone. Mais j'ai résisté à la tentation.

[Fin du dialogue] « Il y avait néanmoins des choses agréables. La nourriture par exemple. J'imagine qu'à ta cantine on vous distribue des portions contenant exactement le nombre de nutriments adaptés à chacun. Quand j'étais petit, le jour des frites était attendu avec impatience. C'était gras, mais c'était délicieux. Tu voudrais que je t'en fasse ce soir ?

– Oui, s'il te plaît ! s'est-il réjoui. Et pourra-t-on faire ensuite un tour sur ce drôle d'engin que tu gardes dans ton garage, tu sais, celui avec les cercles qui tournent ?

– Un tour de vélo tu veux dire ? D'accord, si tu manges toutes tes frites. »

Sujet de réflexion

[Introduction] Dans *Ravage*, René Barjavel évoque la destruction des vieux quartiers et la construction des Villes Hautes, afin de répondre aux nouveaux besoins de la population. Une ville moderne de ce type présente alors un certain nombre d'avantages, mais aussi quelques inconvénients.

[Les avantages] Dans les villes traditionnelles, il n'est pas toujours possible de loger tous les gens qui ont besoin d'y vivre. Bâtir des villes en hauteur peut résoudre ce problème : les gratte-ciel, pour la même surface au sol, peuvent loger beaucoup plus de familles. Par ailleurs, les nouveaux logements répondent à des normes de sécurité et d'isolation plus performantes. De nouveaux édifices, modernes et sains, peuvent remplacer les logements insalubres. En définitive, la surface au sol ainsi libérée peut permettre une meilleure circulation des

> **CONSEIL**
> À l'intérieur de chaque paragraphe, utilise les connecteurs logiques pour signaler le passage d'un argument à un autre.

biens et des personnes : les déplacements sont alors plus rapides. La ville moderne présente donc des avantages appréciables.

[Les inconvénients] Mais la ville moderne comporte aussi quelques inconvénients, à commencer par une concentration humaine excessive. Le texte de Barjavel présente une ville de vingt-cinq millions d'habitants. Or ce chiffre correspond plus à la population d'un pays que d'une ville ! Il est difficile de créer des liens avec les gens dans une structure de cette importance. En outre, si les constructions anciennes disparaissent, c'est tout une part de l'histoire qui meurt : le patrimoine français repose sur des quartiers comme Montmartre, encore aujourd'hui un des plus visités de la capitale. Enfin, si tout ce qui est plus ancien est remplacé par des constructions modernes, tout se ressemblera, il n'y aura plus de place pour la variété.

[Conclusion] Par rapport à une ville ancienne, la ville moderne présente donc des avantages certains, mais également des inconvénients non négligeables. Pour ma part, je crois être plus favorable à une ville plus traditionnelle, à taille humaine, où l'on peut encore connaître nos voisins par leur nom.

Préparer l'épreuve du brevet : le sprint final

L'essentiel du programme en 10 fiches MÉMO

Trois SUJETS COMPLETS

1 Répondre à une question de vocabulaire

Ce type de question est récurrent dans un sujet de brevet et peut présenter des formes diverses dont voici ici les plus courantes.

A Formation d'un mot et définition(s)

Analyser la formation d'un mot, c'est délimiter les **différents éléments** qui le constituent. Cela permet d'en définir le **sens**.

▶ Analyser la formation d'un mot dérivé

Prenons l'exemple d'*illégal*.

Le **préfixe** modifie le sens du mot.	Le **radical** constitue l'élément de base du mot.	Le **suffixe** précise la classe grammaticale du mot.
il- préfixe de sens négatif	*-lég-* radical qui vient du latin *lex, legis* : la loi	*-al* suffixe qui signale un adjectif

▶ Donner la définition d'un mot

De cette analyse, on peut déduire le sens de d'adjectif *illégal*, on peut donner sa définition : « contraire à la loi ».

B Synonymes, familles de mots et champs lexicaux

On peut te demander de trouver des **synonymes**, des **mots de la même famille** ou appartenant au même **champ lexical** que le mot étudié.

illégal

Synonymes
Mots de sens proches et de même classe grammaticale
Ex. : *interdit, frauduleux, prohibé...*

Mots de la même famille
Ils sont construits à partir du même radical.
Ex. : *illégal, légalité, législation, légiférer, loi*

Champ lexical
Désigne tous les mots appartenant à un même thème.
Ex. : *tribunal, juge, infraction, frauder, frauduleusement...*

ATTENTION ! **Le radical peut présenter des variantes : *fleur* et *floral*, *mer* et *marin*, *légal* et *loi* sont des mots de la même famille.**

2 Identifier la classe grammaticale d'un mot

Les mots sont répartis en dix classes grammaticales (ou natures). Il existe cinq classes variables et cinq classes invariables.

A Les mots variables

Mémorise un exemple pour chaque classe : **remplace**-le par le mot sur lequel tu t'interroges et vois si cela fonctionne.

Classe grammaticale	Caractéristique
Nom (*stylo*, *liberté*, *Anglais*)	Il désigne une personne, une idée, une chose.
Déterminant (*un*, *une*, *le*, *ma*, *son*)	Il accompagne le nom.
Adjectif qualificatif (*beau*, *laid*, *gentil*, *peureux*)	Il se rapporte à un nom et en exprime une caractéristique.
Pronom (*je*, *la*, *la sienne*, *ça*)	Il remplace le plus souvent un nom ou un groupe nominal.
Verbe (*prendre*, *déclarer*, *voir*)	Il se conjugue.

B Les mots invariables

Leur orthographe ne **varie jamais**. La **substitution** est le meilleur moyen de les identifier sans se tromper.

Classe grammaticale	Caractéristique
Adverbe (*bien*, *mal*, *fortement*, *très*)	Il modifie le sens d'un mot ou d'une phrase.
Préposition (*à*, *de*, *par*, *pour*, *sur*, *avec*)	Elle introduit un complément.
Interjection (*Ouf ! Bravo ! Oh ! Zut !*)	Exclamation ou juron exprimant une émotion.
Conjonction de coordination (*mais*, *ou*, *et*, *donc*, *or*, *ni*, *car*)	Elle lie des mots ou groupes de mots de même nature.
Conjonction de subordination (*que*, *parce que*, *puisque*, *alors que*)	Elle relie une proposition subordonnée à une proposition principale.

ATTENTION ! Un mot peut parfois appartenir à deux classes distinctes, par exemple adjectif et adverbe.
Ex. : elle possède une voix *forte* → une voix puissante
elle parle *fort* → fortement

SPRINT FINAL

3 Reconnaître la fonction d'un mot ou d'un groupe de mots

La fonction est le rôle qu'un mot ou qu'un groupe de mots occupe dans la phrase.

A Le sujet et les compléments du verbe

Ces mots ont des **fonctions essentielles.** On ne peut pas les supprimer.

Fonction	Exemple
Le **sujet** accomplit l'action exprimée par le verbe. On le reconnaît en posant la question « qui est-ce qui ? » ou « qu'est-ce qui ? » suivie du verbe.	*Jouer au foot reste mon activité préférée.* *Qu'elle aime le basket ne m'étonne pas.*
Le **complément d'objet direct** (COD) se reconnaît en posant la question « qui ? » ou « quoi ? » après le verbe.	*Je préfère les sports d'équipe.* *Je les préfère.*
Le **complément d'objet indirect** (COI) se reconnaît en posant la question « de qui/de quoi ? » ou « à qui/à quoi ? » après le verbe.	*Le ballon appartient à son meilleur ami.* *Il lui appartient.*
L'**attribut du sujet** caractérise le sujet par l'intermédiaire du verbe *être* ou d'un verbe attributif.	*L'équipe adverse semble impressionnée.*

INFO Pour chacune des fonctions, la classe grammaticale peut varier. Il peut s'agir d'un nom, d'un GN, d'un pronom, d'une proposition…

B Les compléments circonstanciels

Ils apportent des **précisions sur les circonstances de l'action.**

Compléments circonstanciels

Place
Ils peuvent être déplacés ou supprimés.
Ex. : *Demain nous participons à notre premier match.*

Classe grammaticale
Nom, GN, pronom, adverbe, infinitif, proposition.
Ex. : *Je me couche tôt pour être en forme.*

Sens
Ils peuvent exprimer le temps, le lieu, la manière, la cause, le but, la conséquence, l'opposition, la comparaison.
Ex. : *Je suis impatiente comme s'il s'agissait de la coupe du monde.*

4 Analyser une phrase complexe

Une proposition est un ensemble de mots organisé autour d'un verbe conjugué. Une phrase complexe comporte plusieurs verbes conjugués, donc plusieurs propositions.

A Les propositions indépendantes

- Une proposition indépendante ne dépend d'aucune autre proposition et aucune autre proposition ne dépend d'elle. Elle pourrait **fonctionner seule.**
- Les propositions indépendantes peuvent être **juxtaposées** : elles sont reliées par une virgule, un point-virgule ou deux-points.

Ex. : [*Écrire son autobiographie est une entreprise ambitieuse*] : [*beaucoup d'auteurs s'y sont essayés*].

- Elles peuvent aussi être **coordonnées** : elles sont reliées par une conjonction de coordination (*mais*, *ou*, *et*, *donc*, *or*, *ni*, *car*) ou par un adverbe de liaison (*puis*, *en effet*, *par conséquent*…)

Ex. : [*Ils s'engagent* à dire la vérité,] [*mais la tentation d'embellir le réel est grande*].

B La proposition principale et la proposition subordonnée

- Les propositions ne sont pas toujours indépendantes. La proposition **subordonnée** peut dépendre d'une autre, qu'on appelle **principale**. Une subordonnée est introduite en général par un **mot subordonnant**.
- On distingue **différents types** de subordonnées selon leur fonction.

Propositions subordonnées

Relative
Ex. : *Je dévore l'autobiographie [que Romain Gary a écrite].*
Fonction : épithète du nom *l'autobiographie*

Complétive
Ex. : *On y découvre [que sa mère l'aimait beaucoup].*
Fonction : COD du verbe *découvre*

Circonstancielle
Ex. : *[Bien qu'elle soit morte depuis des années], il continue à recevoir ses lettres.*
Fonction : complément circonstanciel d'opposition

5 Expliquer la valeur d'un temps

Après avoir identifié le temps d'un verbe, il te sera demandé d'en expliquer la valeur dans le texte.

A Les valeurs du présent de l'indicatif

Le présent de l'indicatif peut avoir des **valeurs très diverses**.

Valeur du présent de l'indicatif	Exemple
Présent de l'énonciation	*Aujourd'hui, c'est mon anniversaire.*
Présent de narration	*Un jour, notre héros décide de partir.*
Présent de vérité générale	*Deux et deux font quatre.*
Présent d'habitude	*Je vais à la piscine une fois par semaine.*
Présent à valeur de passé récent	*Il vient de partir.*
Présent à valeur de futur proche	*Le train part dans deux minutes.*

B Les valeurs du passé simple et de l'imparfait

Le passé simple et l'imparfait sont les **principaux temps du récit au passé** et se partagent les rôles.

- Le **passé simple** est le temps du récit proprement dit. Il exprime des actions ponctuelles qui se succèdent chronologiquement et qui constituent la trame du récit.

- L'**imparfait** est le temps de la description.

Dans un récit au passé, il exprime aussi :
- des actions de second plan, les circonstances de l'action ;
- des actions en cours d'accomplissement ;
- des actions habituelles, qui se répètent.

Ex. : « *Il ouvrit toute grande la porte ; une trombe d'eau nous submergea d'un seul coup [...]. Dehors, c'était chaud, humide, l'orage battait son plein, des éclairs jaillissaient presque sans cesse et le tonnerre semblait tomber un peu partout [...].* »

Michel Tremblay, « Sturm und Drang », *Bonbons assortis*, 2010.

passé simple : premier plan du récit
imparfait : second plan du récit

6 Utiliser la bonne terminaison verbale

L'hésitation est fréquente entre des terminaisons verbales dont la prononciation est identique.

A Infinitif ou participe passé ?

Les verbes du premier groupe ont un **infinitif en *-er*** et un **participe passé en *-é***. Il faut les distinguer bien que leur prononciation soit identique.

Ex. : *Le soldat veut aid… son camarade tomb… sous la mitraille ; celui-ci est bless… et doit se faire soign… .*

1 J'identifie toutes les formes concernées et je les **remplace** par un **verbe du 3e groupe** à l'infinitif comme *vendre*, *voir*, *battre*, etc.

2 Je vois les substitutions qui fonctionnent et celles qui ne fonctionnent pas.
→ *Le soldat veut **battre** / son camarade ~~**battre**~~ sous la mitraille ; / celui-ci est ~~**battre**~~ / et doit se faire **battre**.*

3 Je choisis l'**infinitif en *-er*** pour les substitutions qui ont fonctionné, le **participe passé en *-é*** pour les autres.
→ *Le soldat veut aid**er** son camarade tomb**é** sous la mitraille ; celui-ci est bless**é** et doit se faire soign**er**.*

> **ATTENTION ! Au présent de l'indicatif, la terminaison *-ez* de la 2e personne du pluriel se prononce comme l'infinitif en *-er* et le participe passé en *-é*. Pour l'identifier, repère le pronom sujet *vous*.**

B Passé simple ou imparfait ?

À la première personne du singulier, les verbes du **premier groupe** ont une **prononciation** très proche au passé simple (*-ai*) et à l'imparfait (*-ais*). **Changer de personne** permet de les différencier plus aisément.

Ex. : *Hier, je rencontr… par hasard mon ancien camarade ; je lui parl… du métier que j'exerç… depuis deux ans.*

1 Pour identifier le temps employé, je repère les formes concernées et je les **remplace par une autre personne**, par exemple la 3e personne du singulier (passé simple en *-a* / imparfait en *-ait*).
→ *Hier, il rencontr**a** par hasard son ancien camarade ; il lui parl**a** du métier qu'il exerç**ait** depuis deux ans.*

2 Je choisis la terminaison qui correspond au temps identifié.
→ *Hier, je rencontr**ai** par hasard mon ancien camarade ; je lui parl**ai** du métier que j'exerç**ais** depuis deux ans.*

7 Faire les accords nécessaires

Tu dois vérifier que tu as respecté les accords dans toutes les parties de l'épreuve : dans la dictée, mais aussi dans la rédaction et les réponses aux questions.

A Accorder un verbe

- Le verbe s'accorde **en personne** et **en nombre avec le sujet**, qu'il faut donc identifier sans se tromper (voir fiche 3).
- Voici quelques cas particuliers.

Cas particuliers

- Le sujet est **éloigné du verbe.** → **Ex. :** *Antigone, contrairement aux autres personnages, semble triste et pensive.*
- Le sujet est **inversé.** → **Ex. :** *Dès le prologue se dessinent clairement les caractères des personnages.*
- Le sujet comprend un **complément du nom :** il faut accorder le verbe avec le noyau. → **Ex. :** *Le peuple des Thébains acclame le nouveau roi, Créon.*
- Le sujet est un **verbe à l'infinitif** ou une **proposition subordonnée :** ce qui entraîne un accord à la 3e personne du singulier. → **Ex. :** *Que l'on prévienne Créon de sa terrible destinée ne changera rien.*

B Accorder un adjectif

- L'adjectif qualificatif s'accorde toujours **en genre et en nombre avec le nom** (ou le **pronom** auquel il se rapporte).
- Voici quelques cas particuliers.

Cas particuliers

- L'adjectif peut être **éloigné** du nom qu'il qualifie.
  → **Ex. :** *Indifférente aux ordres donnés par Créon, Antigone décide d'enterrer son frère.*
- Les **adjectifs de couleur** dérivés d'un nom ne s'accordent pas (sauf rose, mauve, pourpre et fauve) ; les adjectifs de couleur composés non plus.
  → **Ex. :** *Ses sandales marron, teintées de sang, sont maintenant rouge vif.*

C Accorder un participe passé

La règle **varie** selon la manière dont le participe passé est employé.

Le participe passé est employé…

- **…seul**
  Il fonctionne comme un adjectif et s'accorde avec le nom.
  → **Ex. :** *Scandalisée par les ordres de son oncle, la jeune fille se rebelle.*
- **…avec *être***
  Il s'accorde avec le sujet du verbe.
  → **Ex. :** *Antigone a été obligée de mentir à tout le monde.*
- **…avec *avoir***
  • Il ne s'accorde jamais avec le sujet.
  • Il s'accorde avec le COD si celui-ci précède le verbe.
  → **Ex. :** *Créon a donné des ordres qu'Antigone n'a pas respectés.*

8 Confronter un texte et une image

L'objectif consiste à rechercher les points communs, les analogies et les différences, voire les oppositions, entre le texte littéraire et un document iconographique.

A Analyse de l'image

Commence par observer et présenter brièvement l'image.

- Genre : tableau, dessin satirique, sculpture, photographie, image tirée d'un film, installation artistique, affiche de propagande, publicité…
- Auteur et date
- Registre : réaliste, fantastique, satirique, polémique, comique, pathétique…
- Thème : courte description

B Confrontation de l'image au texte

- Après avoir bien observé l'image, relis attentivement le texte à la recherche d'**analogies** ou de **différences**.
- Plusieurs cas de figure peuvent se présenter.

Cas de figure	Conseil
L'image **illustre bien** le texte : la situation que les deux documents évoquent est assez **similaire**.	• Relève les points communs entre l'image et le texte. • Attention ! La similitude peut porter uniquement sur un paragraphe, voire une seule ligne du texte.
L'image et le texte présentent une **situation similaire**, mais avec des **différences**.	Relève d'abord les ressemblances, puis les dissemblances qui existent entre les deux documents.
L'image et le texte présentent des **réalités** ou des **points de vue opposés**.	• Ce peut être le cas si l'image est une publicité ou une affiche de propagande dont le dessein est diamétralement opposé à celui d'un texte qui présente un point de vue critique, voire polémique. • Tiens compte des dates de création des deux documents : les époques, et donc le contexte, peuvent être différents.

À NOTER **La propagande a pour but de diffuser une doctrine, une idéologie afin d'influencer, d'embrigader les esprits et les opinions.**

9 Construire un récit ou une suite de récit

Les deux démarches sont différentes : construire un récit à partir de ton imagination et/ou d'une expérience vécue ou bien écrire une suite de texte en te glissant dans l'imaginaire de l'auteur.

A Construire un récit

- Tu dois le plus souvent écrire un **récit autobiographique**. Mais, rien ne t'empêche de faire preuve d'imagination à condition de rester crédible.
- **Lis** bien le sujet et **surligne** les consignes pour ne rien oublier.

Ex. : *Votre texte mêlera description et narration et cherchera à faire partager les sensations et les sentiments que vous avez alors éprouvés.*

- Construis ton récit en **intégrant** les **éléments** suivants.

Les éléments du récit

↓

1. **Paragraphe introducteur**
   - Présentation du **lieu** où se produit l'événement raconté et du **moment**
   - Description du **décor**

↓

2. **Récit** proprement dit avec **enchaînement d'actions**
   Possibilité d'introduire un court dialogue

↓

3. Expression des **sentiments** et des **sensations** éprouvés

> REMARQUE **Passages narratifs, descriptifs et dialogues peuvent s'imbriquer les uns dans les autres pour se compléter.**

B Construire une suite de récit

- Construire une suite de récit, c'est imaginer ce qui va se passer à la **fin de l'extrait** proposé dans le sujet de brevet.
- Tu dois respecter un certain nombre de **contraintes** :

– respect des **circonstances** : lieu, époque, personnages… Évite les anachronismes ;
– respect des **temps employés** : présent de narration ou temps du passé ;
– respect du **point de vue narratif** : récit à la 1re ou 3e personne, point de vue d'un des personnages.

10 Construire une argumentation

Tu dois donner ton avis et argumenter sur une question en rapport avec le texte.

A Trouver des arguments et des exemples

- Lis attentivement le sujet pour bien comprendre la **question** posée.
- Puis, au brouillon, cherche des **idées** et organise-les.

Étapes préparatoires au brouillon

1. Écris tes **arguments** sous forme de **mots-clés**.
2. **Classe** ensuite ces arguments du moins important au plus important ou arguments positifs / arguments négatifs.
3. Construis un **plan** en au moins deux **parties** : thèse / antithèse ou argument 1 / argument 2 / argument 3
4. Recherche des **exemples** tirés de tes lectures et de ton expérience personnelle.

À NOTER **La thèse, c'est la défense d'un point de vue ; l'antithèse, le point de vue opposé. Ex. :** ***Je préfère vivre en ville car… . Cependant, la vie urbaine a ses inconvénients…***

B Rédiger

Passe à présent à l'étape de la **rédaction**.

- Rédige une **introduction** en reprenant la question posée et en la reformulant avec tes propres mots.
- Compose les différents **paragraphes** de ton raisonnement correspondant à tes arguments classés dans un ordre croissant d'importance.
- Emploie des **connecteurs argumentatifs** pour introduire tes arguments (*tout d'abord, ensuite, enfin*) ou pour mettre en évidence la logique de ton raisonnement (*car, donc, parce que, si bien que, c'est pourquoi, mais, cependant, pourtant, quoique*…).
- Illustre tes arguments avec des **exemples** (expériences vécues, lectures…).
- **Conclus** en faisant une **synthèse** de tes arguments et en proposant une **ouverture**, c'est-à-dire une projection dans le futur, un élargissement de la question posée… C'est la dernière impression que gardera ton lecteur.

25 France métropolitaine • Juin 2023

Une imagination débordante

3 heures
100 points

INTÉRÊT DU SUJET • Le texte et l'image mettent en avant les plaisirs des jeux de l'enfance, où l'imagination occupe la plus grande place et transforme la réalité environnante.

DOCUMENT A **Texte littéraire**

Dans son autobiographie, Aurore Dupin (qui écrit sous le nom de George Sand) raconte son enfance. Elle est élevée par sa mère et grandit entourée d'Hippolyte, son demi-frère, et d'Ursule, la fille d'une servante.

Nous avions trouvé un jeu qui passionnait nos imaginations. Il s'agissait de passer la rivière. La rivière était dessinée sur le carreau[1] avec de la craie et faisait mille détours dans cette grande chambre. En de certains endroits elle était fort profonde, il fallait trouver l'endroit guéable[2] et ne pas se tromper. Hippolyte s'était déjà noyé plusieurs fois, nous l'aidions à se retirer des grands trous où il tombait toujours, car il faisait le rôle du maladroit ou de l'homme ivre, et il nageait à sec sur le carreau en se débattant et en se lamentant. Pour les enfants ces jeux-là sont tout un drame, toute une fiction scénique, parfois tout un roman, tout un poème, tout un voyage, qu'ils miment et rêvent durant des heures entières, et dont l'illusion les gagne et les saisit véritablement. Pour mon compte, il ne me fallait pas cinq minutes pour m'y plonger de si bonne foi, que je perdais la notion de la réalité, et je croyais voir les arbres, les eaux, les rochers, une vaste campagne, et le ciel tantôt clair, tantôt chargé de nuages qui allaient crever et augmenter le danger de passer la rivière. Dans quel vaste espace les enfants croient agir, quand ils vont ainsi de la table au lit et de la cheminée à la porte !

Nous arrivâmes, Ursule et moi, au bord de notre rivière, dans un endroit où l'herbe était fine et le sable doux. Elle le tâta d'abord, et puis elle m'appela en me disant : « Vous pouvez vous y risquer, vous n'en aurez guère plus haut que les genoux. » Les enfants s'appellent vous dans ces sortes de mimodrames[3]. Ils ne croiraient pas jouer une

SPRINT FINAL

scène s'ils se tutoyaient comme à l'ordinaire. Ils représentent toujours certains personnages qui expriment des caractères, et ils suivent très bien la première donnée. Ils ont même des dialogues très vrais et que des acteurs de profession seraient bien embarrassés d'improviser sur la scène avec tant d'à-propos et de fécondité[4].

Sur l'invitation d'Ursule, je lui observai que[5], puisque l'eau était basse, nous pouvions bien passer sans nous mouiller ; il ne s'agissait que de relever un peu nos jupes et d'ôter nos chaussures. « Mais, dit-elle, si nous rencontrons des écrevisses, elles nous mangeront les pieds. – C'est égal, lui dis-je ; il ne faut pas mouiller nos souliers, nous devons les ménager[6], car nous avons encore bien du chemin à faire. »

À peine fus-je déchaussée, que le froid du carreau me fit l'effet de l'eau véritable, et nous voilà, Ursule et moi, pataugeant dans le ruisseau. Pour ajouter à l'illusion générale, Hippolyte imagina de prendre le pot à l'eau et de le verser par terre, imitant ainsi un torrent et une cascade. Cela nous sembla délirant d'invention. Nos rires et nos cris attirèrent enfin l'attention de ma mère. Elle nous regarda, et nous vit tous les trois, pieds et jambes nus, barbotant dans un cloaque[7], car le carreau avait déteint, et notre fleuve était fort peu limpide. Alors elle se fâcha tout de bon, surtout contre moi, qui étais déjà enrhumée ; elle me prit par le bras, m'appliqua une correction manuelle assez accentuée, et, m'ayant rechaussée elle-même, en me grondant beaucoup, elle chassa Hippolyte dans sa chambre, et nous mit en pénitence[8], Ursule et moi, chacune dans un coin. Tel fut le dénouement imprévu et dramatique de notre représentation, et la toile tomba sur des larmes et des cris véritables.

George Sand [pseudonyme d'Aurore Dupin],
Histoire de ma vie, 2e partie, chapitre 15, 1855.

1. sur le carreau : sur le carrelage.
2. guéable : que l'on peut traverser sans perdre pied.
3. mimodrame : pièce de théâtre sans paroles.
4. fécondité : inventivité ; créativité.
5. je lui observai que : je lui fis remarquer que.
6. nous devons les ménager : nous devons en prendre soin.
7. un cloaque : un égout.
8. elle nous mit en pénitence : elle nous punit.

DOCUMENT B **Robert Doisneau, *La ronde des pompons*, Montrouge, 1955**

TRAVAIL SUR LE TEXTE LITTÉRAIRE ET SUR L'IMAGE

50 POINTS • 1 h 10

Les réponses doivent être entièrement rédigées.

Compréhension et compétences d'interprétation

▶ **1.** À la ligne 1, qui désigne le pronom « nous » ? (*2 points*)

▶ **2.** Où se passe la scène ? Comment expliquez-vous la présence d'une rivière dans ce lieu ? Justifiez votre réponse en citant le texte. (*5 points*)

▶ **3.** « l'illusion les gagne et les saisit véritablement. » (l. 11-12) Cherchez dans le texte trois éléments qui montrent que l'illusion « gagne » et « saisit véritablement » les enfants. (*6 points*)

▶ **4. a)** À quoi le jeu des enfants est-il comparé tout au long du texte ? Pour justifier votre réponse, relevez au moins quatre mots d'un champ lexical qui le prouve. (*3 points*)

b) Identifiez au moins trois moments dans le récit, qui montrent que cette comparaison organise le jeu des enfants. (*3 points*)

▶ **5.** Quelles réflexions sur l'enfance le récit de cet épisode inspire-t-il à la narratrice ? Deux éléments sont attendus. Vous justifierez votre réponse en citant des passages précis du texte. (*5 points*)

▶ **6.** Image : pourquoi cette photographie pourrait-elle illustrer le texte ? Vous développerez votre réponse en vous appuyant sur deux arguments. Chaque argument doit être justifié par une citation du texte. (*8 points*)

Grammaire et compétences linguistiques

▶ **7.** « En de certains endroits, elle était fort profonde. » (l. 3-4)

a) Quelle est la fonction grammaticale de chaque groupe de mots souligné ? (*1 point*)

b) Justifiez votre analyse du premier groupe souligné en précisant les manipulations que vous avez utilisées pour identifier sa fonction grammaticale. (*2 points*)

▶ **8.** « Si nous rencontrons des écrevisses, elles nous mangeront les pieds. » (l. 32)

a) Recopiez cette phrase en mettant la proposition subordonnée entre crochets et écrivez en rouge le mot subordonnant. (*1 point*)

b) Précisez la fonction grammaticale de cette proposition subordonnée. (*1 point*)

▶ **9.** Tel fut le dénouement imprévu et dramatique de notre représentation ». (l. 48-49)

a) Observez le mot souligné : identifiez et nommez les trois éléments qui le composent. (*1,5 point*)

b) Expliquez le sens de ce mot en vous appuyant sur la signification des éléments qui le composent et en vous aidant du texte. (*1,5 point*)

▶ **10.** Réécrivez le passage suivant en remplaçant « Hippolyte » par « ils ». (*10 points*)

Le groupe nominal « le rôle du maladroit ou de l'homme ivre » ne doit pas être modifié.

« Hippolyte s'était déjà noyé plusieurs fois, nous l'aidions à se retirer des grands trous où il tombait toujours, car il faisait le rôle du maladroit ou de l'homme ivre, et il nageait à sec sur le carreau en se débattant et en se lamentant. » (l. 5 à 8)

DICTÉE 10 POINTS • 20 min

Le nom de l'auteur, le titre de l'œuvre sont écrits au tableau.

George Sand
Histoire de ma vie, 1855

Je me souviens d'un jour d'automne où, le dîner étant servi, la nuit s'était faite dans la chambre. Ma cousine et moi nous poursuivions l'une l'autre à travers les arbres, c'est-à-dire sous les plis du rideau. L'appartement avait disparu à nos yeux et nous étions véritablement dans un sombre paysage à l'entrée de la nuit. On nous appelait pour dîner et nous n'entendions rien. Ma mère vint me prendre dans ses bras pour me porter à table et je me rappellerai toujours mon étonnement en voyant les objets réels qui m'environnaient. Je sortais d'une hallucination complète et il me coûtait d'en sortir si brusquement.

RÉDACTION 40 POINTS • 1 h 30

Vous traiterez à votre choix l'un des sujets suivants.

Sujet d'imagination

Il vous est arrivé d'être pris dans un jeu qui vous a entraîné(e) progressivement dans une aventure imaginaire intense.
Vous raconterez cet épisode à la première personne.
Vous pourrez enrichir votre récit par des descriptions, l'expression des sentiments et des sensations.

Sujet de réflexion

Pourquoi parle-t-on de soi et raconte-t-on sa vie dans des œuvres autobiographiques ?
Vous répondrez à cette question dans un développement argumenté.
Pour illustrer vos arguments, vous vous appuierez sur des exemples précis tirés d'œuvres littéraires et artistiques.

LES CLÉS DU SUJET

Analyser les documents

LE TEXTE

Le genre
Texte autobiographique où le récit des jeux de l'enfance est accompagné de commentaires de la narratrice adulte.

Le thème
L'extrait met en avant le plaisir du jeu et la force de l'imagination, ainsi que la communion des enfants dans ces moments.

L'IMAGE

Le genre
Photographie en noir et blanc de Robert Doisneau, célèbre pour ses nombreux clichés des habitants de Paris.

Le thème
Les enfants semblent unis : ils portent le même béret typique des marins et forment une ronde joyeuse autour du dessin.

Traiter le sujet d'imagination

Recherche d'idées

Piste 1	Tu peux t'inspirer de l'extrait de George Sand : situé dans l'enfance, le jeu, pratiqué collectivement, peut être synonyme de plaisir.
Piste 2	Ne te contente pas de décrire un jeu très prenant, comme un jeu vidéo par exemple. Ce jeu doit donner naissance à une aventure imaginaire.

Conseils de rédaction

• Raconté à la 1re personne, ton texte peut faire intervenir les commentaires rétrospectifs du narrateur plus âgé sur cet épisode passé, dans des phrases où les verbes seront conjugués au présent.

• Le récit ne peut se réduire à une suite d'actions : des descriptions (des personnages mais aussi du lieu rêvé) sont attendues. Imagine également les sentiments ressentis par le narrateur : plaisir, ivresse, vertige devant le monde imaginaire ainsi créé.

Traiter le sujet de réflexion

Recherche d'idées

Piste 1	L'expression « œuvre autobiographique » renvoie à tout ouvrage où le narrateur, l'auteur et le personnage sont une seule et même personne.
Piste 2	• On associe parfois ce désir de se raconter à une forme de narcissisme. • Mais d'autres raisons peuvent conduire un artiste à parler de lui : réfléchir à son identité, offrir un témoignage, explorer ses états d'âme, trouver un sens à son existence…

Conseils de rédaction

• Présente la question dans une brève introduction. Efforce-toi de trouver trois arguments différents, reliés par des connecteurs logiques et illustrés chacun par au moins un exemple.

• Puise tes exemples dans les œuvres étudiées pendant l'année : journaux intimes, véritables autobiographies, poèmes, autoportraits picturaux. Tu peux également te référer au texte de George Sand.

25 CORRIGÉ GUIDÉ

TRAVAIL SUR LE TEXTE LITTÉRAIRE ET SUR L'IMAGE

Compréhension et compétences d'interprétation

▶ **1.** Le pronom « nous » désigne les trois enfants : la narratrice, Hippolyte son demi-frère et Ursule.

▶ **2.** La scène se déroule dans une « grande chambre ». La rivière que les enfants s'amusent à franchir est en fait imaginaire ; elle est « dessinée sur le carreau avec de la craie ».

▶ **3.** L'illusion pour les enfants est totale. En effet, les actions sont souvent racontées comme si elles s'étaient réellement déroulées et à plusieurs reprises : « Hippolyte s'était déjà noyé plusieurs fois. » Par ailleurs, le lieu est précisément décrit à l'aide d'adjectifs : « l'herbe était fine et le sable doux » ; cela contribue à créer un effet de réel. Le dialogue enfin entre Ursule et la narratrice obéit à une logique très réelle : « il ne faut pas mouiller nos souliers […] car nous avons encore bien du chemin à faire » (l. 33 à 35).

▶ **4. a)** Le jeu des enfants est comparé à une pièce de théâtre, comme le soulignent les expressions : « il faisait le rôle », « un drame », « une fiction scénique », « jouer une scène ».

b) La comparaison avec une scène théâtrale organise totalement le jeu des enfants. Il s'agit d'abord de mettre en place le décor (« la rivière était dessinée ») et de choisir son rôle : Hippolyte préfère ainsi « le rôle du maladroit ou de l'homme ivre ». Il faut ensuite imaginer des répliques conformes au caractère des personnages : « des acteurs de profession seraient bien embarrassés d'improviser sur la scène avec tant d'à-propos et de fécondité ». Le dénouement intervient enfin et le rideau tombe : « tel fut le dénouement imprévu et dramatique de notre représentation. »

INFO +
Tu pouvais également relever pour ce champ lexical : « ils miment », « ces sortes de mimodrames », « improviser sur la scène », « représentation ».

▶ **5.** La narratrice valorise l'imagination débordante des enfants, qui leur donne l'illusion complète de la réalité : « ces jeux-là sont [...] tout un voyage qu'ils miment et rêvent des heures entières ». L'espace restreint de la chambre devient ainsi un « vaste espace ». La narratrice souligne également la justesse de l'interprétation des enfants : « ils ont même des dialogues très vrais ».

▶ **6.** La photographie pourrait illustrer le texte : les deux documents montrent des enfants pris dans un jeu collectif. Le bateau rappelle « la rivière dessinée sur le carreau avec de la craie ». Dans les deux cas, l'espace réel (la chambre, la rue) disparaît au profit du lieu imaginé, rêvé (la rivière ou la mer).

CONSEIL
Si tu trouves plus de deux arguments, mentionne-les : le correcteur valorisera ta réponse.

Par ailleurs, un élément emprunté à la réalité rend le jeu encore plus vrai : les bérets à pompons confortent le sentiment qu'ont les enfants d'être des marins, tandis que la cruche renversée imite « ainsi un torrent et une cascade ».

Enfin, la joie et l'excitation se voient sur le visage d'un enfant de la ronde, faisant écho aux « rires » et aux « cris » que mentionne George Sand.

Grammaire et compétences linguistiques

▶ **7. a)** « En de certains endroits » est un complément circonstanciel de lieu. « Fort profonde » est attribut du sujet « elle ».

b) Le premier groupe peut être supprimé. Il ne s'agit donc pas d'un complément essentiel. Il peut être déplacé en fin de phrase ou placé entre le verbe et l'attribut du sujet : il complète donc la phrase entière. C'est un complément circonstanciel, qui donne une précision de lieu.

▶ **8. a)** [Si nous rencontrons des écrevisses], elles nous mangeront les pieds.

b) Il s'agit d'une proposition subordonnée circonstancielle de condition.

▶ **9. a)** Le mot « dénouement » est composé du préfixe *dé-*, du radical *-noue-* et du suffixe *-ment*.

b) Le sens du radical se reconnaît dans le verbe *nouer* qui signifie « faire un nœud ». Le préfixe *dé-* a un sens privatif. Le dénouement est donc ce moment où les nœuds sont défaits. Au théâtre, c'est le moment où les péripéties, les nœuds de l'intrigue sont résolus : c'est la fin de la représentation.

▶ **10.** *Les modifcations sont en couleur.*

« Ils s'étaient déjà noyés plusieurs fois, nous les aidions à se retirer des grands trous où ils tombaient toujours, car ils faisaient le rôle du maladroit ou de l'homme ivre, et ils nageaient à sec sur le carreau en se débattant et en se lamentant. »

DICTÉE

POINT MÉTHODE

1 Attention à la terminaison des participes passés des verbes du 3e groupe. Pour savoir si le participe comporte une consonne muette, on l'accorde au féminin pour entendre cette consonne : *fait* (car *faite*), mais *servi∅* et *disparu∅* (car *servie* et *disparue*).

2 Le verbe *appeler* (et ses dérivés) comporte toujours deux *p*. Quand le *e* qui précède le *l* se prononce « è », il faut également doubler le *l* : *on appelait*, mais *je rappellerai*.

3 Mémorise les mots qui contiennent une consonne double : *appartement, étonnement, environner, hallucination.*

Je me souviens d'un jour d'automne où, le dîner étant servi, la nuit s'était faite dans la chambre. Ma cousine et moi nous poursuivions l'une l'autre à travers les arbres, c'est-à-dire sous les plis du rideau. L'appartement avait disparu à nos yeux et nous étions véritablement dans un sombre paysage à l'entrée de la nuit. On nous appelait pour dîner et nous n'entendions rien. Ma mère vint me prendre dans ses bras pour me porter à table et je me rappellerai toujours mon étonnement en voyant les objets réels qui m'environnaient. Je sortais d'une hallucination complète et il me coûtait d'en sortir si brusquement.

SPRINT FINAL

RÉDACTION

Voici un exemple de rédaction sur chacun des deux sujets.

Attention, les indications entre crochets ne doivent pas figurer sur la copie.

Sujet d'imagination

[Mise en place du décor] L'été, mes parents nous emmenaient passer quelques semaines sur la côte atlantique, près de Bordeaux, où ils avaient des amis avec des enfants de notre âge. Les immenses plages océanes abritaient nos jeux de l'après-midi.

[Aventures] Après la baignade, nous nous dirigions, heureux, vers les dunes, où l'on pouvait échapper aux regards inquisiteurs des adultes. C'est alors que commençait la vraie vie. Naufragés, il nous fallait toucher la terre ferme pour survivre. Nous gravissions la dune en rampant, mimant les gestes désespérés de ceux qui veulent échapper à la mort. Une fois sur notre îlot, sains et saufs, nous pouvions encourager les suivants. Nino, le plus grand, tendait une main secourable aux plus petits, dont je faisais partie, et les réconfortait. Fier d'avoir survécu, je me sentais alors invincible. Quel plaisir éprouve-t-on à endosser ainsi l'uniforme des héros !

> **CONSEIL**
> Souviens-toi qu'une description réussie repose sur l'emploi d'adjectifs permettant au lecteur de se représenter la scène.

Notre île déserte était par endroits hostile : il fallait souvent user de machettes pour se frayer un chemin dans la jungle moite et inamicale ; nous menions de nombreuses et dangereuses expéditions pour trouver de l'eau douce, et affrontions tout un tas de dangers aussi exotiques que mortels. Piquée par un scorpion géant, la petite Lila fut un jour sur le point de mourir. Nino se souvint alors de ses talents de guérisseur et lui fit ingérer une petite herbe sauvage et odorante qui poussait sur un coin de sable. Et miracle ! Elle ressuscita.

[Dénouement] Nos cris enthousiastes attirèrent l'attention des parents, qui nous trouvèrent disposés en rond autour de Lila, acclamant notre chamane qui répandait son herbe magique. Cependant les vomissements de Lila mirent fin à notre aventure et à la perplexité parentale. Chaque enfant réintégra sa famille et l'histoire se termina sur de tristes leçons de prudence.

> **INFO +**
> Le texte peut, comme chez George Sand, se clore par une intervention parentale, ou par les commentaires nostalgiques du narrateur sur cet épisode heureux de son passé.

Sujet de réflexion

[Introduction] Comme George Sand dans son ouvrage *Histoire de ma vie*, nombreux sont les artistes à avoir exploré la voie de l'autobiographie. Mais dans quel but décide-t-on un jour d'écrire sur soi et de raconter sa vie ?

[Une réflexion sur soi] Parler de soi peut sembler au premier abord quelque peu prétentieux. Le peintre américain Norman Rockwell, dans son *Triple autoportrait*, se moque de la vanité de l'artiste qui essaye de se représenter plus beau et plus jeune qu'il n'est en réalité. Car raconter sa vie signifie souvent entreprendre une quête de vérité : il ne s'agit pas de se montrer sous son meilleur jour, mais de se révéler dans toute la vérité de sa nature, avec ses failles et ses défauts. La démarche autobiographique permet alors de réfléchir sur soi.

[Une manière de surmonter des épreuves] D'autres œuvres autobiographiques mettent en scène des événements intimes, voire douloureux. Les coucher sur papier ou les offrir au public devient une manière de se débarrasser du fardeau et de mieux supporter la souffrance. La peintre mexicaine Frida Kahlo, longtemps alitée à la suite de problèmes de santé, s'est ainsi représentée à plusieurs reprises dans des toiles montrant sa souffrance, aussi bien physique que psychologique.

[Un témoignage utile] On peut enfin, en racontant sa vie, offrir un témoignage sur une époque, un peuple, des problèmes particuliers. La jeune Malala Yousafzai, dans son *Journal d'une écolière pakistanaise* publié sur un blog de la BBC, relate ainsi sa vie sous le régime des talibans : les écoles de filles incendiées et les assassinats des opposants. Le récit d'une vie individuelle renseigne alors sur l'histoire de tout un peuple. Par la suite, Malala obtiendra le prix Nobel de la paix. Son témoignage possède bien une dimension universelle.

[Conclusion] Les raisons qui poussent à vouloir raconter sa vie sont variées. Aujourd'hui, les réseaux sociaux permettent à chacun de parler de soi : mais montre-t-on une image sincère de soi, ou une version améliorée de la réalité ?

CONSEIL
La conclusion, même courte, est indispensable. Tu peux, comme ici, essayer d'élargir un peu la réflexion menée dans le devoir.

26 Amérique du Nord • Juin 2023

Un essayage humiliant

3 heures
100 points

INTÉRÊT DU SUJET • Le jeune narrateur évoque un souvenir humiliant : l'essayage et le choix d'une veste pour un mariage, épisode qui reste douloureusement inscrit dans sa mémoire.

DOCUMENT A Texte littéraire

Michel Pastoureau est un historien de l'art, spécialiste des couleurs.

Je ne me souviens pas d'avoir porté de veste avant l'âge de 13 ans. Cette liberté prit fin au printemps 1960, lorsque je fus invité avec mes parents au mariage de l'ancienne préparatrice en pharmacie de ma mère, une jeune femme qui s'était beaucoup occupée de moi quand j'étais enfant et qui m'avait fait profiter d'un regard sur le monde et la société différent de celui de ma famille. Il fut décidé que pour l'occasion on m'achèterait un pantalon gris et un blazer[1] bleu marine. Je portais déjà des pantalons longs mais pas de veste ni de blazer. L'achat se fit dans un magasin de vêtements pour hommes, le plus grand de la ville de banlieue sud où nous habitions alors. J'entends encore la voix obséquieuse[2] du vendeur soulignant ironiquement : « ce jeune homme est cambré ». Il voulait dire par là que j'avais de grosses fesses pour mon âge. Le choix du pantalon se fit néanmoins sans problème.

Il n'en alla pas de même du blazer, et j'en fus responsable. J'aurais préféré un blazer croisé, auquel je trouvais un petit air « amiral », voire « aviateur », mais l'odieux vendeur convainquit ma mère que j'étais trop grassouillet pour un tel vêtement. Ce serait donc un blazer droit, ce qui me déplaisait. Non pas tant à cause de la forme qu'en raison de la couleur. J'avais en effet observé que dans ce magasin, pourtant bien fourni, les blazers droits pour adolescents étaient d'un bleu marine moins marine que les blazers croisés. À peine, certes, mais j'avais déjà le sens des couleurs et de leurs nuances et je sentais confusément qu'un bleu marine qui n'était pas très foncé n'était pas un vrai bleu marine. Plusieurs de mes camarades, appartenant à des familles plus bourgeoises que la mienne, portaient déjà des blazers, et je savais que le bleu était différent de celui qui m'était proposé : plus sombre, plus dense, moins violacé ; pour tout dire, moins « vulgaire ».

Les adolescents ont sur la vulgarité des idées qui leur sont propres. Ils seraient souvent bien en peine de les expliquer ou de les faire partager à des adultes, mais le vulgaire – leur vulgaire – a pour eux quelque chose d'absolument rédhibitoire[3]. C'était le cas de ce « presque bleu marine », à mes yeux importable, hideux et probablement grossissant ! Essayage, refus, discussion, comparaison, réessayage, intervention d'un autre vendeur, puis du chef du rayon, personnage considérable qui à ma grande surprise soutint mon point de vue. Mais rien n'y fit : je n'obtins pas gain de cause. Un saut dans la rue, à la lumière du jour, convainquit ma mère que ce blazer droit était d'un bleu très acceptable, parfaitement classique, et que mes caprices chromatiques[4] – qui n'étaient pas les premiers – n'avaient pas de raison d'être. Le vendeur ricanait. Le chef de rayon un peu moins, car les blazers croisés étaient vendus plus cher que les droits. Je dus donc revêtir ce maudit vêtement le jour du mariage et j'en ressentis une honte comme j'en ai rarement éprouvé. Aucun de mes camarades n'était présent, peu de gens me connaissaient, et personne évidemment ne s'aperçut que ce bleu marine ne l'était pas tout à fait. Mais moi je le sentais, je le savais, et cet infime écart de nuance me bouleversait : j'imaginais tous les regards portés sur ce blaze odieux et méprisable.

Michel Pastoureau, *Les couleurs de nos souvenirs*,
éditions du Seuil, 2010.

---

1. un blazer : il s'agit d'une veste de costume boutonnée que l'on portait pour être élégant.
2. obséquieuse : hypocrite.
3. rédhibitoire : inacceptable.
4. chromatique : en lien avec la couleur.

SPRINT FINAL

DOCUMENT B **Richard Kalvar, *Essayage*, 1976**

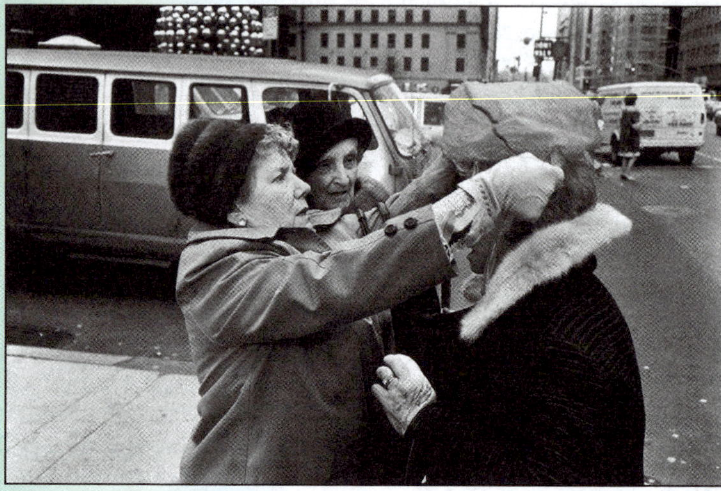

ph © Richard Kalvar/Magnum Photos

Richard Kalvar, *Essayage*, 1976, photographie (épreuve gélatino-argentique), 7,9 cm × 11,5 cm, Musée Georges Pompidou.

TRAVAIL SUR LE TEXTE LITTÉRAIRE ET SUR L'IMAGE

50 POINTS • 1 h 10

Les réponses doivent être entièrement rédigées.

Compréhension et compétences d'interprétation

▶ **1.** Lignes 1 à 14 :

a) Où et quand se situe ce souvenir ? *(2 points)*

b) Qui est le personnage principal ? Qui est le narrateur ? Selon vous, à quel genre littéraire appartient ce texte ? *(3 points)*

▶ **2.** Qu'est-ce qui montre dans le texte que l'achat du blazer est un événement important dans la vie du personnage ? Vous relèverez deux éléments de réponse différents. *(3 points)*

▶ **3.** Que pensez-vous de l'attitude du vendeur ? Vous justifierez votre réponse en vous appuyant sur le texte. *(3 points)*

▶ **4.** Ligne 45 : Pourquoi le personnage du jeune homme ressent-il de la « honte » ? Vous expliquerez votre point de vue en vous appuyant sur le texte. *(3 points)*

▶ **5.** Lignes 35 à 38 : « Essayage, refus, discussion, comparaison, réessayage, intervention d'un autre vendeur, puis du chef du rayon, personnage considérable qui à ma grande surprise soutint mon point de vue. » Qu'est-ce qui vous paraît comique dans ce passage ? *(3 points)*

▶ **6.** Pourquoi ce souvenir est-il important pour le narrateur ? Vous expliquerez de manière développée votre point de vue. *(3 points)*

▶ **7.** Comment jugez-vous l'attitude du jeune personnage ? La comprenez-vous ? *(4 points)*

▶ **8.** Quels liens pouvez-vous établir entre le texte et la photographie ? Votre réponse devra être développée et s'appuyer sur une description de l'image. *(6 points)*

Grammaire et compétences linguistiques

▶ **9.** « J'entends encore la voix obséquieuse du vendeur […] » (l. 11)
« Les adolescents ont sur la vulgarité des idées qui leur sont propres » (l. 30-31)
a) Quel est le temps et le mode des verbes soulignés ? *(1 point)*
b) Justifiez l'emploi de ce temps dans chacune de ces phrases. *(2 points)*

▶ **10.** Ligne 34 : « importable ».
a) Expliquez la formation de ce mot. *(1,5 point)*
b) Donnez la nature de ce mot. *(0,5 point)*
c) À partir du verbe « imaginer », proposez un mot construit sur le même modèle qu'« importable ». *(1 point)*

▶ **11.** Ligne 17 : « L'odieux vendeur convainquit ma mère. »
a) Quelle est la fonction du groupe de mots souligné ? *(1 point)*
b) Quelle manipulation au sein de la phrase vous permet de justifier votre réponse ? *(1 point)*

▶ **12.** Lignes 48 à 50 : « … cet infime écart de nuance me bouleversait : j'imaginais tous les regards portés sur ce blazer odieux et méprisable. »
a) Quel lien logique établissez-vous entre les deux propositions séparées par les deux points ? *(1 point)*
b) Réécrivez ce passage en remplaçant les deux points par une conjonction de coordination. *(1 point)*

▶ **13.** Réécrivez ce passage en remplaçant « les adolescents » par « un adolescent » et « des idées » par « un avis ». Vous ferez toutes les modifications nécessaires. *(10 points)*
« Les adolescents ont sur la vulgarité des idées qui leur sont propres. Ils seraient souvent bien en peine de les expliquer ou de les faire partager à des adultes, mais le vulgaire – leur vulgaire – a pour eux quelque chose d'absolument rédhibitoire. »

DICTÉE — 10 POINTS • 20 min

Le nom de l'auteur, le titre de l'œuvre, ainsi que « Cécile », « Martine » et « Mme Donzert » sont écrits au tableau.

Elsa Triolet
Roses à crédit, 1959

Cécile avait raison lorsqu'elle disait à Mme Donzert qu'il fallait laisser Martine tranquille, qu'elle savait ce qu'elle voulait. C'était vrai, il y avait chez Martine une détermination presque sinistre, tant on la sentait irrévocable. En toute chose. Si après de longues réflexions qui l'empêchaient de dormir, elle se décidait pour un tailleur classique bleu marine, des escarpins de la même couleur et un chapeau blanc, il les lui fallait exactement tels qu'elle les avait imaginés, le tailleur et les escarpins et le chapeau… Un bleu marine franc, ne tirant pas sur le gris et le violet.

RÉDACTION — 40 POINTS • 1 h 30

Vous traiterez à votre choix l'un des sujets suivants.

Sujet d'imagination

Comme le narrateur, vous avez pu vous sentir incompris dans l'expression de vos goûts. Racontez cet événement en précisant les circonstances et en insistant sur les sentiments que vous avez éprouvés et les réflexions que ce moment a déclenchées.

Sujet de réflexion

Aimez-vous lire ou voir des œuvres dont des adolescents sont les personnages principaux ? Pourquoi ?
Vous répondrez à cette question dans un développement organisé, en vous appuyant sur des exemples précis dans les œuvres littéraires et artistiques que vous connaissez.

LES CLÉS DU SUJET

Analyser les documents

LE TEXTE

Le genre
Extrait d'un journal à la fois autobiographique et historique de Michel Pastoureau, consacré à l'histoire des couleurs en Europe de 1950 à 2010

Le thème
Le narrateur relate un souvenir lié à l'achat d'un blazer bleu.

L'IMAGE

Le genre
Photographie en noir et blanc du photographe américain Richard Kalvar

Les caractéristiques clés
Cette scène de rue cocasse fait apparaître trois femmes : deux d'entre elles, chapeautées, affublent une troisième d'un couvre-chef peu seyant.

Traiter le sujet d'imagination

Recherche d'idées

Piste 1	• Prends le temps de bien comprendre le sujet. Quels goûts souhaites-tu évoquer : tes préférences vestimentaires (comme dans l'extrait), cinématographiques, littéraires, sportives ? • Tu peux aussi parler d'une orientation professionnelle qui t'attire.
Piste 2	Remémore-toi ensuite un événement particulier durant lequel tes choix ont été remis en question, empêchés ou moqués par une ou plusieurs personnes de ton entourage (parents, camarades de classe, etc.).

Conseils de rédaction

• Commence par raconter l'événement choisi en le resituant dans son contexte (moment, lieu, circonstances). N'oublie pas d'insister sur ce que tu as ressenti : de la honte, de l'humiliation, de la déception, de la colère, de la révolte, voire du désespoir. Conclus ton récit en exprimant les réflexions suscitées par cet épisode.

• Tu peux choisir d'introduire de l'humour dans ton texte, comme le fait Michel Pastoureau.

Traiter le sujet de réflexion

Recherche d'idées

Piste 1	• Réponds d'abord à la question puis cherche des arguments pour justifier ta réponse. • Par exemple, si tu réponds par l'affirmative, tu peux dire que les personnages adolescents te ressemblent, ont les mêmes problèmes que toi, peuvent devenir des amis imaginaires et te faire vivre une autre existence.
Piste 2	Pour illustrer tes arguments, fais appel aux œuvres littéraires ou cinématographiques que tu as appréciées et dont les héros sont des adolescents.

Conseils de rédaction

• Dans l'**introduction,** rappelle la question et réponds-y brièvement.

• Rédige ensuite un **développement** en deux parties au minimum qui comprennent chacune un argument. N'oublie pas d'illustrer ton propos en citant les œuvres que tu connais et apprécies.

• Termine par une **conclusion** qui synthétise les arguments développés.

26 CORRIGÉ GUIDÉ

TRAVAIL SUR LE TEXTE LITTÉRAIRE ET SUR L'IMAGE

Compréhension et compétences d'interprétation

▶ **1. a)** Le souvenir se situe en 1960 dans un magasin de vêtements pour hommes.

b) Le personnage principal est le narrateur adolescent. Il s'agit de l'auteur, Michel Pastoureau. Le récit est donc autobiographique.

INFO +
On parle de récit **autobiographique** lorsque l'auteur écrit sur sa propre vie. Le narrateur se confond alors avec l'écrivain.

▶ **2.** L'emploi du superlatif « le plus grand de la ville » (l. 10) pour qualifier le magasin souligne le caractère solennel que revêt l'achat du blazer. Cet événement représente la fin d'une certaine liberté liée à l'enfance qui « prit fin au printemps 1960 » (l. 2), et une sorte de rite de passage vers l'adolescence. Le narrateur « portai[t] déjà des pantalons longs mais pas de veste ni de blazer » (l. 8-9).

▶ **3.** Le vendeur a une attitude « obséquieuse » (l. 11) envers la mère du narrateur dont il veut se faire bien voir et méprisante vis-à-vis de l'enfant qu'il humilie par des réflexions sur son physique qu'il sous-entend être « grassouillet » (l. 18). Il ne s'adresse qu'à la mère du narrateur alors que c'est lui qui portera la veste. Selon moi, le vendeur se montre irrespectueux avec le jeune adolescent qu'il ne considère pas comme un interlocuteur à part entière.

▶ **4.** Le narrateur ressent de la honte car il a le sentiment d'avoir été obligé de porter un vêtement « vulgaire » (l. 29), d'un « presque bleu marine (…) hideux » (l. 34), « différent » (l. 28) des blazers à la mode et de la bonne couleur portés par ses camarades.

▶ **5.** Ce passage relève du burlesque : les actions successives sont résumées dans une longue énumération de groupes nominaux qui crée un rythme rapide, frénétique. La gradation syntaxique amplifie l'effet humoristique. L'adjectif hyperbolique « considérable » (l. 37), utilisé pour qualifier le responsable du magasin, exagère son importance. Détail amusant, ce « personnage considérable » soutient le point de vue de l'adolescent, ce qui ne changera rien au choix final.

INFO +
Une gradation syntaxique est une énumération de mots ou de groupes de mots de plus en plus longs.

▶ **6.** Ce souvenir d'enfance est important pour le narrateur car il s'agit de l'achat de son premier blazer qui marque son entrée dans l'adolescence, même si ce moment s'inscrit dans sa mémoire comme un souvenir honteux. Par ailleurs, c'est aussi une scène fondatrice durant laquelle il ressent l'importance que représente pour lui la couleur, thème que Michel Pastoureau explore tout au long de son œuvre.

▶ **7.** L'attitude du jeune narrateur me paraît tout à fait justifiée : c'est lui qui va devoir porter la veste, c'est son image qui est en jeu. Il doit se sentir bien dans la tenue qu'il portera. Il est aussi tout naturel d'avoir envie de ressembler à ses camarades et d'être à la mode.

▶ **8.** La photographie en noir et blanc de Richard Kalvar montre deux femmes chapeautées dans une rue qui affublent une troisième d'un couvre-chef. Le texte et la photographie partagent des points communs.

Tout d'abord, la troisième femme sur la photographie semble être victime d'un essayage imposé tout comme le narrateur dans l'extrait. Leurs goûts, leurs envies sont niés : ils sont comme des marionnettes entre les mains d'autres personnages qui semblent décider à leur place.

Ensuite, la photographie et certains passages du texte comportent une dimension comique. La femme à droite, pourtant adulte, se retrouve dans la position d'une enfant que l'on habille.

Grammaire et compétences linguistiques

▶ **9. a)** Les verbes sont conjugués au présent de l'indicatif.

b) « J'entends » est un présent d'énonciation : c'est le temps de l'écriture, celui où l'auteur se remémore ce souvenir.

Les verbes « ont » et « sont » ont une valeur de vérité générale. Le narrateur énonce ce qu'il considère comme une opinion commune, une généralité concernant les adolescents.

> **INFO +**
> On distingue plusieurs valeurs du présent de l'indicatif : le présent de narration, d'énonciation, de vérité générale, d'habitude et le présent historique.

▶ **10. a)** Le mot « importable » est construit avec le préfixe *im-*, qui exprime l'idée de contraire, le radical *port* et le suffixe *-able* qui permet de former des adjectifs.

b) Ce mot est un adjectif.

c) Le mot « imaginable » est construit sur le même modèle que « importable ».

▶ **11. a)** Le groupe de mots souligné est complément d'objet direct (COD) du verbe « convainquit ».

b) La manipulation suivante justifie cette réponse : « L'odieux vendeur la convainquit. »

> **INFO +**
> Pour identifier un COD, il suffit de vérifier si on peut le remplacer par les pronoms *le, la, les, l'*.

▶ **12. a)** Un rapport de cause à effet lie les deux propositions.

b) « cet infime écart de nuance me bouleversait car j'imaginais tous les regards portés sur ce blazer odieux et méprisable. »

▶ **13.** *Les modifications sont en couleur.*

Un adolescent a sur la vulgarité un avis qui lui est propre. Il serait souvent bien en peine de l'expliquer ou de le faire partager à des adultes, mais le vulgaire — son vulgaire — a pour lui quelque chose d'absolument rédhibitoire.

DICTÉE

Cécile avait raison lorsqu'elle disait à Mme Donzert qu'il fallait laisser Martine tranquille, qu'elle savait ce qu'elle voulait. C'était vrai, il y avait chez Martine une détermination presque sinistre, tant on la sentait irrévocable. En toute chose. Si après de longues réflexions qui l'empêchaient de dormir, elle se décidait pour un tailleur classique bleu marine, des escarpins de la même couleur et un chapeau blanc, il les lui fallait exactement tels qu'elle les avait imaginés, le tailleur et les escarpins et le chapeau… Un bleu marine franc, ne tirant pas sur le gris et le violet.

POINT MÉTHODE

1 **Le préfixe *in-***, qui permet de former des mots de sens contraire, se transforme en *ir-* devant un mot commençant par un *r* et en *im-* devant un mot commençant par un *m*.

→ responsable/irresponsable ; mangeable/immangeable

2 Attention à **l'accord du participe passé conjugué avec l'auxiliaire avoir** : il s'accorde avec le COD si celui-ci le précède.

→ « il les lui fallait exactement tels qu'elle les avait imaginés »
les : COD (= les vêtements)

3 Attention à ne pas confondre **ce** pronom démonstratif que l'on peut remplacer par **cela** et **se** pronom personnel réfléchi que l'on peut remplacer par **me** (*je me décidais*).

RÉDACTION

Voici un exemple de rédaction sur chacun des deux sujets.

Attention, les indications entre crochets ne doivent pas figurer sur la copie.

Sujet d'imagination

[Circonstances de l'événement] J'étais alors une toute petite fille. Nous étions en vacances en famille dans le sud de la France. C'était l'été, l'époque des jeux sur la plage, des baignades et des animations nocturnes dont une fête costumée.

> **CONSEIL**
> Avant d'entrer dans le vif du sujet, prends le temps de préciser l'âge que tu avais, les autres personnes présentes et le lieu que tu peux décrire brièvement.

[Récit de l'épisode] Ma mère avait déjà tout prévu pour me confectionner un costume de Père Noël : veste et pantalon rouges bordés de coton blanc, barbe, moustache et bottes. D'où lui était venue cette étrange idée d'un petit Père Noël égaré en plein été ? Cela reste pour moi un mystère. La petite fille conventionnelle que j'étais se révolta quelque peu. Elle aurait préféré être une princesse avec une robe légère qui se soulève en corolle quand on tourne sur soi-même, des paillettes et un diadème, ou encore une fée avec une baguette magique et des ailes dans le dos. Rien n'y fit.

[Sentiments éprouvés] Ce qui aurait dû être un plaisir se transforma en torture. Je me rappelle encore, des années après, la gêne que j'ai ressentie à devoir enfiler ce déguisement ridicule à mes yeux et à me retrouver au milieu d'une foule costumée, alors que j'aurais préféré me cacher dans un trou de souris.

SPRINT FINAL

[Réflexions] Pourquoi ma mère ne m'avait-elle pas consultée ? Pourquoi les adultes oublient-ils trop souvent que les enfants, même tout petits, sont des personnes à part entière dont il faut respecter les choix ? Sans doute trouvait-elle les déguisements de princesse et de fée trop mièvres, convenus. Elle semblait fière de son œuvre et je décidai de ne pas la décevoir.

[Conclusion] Cet épisode a trouvé sa place dans l'album de mon enfance. Sur une photographie pose une foule de gens costumés avec, dans un coin, un petit Père Noël incongru dont la barbe et la moustache cachent l'expression dépitée.

Sujet de réflexion

[Introduction] Mes œuvres préférées, qu'elles soient littéraires ou cinématographiques, sont souvent celles dont les héros sont des adolescents. Pourquoi une telle préférence ?

> **CONSEIL**
> Dans l'introduction, présente clairement la question posée.

[Argument 1] Tout d'abord, je peux m'identifier à des héros de mon âge et me projeter dans leurs aventures. Ainsi, j'ai aimé partager les aventures d'Harry Potter à l'école de sorciers de Poudlard dans la saga écrite par J.K. Rowling. De même, quel plaisir mêlé de frayeur j'ai ressenti en embarquant avec le jeune Jim Hawkins vers l'île au trésor, dans le roman de Stevenson.

[Argument 2] Ensuite, partager la vie d'adolescents, même imaginaires, me permet de me sentir moins seul(e) face aux interrogations et aux tourments de l'adolescence. Je me suis senti(e) proche du narrateur de *La promesse de l'aube* – le roman autobiographique de Romain Gary – en prise à l'amour possessif et exigeant de sa mère. De même, je me suis identifié(e) à Billy Elliot, dans le film éponyme de Stephen Daldry, que son père oblige à faire de la boxe alors qu'il rêve de devenir danseur.

[Argument 3] Enfin, ces personnages deviennent des confidents avec lesquels je peux dialoguer. Ils m'incitent à exprimer à mon tour mes joies et mes souffrances, mes espoirs et mes déceptions, à croire en mes rêves. C'est après avoir lu *le Journal d'Anne Frank*, si émouvant, que j'ai eu envie d'écrire le mien et de mettre des mots sur mes angoisses et mes questionnements.

[Conclusion] Pour conclure, si mes romans ou mes films préférés mettent en scène des adolescents, c'est parce que je peux m'identifier plus facilement aux héros et les suivre dans leurs aventures. Je peux en faire des confidents à qui me raconter à mon tour, ce qui me permet de me sentir moins seul(e) durant cette période compliquée qu'est l'adolescence.

> **CONSEIL**
> Dans la **conclusion**, résume en quelques lignes les arguments proposés dans le développement.

L'arroseur arrosé

3 heures
100 points

INTÉRÊT DU SUJET • La Fontaine raconte ici le combat entre un lion et un moucheron, dont l'issue est assez surprenante. Comme toujours dans une fable, le récit amusant permet d'illustrer une leçon de vie.

DOCUMENT A **Texte littéraire**

Le Lion et le Moucheron

« Va-t'en, chétif[1] insecte, excrément de la terre[2] ! »
C'est en ces mots que le Lion
Parlait un jour au Moucheron.
L'autre lui déclara la guerre.
« Penses-tu, lui dit-il, que ton titre de Roi
Me fasse peur ni me soucie ?
Un bœuf est plus puissant que toi :
Je le mène à ma fantaisie[3]. »
À peine il achevait ces mots
Que lui-même il sonna la charge[4],
Fut le Trompette[5] et le Héros.
Dans l'abord il se met au large[6]
Puis prend son temps, fond[7] sur le cou
Du Lion, qu'il rend presque fou.
Le quadrupède écume, et son œil étincelle ;
Il rugit ; on se cache, on tremble à l'environ ;
Et cette alarme universelle
Est l'ouvrage d'un Moucheron.
Un avorton de Mouche en cent lieux le harcelle :
Tantôt pique l'échine[8], et tantôt le museau,
Tantôt entre au fond du naseau.
La rage alors se trouve à son faîte[9] montée.
L'invisible ennemi triomphe, et rit de voir
Qu'il n'est griffe ni dent en la bête irritée
Qui de la mettre en sang ne fasse son devoir.

SPRINT FINAL

Le malheureux Lion se déchire lui-même,
Fait résonner sa queue à l'entour de ses flancs,
Bat l'air, qui n'en peut mais[10] ; et sa fureur extrême
Le fatigue, l'abat : le voilà sur les dents.
L'insecte du combat se retire avec gloire :
Comme il sonna la charge, il sonne la victoire,
Va partout l'annoncer, et rencontre en chemin
L'embuscade d'une araignée ;
Il y rencontre aussi sa fin.

Quelle chose par là nous peut être enseignée ?
J'en vois deux, dont l'une est qu'entre nos ennemis
Les plus à craindre sont souvent les plus petits ;
L'autre, qu'aux grands périls tel a pu se soustraire,
Qui périt pour la moindre affaire.

Jean de La Fontaine, *Fables*, livre II, fable 9, 1668

1. chétif : faible. 2. excrément de la terre : ce qui est rejeté par la terre. Il s'agit d'une insulte méprisante. 3. à ma fantaisie : comme je veux. 4. sonna la charge : annonça l'attaque. 5. Trompette : celui qui joue de la trompette pendant une bataille. 6. Dans l'abord il se met au large : pour commencer, il s'éloigne. 7. fond : se précipite pour attaquer. 8. l'échine : le dos de l'animal. 9. à son faîte : au plus haut. 10. qui n'en peut mais : qui n'en peut plus.

DOCUMENT B **Illustration d'Auguste Vimar, *Le Lion et le Moucheron***

Fables de La Fontaine, Alfred Mame, 1897

TRAVAIL SUR LE TEXTE LITTÉRAIRE ET SUR L'IMAGE

50 POINTS • 1 h 10

Les réponses doivent être entièrement rédigées.

Compréhension et compétences d'interprétation

▶ **1.** Vers 1 à 8 :

a) Qui parle au vers 1 ? À qui s'adresse-t-il ? *(1 point)*

b) Quelle réaction ce propos déclenche-t-il et pourquoi ? *(2 points)*

▶ **2.** Vers 9 à 29 :

a) Quel animal domine le combat ? Justifiez votre réponse en relevant trois expressions dans ce passage. *(2 points)*

b) Quelle tactique est utilisée par le moucheron aux vers 12 à 29 ? Quel en est le résultat ? *(3 points)*

c) Comment le fabuliste met-il en évidence le mouvement et l'agitation du combat ? Pour justifier votre réponse, vous vous appuierez notamment sur les verbes, les adverbes et le rythme des vers. *(4 points)*

▶ **3.** Vers 15 à 29 : par quels groupes nominaux le lion est-il désigné ? Quel est l'effet produit ? *(3 points)*

▶ **4.** Vers 30 à 34 : quel est le retournement de situation raconté par cette fable ? *(2 points)*

▶ **5.** Au cours de la fable, de quel défaut le Lion et le Moucheron font-ils preuve à tour de rôle ? Justifiez votre réponse en vous appuyant sur l'ensemble de la fable. *(5 points)*

▶ **6.** Vers 35 à 39 : comment comprenez-vous les deux enseignements que le fabuliste donne au lecteur ? *(4 points)*

▶ **7. a)** Comment l'illustration donne-t-elle à voir les effets de l'attaque du moucheron sur le lion ? *(4 points)*

b) Comment s'y prend l'illustration pour laisser entrevoir la fin de la fable ? *(2 points)*

Grammaire et compétences linguistiques

▶ **8.** « L'autre lui déclara la guerre » (vers 4).

a) Donnez la fonction précise de chaque complément souligné. *(1 point)*

b) Réécrivez la phrase en remplaçant le pronom « lui » par le groupe nominal auquel il renvoie. *(1 point)*

c) Quelles manipulations avez-vous utilisées pour identifier la fonction de « la guerre » ? *(2 points)*

▶ **9.** « Il rugit ; on se cache » (vers 16). Transformez ces deux propositions en une phrase complexe comportant une proposition subordonnée. *(2 points)*

▶ **10.** « L'invisible ennemi » (vers 23).

a) De quels éléments le mot souligné est-il composé ? *(1,5 point)*

b) Donnez sa définition en vous appuyant sur la signification des éléments qui le composent. *(0,5 point)*

▶ **11.** Réécrivez le passage suivant en remplaçant « Le malheureux Lion » par « Les malheureux Lions » : *(10 points)*

« Le malheureux Lion se déchire lui-même,
Fait résonner sa queue à l'entour de ses flancs,
Bat l'air [...] ; et sa fureur extrême
Le fatigue, l'abat » (vers 26-29)

DICTÉE — 10 POINTS • 20 min

Le nom de l'auteur et le titre de l'œuvre sont écrits au tableau.

D'après Ésope
Fables, VIIe-VIe siècle avant J.-C.

Le moustique et le lion

Un moustique s'approcha d'un lion et lui dit : « Je n'ai pas peur de toi, et tu n'es pas plus puissant que moi. Si tu veux, je te provoque même au combat ». Et, sonnant de la trompe, le moustique fondit sur lui, mordant le museau dépourvu de poil autour des narines. Quant au lion, il se déchirait de ses propres griffes, jusqu'à ce qu'il renonce au combat. Le moustique, ayant vaincu le lion, sonna de la trompe, entonna un chant de victoire, et prit son envol. Mais il s'empêtra dans une toile d'araignée : tandis qu'elle le dévorait, il se lamentait d'être tué par un vulgaire animal, une araignée, lui qui avait combattu les plus puissants animaux.

RÉDACTION

40 POINTS • 1 h 30

Vous traiterez à votre choix l'un des sujets suivants.

Sujet d'imagination

Le Moucheron « sonne la victoire » et « va partout l'annoncer ».
Imaginez le récit que fait le Moucheron de son combat victorieux aux autres animaux. Vous mettrez en évidence le caractère, les sentiments et les réflexions du Moucheron et vous pourrez montrer les réactions des autres animaux.
Votre récit peut être rédigé à la première ou à la troisième personne du singulier.

Sujet de réflexion

La littérature et les œuvres artistiques peuvent-elles nous aider à réfléchir sur notre propre comportement ? Vous répondrez à cette question dans un développement organisé, en vous appuyant sur des exemples pris dans les œuvres littéraires et artistiques que vous connaissez.

LES CLÉS DU SUJET

Analyser les documents

LE TEXTE

Le genre
La fable comporte deux parties : un récit, et une morale expliquant la ou les leçons à tirer de l'histoire.

Le thème
Cette fable pourrait illustrer le proverbe « Tel est pris qui croyait prendre », lui-même tiré d'une autre fable de La Fontaine !

L'IMAGE

Le thème
L'illustration en noir et blanc est très fidèle à l'histoire racontée dans la fable et représente les trois personnages.

Les caractéristiques clés
Le lion, personnifié, est dessiné dans une posture saisissante : les yeux rivés sur l'insecte, il semble fou et comme désarticulé.

Traiter le sujet d'imagination

Recherche d'idées

Piste 1

- Ne change pas le caractère du moucheron : celui-ci restera sûr de lui, arrogant et vaniteux.
- Tu peux imaginer qu'il fera preuve d'exagération dans son récit pour paraître encore plus fort.

Piste 2

- Choisis les autres personnages. Tu peux prendre des animaux d'autres fables : cigale, corbeau, cerf, renard, rat…
- Tous les animaux ne réagiront pas de la même manière : certains seront heureux et admiratifs de la victoire du moucheron, d'autres non.

Conseils de rédaction

• Le sujet ne t'oblige pas du tout à écrire en vers. Tu peux donc raconter cet épisode en prose.

• Si tu choisis d'écrire un récit à la 3e personne, tu peux faire parler directement les personnages dans un dialogue.

Traiter le sujet de réflexion

Recherche d'idées

Piste 1

- Les œuvres artistiques peuvent relever de différents domaines. En plus de la littérature, tu peux penser au cinéma, à la peinture, à la photographie, à la musique.

Piste 2

- Pars de ta propre expérience : connais-tu un livre, un film ou une chanson qui transmet un enseignement, une règle de vie, un comportement à suivre ou à éviter ?

Conseils de rédaction

• Privilégie un plan dialectique : une première partie (thèse) répondra par l'affirmative à la question posée, une seconde (antithèse) montrera les limites de l'influence des œuvres d'art sur notre comportement.

• Efforce-toi de trouver des références personnelles qui mettent en valeur ta culture, et évite les allusions aux dessins animés de Disney.

27 CORRIGÉ GUIDÉ

TRAVAIL SUR LE TEXTE LITTÉRAIRE ET SUR L'IMAGE

Compréhension et compétences d'interprétation

▶ **1. a)** Le lion s'adresse au moucheron dans le vers 1, comme les deux vers suivants le prouvent : « […] le Lion/ Parlait un jour au Moucheron ».

b) Ces paroles déclenchent l'agressivité du moucheron : insulté par le lion (« chétif insecte, excrément de la terre »), il veut se venger de cet affront et lui déclare la guerre.

▶ **2. a)** Le combat est immédiatement dominé par le moucheron, qui mène l'attaque. Il est sujet de nombreux verbes d'action : « il fond », « harcelle », « pique ». Sa victoire est également annoncée au début de l'affrontement par le mot « héros », puis à la fin par le verbe « triomphe ».

b) Le moucheron utilise une tactique qui va faire ses preuves : il pique sans relâche le lion en différents endroits : « fond », « pique », le « cou », « l'échine », « le museau » et enfin le « fond du naseau ». Cette tactique est une réussite puisque « le malheureux Lion se déchire lui-même » en essayant de tuer le moucheron.

c) La bataille est mouvementée : les verbes conjugués au présent de narration donnent de la vivacité à la scène. L'adverbe « tantôt », répété trois fois, met en valeur les attaques variées et incessantes de l'insecte. L'alternance de vers longs (alexandrins) et de vers plus courts (octosyllabes) rythme le récit.

▶ **3.** Le lion est désigné par différents groupes nominaux : « le quadrupède », « la bête irritée » et enfin « le malheureux Lion ». Si la première désignation est neutre, les deux suivantes montrent la progression du combat.

▶ **4.** La fable présente un retournement de situation : le moucheron, vainqueur, va rencontrer un adversaire plus puissant, une araignée, qui le tue.

▶ **5.** Le lion et le moucheron font preuve du même défaut : l'arrogance. Le lion, se croyant le plus fort, est vaincu par un moucheron, qui à son tour, se vantant de sa victoire, est dévoré par une araignée. La vanité et la vantardise sont ainsi punies.

▶ **6.** Le fabuliste délivre deux morales : d'abord, que les dangers qui nous semblent minimes sont sans doute les plus à craindre. Ensuite, que les succès dans les entreprises difficiles ne protègent pas des échecs dans les plus petits projets.

▶ **7. a)** Le lion semble engagé dans une danse endiablée : il se tient en équilibre sur une patte, les piqûres de l'insecte le rendent fou, mais ses griffes n'atteindront pas son ennemi. Il en sera réduit à se déchirer lui-même en tentant de l'attraper. Le moucheron, visible devant le lion, prend le temps d'observer son œuvre, certain d'échapper à la fureur du fauve.

b) L'issue de la fable est représentée sur la gravure. À gauche, au premier plan, l'araignée, au centre de sa toile, attend son heure.

Grammaire et compétences linguistiques

▶ **8. a)** « la guerre » est COD du verbe « déclara » ; « Lui » est COI du même verbe.

b) L'autre déclara la guerre au lion.

> INFO +
> On peut également parler de COS, puisque le verbe est suivi de deux compléments d'objets.

c) On repère d'abord le verbe conjugué (« déclara ») et on identifie son sujet (« l'autre »). Pour trouver la fonction de « la guerre », on pose la question « qui ? » ou « quoi ? » après le sujet et le verbe : l'autre déclara quoi ? La guerre. C'est donc un COD.

▶ **9.** On se cache parce qu'il rugit, ou bien : on se cache puisqu'il rugit.

> INFO +
> Ces subordonnées introduisent un rapport de cause. On aurait également pu dire : « il rugit si bien que l'on se cache » (conséquence), ou encore : « on se cache lorsqu'il rugit » (simultanéité).

▶ **10. a)** Le mot est composé du préfixe privatif *-in*, du radical *-vi-* (qui vient du verbe voir) et du suffixe *-ible* (qui sert à former l'adjectif et indique une idée de possibilité).

b) Le mot signifie « qui ne peut pas être vu ».

▶ **11.** Les malheureux lions se déchirent eux-mêmes,
Font résonner leur queue à l'entour de leurs flancs,
Battent l'air […] ; et leur fureur extrême
Les fatigue, les abat.

DICTÉE

POINT MÉTHODE

1. Ne confonds pas se ou s' (que l'on trouve dans la conjugaison des verbes pronominaux) avec ce. Si tu changes le sujet de la phrase, se sera modifié : « il se lamente » devient « je me lamente ».

2. Souviens-toi que les participes passés qui se terminent par le son « u » s'écrivent *-u* et non *-ut*.

3. Sois attentif aux verbes conjugués au passé simple : à la 3e personne du singulier, les verbes du 1er groupe se terminent en *-a* comme « s'approcha », tandis que les verbes des autres groupes ont une terminaison en *-t*, comme « fondit ».

Le moustique et le lion

Un moustique s'approcha d'un lion et lui dit : « Je n'ai pas peur de toi, et tu n'es pas plus puissant que moi. Si tu veux, je te provoque même au combat ». Et, sonnant de la trompe, le moustique fondit sur lui, mordant le museau dépourvu de poil autour des narines. Quant au lion, il se déchirait de ses propres griffes, jusqu'à ce qu'il renonce au combat. Le moustique, ayant vaincu le lion, sonna de la trompe, entonna un chant de victoire, et prit son envol. Mais il s'empêtra dans une toile d'araignée : tandis qu'elle le dévorait, il se lamentait d'être tué par un vulgaire animal, une araignée, lui qui avait combattu les plus puissants animaux.

RÉDACTION

Voici un exemple de rédaction sur chacun des deux sujets.
Attention, les indications entre crochets ne doivent pas figurer sur la copie.

Sujet d'imagination

[Récit] Extrêmement content de lui, le moucheron s'en alla chercher une oreille attentive : il voulait tant raconter son combat… Il voleta jusqu'à une clairière, où des lapins grignotaient au soleil. Notre insecte se rengorgea, fit du bruit pour attirer leur attention et commença le discours que voici.

[Discours du moucheron] « Savez-vous qui je suis ? demanda l'orgueilleux. J'ai vaincu le plus gros et le plus fort d'entre nous, le lion en personne ! Sa Majesté m'avait insulté et Sa Majesté l'a bien regretté.

– Vraiment ? demanda timidement un lapereau minuscule.

> **REMARQUE**
> Tu peux employer le présent de narration, ou raconter l'histoire au passé ; mais ne mélange pas les deux systèmes de temps.

– Vraiment, se vanta l'important. Malgré ses rugissements et sa morgue, il n'a rien pu faire face à moi. Je l'ai piqué, piqué et repiqué, sa peau en est toute ensanglantée. Comme il se contorsionnait de manière grotesque sous mes attaques ! On l'aurait cru possédé ! »

[Réactions des animaux] L'histoire était belle et se répandit rapidement. De tous côtés, renards, loups, pies et rats accoururent, oubliant leurs querelles habituelles pour voir de près cet insecte roi. Celui-ci ne se lassait pas de raconter ses exploits, qui grossissaient à chaque fois. Ce n'était plus un lion, mais trois qui désormais étaient morts sous ses assauts. Si les lapereaux restaient ses plus fervents adorateurs, certaines bêtes se mirent à ricaner des discours de

> **CONSEIL**
> Établis une liste de substituts pour désigner le moucheron et éviter les répétitions : l'orgueilleux insecte, le vainqueur du combat, l'insupportable vantard…

SPRINT FINAL

l'insolent. La chouette et le lézard surtout, se sachant insensibles aux piqûres du pauvre orgueilleux, ne prenaient plus la peine de dissimuler leur incrédulité.

[Fin de l'épisode] Cela mit en fureur notre moucheron, qui partit ailleurs conter ses prouesses. Hélas, il ne savait pas, héros éphémère, que la gloire serait de courte durée ; l'araignée, patiemment, tissait sa toile et le guettait.

Sujet de réflexion

[Introduction] Les œuvres d'art, telles les *Fables* de La Fontaine et leurs morales, peuvent-elles réellement avoir une influence sur notre vie et guider nos comportements ? Nous verrons que c'est la volonté de nombreux artistes, mais que cela n'est pas toujours suivi d'effets.

[Thèse] Tout d'abord, nous pouvons voir que certaines œuvres d'art nous amènent à nous questionner sur nous-mêmes. Molière, dans ses pièces, montre souvent les dangers de certains traits de caractère excessifs, afin de nous en éloigner. Qui voudrait ressembler à Harpagon, l'avare de la pièce du même nom ? On peut également penser aux œuvres engagées, qui dénoncent certains comportements et incitent à en adopter d'autres. Dans sa chanson « Le Déserteur », Boris Vian proteste contre les guerres colonialistes et invite à refuser d'aller combattre. Plus près de nous, la chanson de Bigflo et Oli « Rentrez chez vous » fait réfléchir au regard que l'on porte sur les réfugiés : les horreurs de la guerre et de l'exil pourraient aussi toucher les Français.

[Antithèse] Néanmoins, si les œuvres d'art essayent souvent de nous influencer, leur impact peut sembler limité. La Première Guerre mondiale et ses millions de morts ont été un traumatisme terrible. Des romans, comme *À l'ouest rien de nouveau*, de l'Allemand Erich Maria Remarque ou encore *Les Croix de bois* de Roland Dorgelès, en témoignent. Hélas, vingt ans après, les nations européennes s'engageront de nouveau dans un conflit extrêmement meurtrier. De la même manière, le *street art* s'efforce de nous faire prendre conscience des inégalités sociales, du racisme, de l'urgence climatique… Pourtant, force est de constater que si ces œuvres sont admirées, les comportements ne changent guère.

> **INFO +**
> L'expression *street art* désigne toutes les formes d'art réalisées dans la rue, comme les graffitis.

[Conclusion] Si certaines œuvres d'art réussissent à nous faire réfléchir, trop souvent leur impact semble limité : nos mauvais penchants persistent et nos habitudes ne semblent pas profondément modifiées.